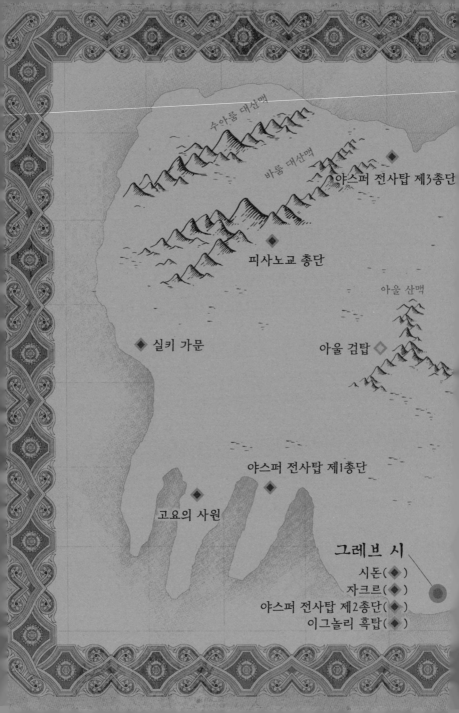

ETAN 이탄

ORIGINAL FANTASY STORY & ADVENTURE

쥬논 판타지 장편소설

dream
books
드림북스

이탄 31 대전쟁이 시작되다 II

초판 1쇄 인쇄 2022년 7월 7일
초판 1쇄 발행 2022년 7월 28일

지은이 쥬논
발행인 오영배
편집 편집부
일러스트 펼연
표지 · 본문 디자인 오정인
제작 조하늬

펴낸 곳 (주)삼양출판사 · 드림북스
주소 서울시 강북구 도봉로 173
대표 전화 02-980-2112 **팩스** 02-983-0660
편집부 전화 02-987-9393 **팩스** 02-980-2115
블로그 blog.naver.com/dreambookss
출판등록 1999년 3월 11일 제9-00046호

ⓒ 쥬논, 2022

ISBN 979-11-283-7150-9 (04810) / 979-11-283-9990-9 (세트)

드림북스는 (주)삼양출판사의 판타지 · 무협 문학 브랜드입니다.

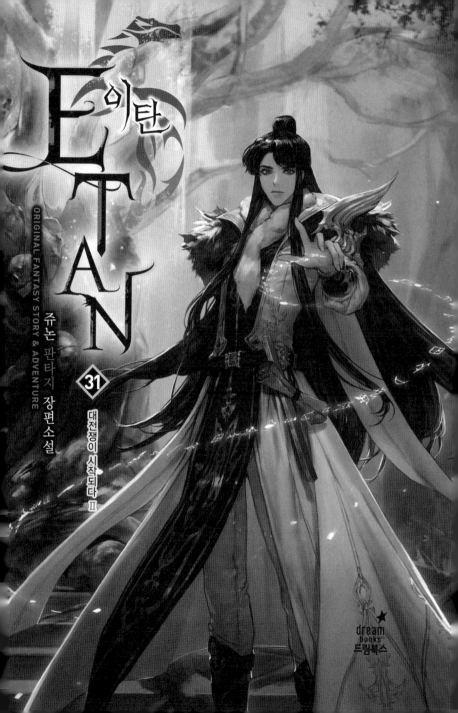

목차

부제: 언데드지만 신전에서 일합니다

사대신수

『성혈의 바하문트』

―신수: 날개 달린 사자

―상징: 공포

―속성: 흙(土), 피(血)

『불과 어둠의 지배자 샤피로』

―신수: 광기의 매

―상징: 탐욕

―속성: 불(火), 어둠(暗), 나무(木)

『포식자 하라간』

―신수: 투명 마수

―상징: 타락, 나태

―속성: 얼음(氷), 균(菌), 물(水)

『둠 블러드 이탄』

―신수: 냉혹의 뱀

―상징: 파멸

―속성: 금속(金), 빛(光)

발췌문

문지기.

쿤룬의 열쇠공.

알고 보니 이건 같은 의미였다.

쿤룬의 신 퀸은 투명 마수를 찾아 먼 차원으로 떠나기 전, 자신의 종복들에게 세 가지 당부를 남겼다.

첫째는 성혈 일족을 각성시켜서 투명 마수를 감당케 할 것.

둘째는 아홉 꼬리 고양이족을 매로 진화시켜서 붉은 신수를 상대하게 유도할 것.

마지막 셋째는 성혈 일족과 아홉 꼬리 고양이가 준비가 될 때까지 투명 마수와 붉은 신수의 동태를 잘 감시할 것.

쿤룬의 신으로부터 신탁을 받은 종복들은 그 때부터 이 차원 저 차원을 넘나들며 성혈 일족을 찾아다녔다. 아홉 꼬리 고양이도 찾아 헤맸다.

또한 종복들은 투명 마수와 붉은 신수의 곁을 맴돌면서 그들의 상태를 지속적으로 모니터링하였다.

이 종복들이 바로 쿤룬의 열쇠공이자 문지기들이다.

그런데 쿤룬의 신은 큰 실수를 범하였구나.

상차원 이동을 통해 이곳으로 넘어온 문제아(?)는 투명 마수와 붉은 신수만이 아니다.

쿤룬의 신은 오로지 투명 마수와 붉은 마수를 제압하여 과거의 실수를 바로잡겠다는 생각에만 골몰해 있으나, 그보다 더 큰 문제가 배후에 도사리고 있음을 그가 알까?

그 문제에 비하면 투명 마수나 붉은 신수는 아무 것도 아니라는 사실을 그가 알까?

신탁을 받은 종복들이 이미 내 손아귀에 떨어졌음을 그가 알까?

내가 쿤룬의 종복들을 부려서 투명 마수와 성혈 일족과 아홉 꼬리 고양이를 찾아내려 한다는 사실을 그가 알까?

─먼 훗날 이탄이 남긴 낙서 가운데 발췌

차원 간의 어프로칭

Chapter 1

　백팔수라(百八修羅) 제2식 수라군림(修羅君臨)은 돌파력 면에서는 타의 추종을 불허할 만큼 뛰어난 술법이었다. 이탄이 가진 모든 권능들 가운데 만자비문과 언령을 제외하면 수라군림만큼 돌파력이 강한 것도 찾기 힘들었다.

　이탄은 바로 그 수라군림을 최대한으로 발동하여 오히려 블랙홀 속으로 뛰어들었다.

　블랙홀의 인력(끌어당기는 힘)에 더해서 악귀수라의 돌파력까지 더해지자 그 속도감은 어마어마했다. 악귀수라의 커다란 동체가 눈 깜짝할 사이에 블랙홀 속으로 진입했다.

악귀수라 주변의 빛은 이미 블랙홀 속으로 빨려든 상태였다. 정체불명의 신이 만들어낸 블랙홀은 물질은 물론이고 빛과 정보까지도 게걸스럽게 흡입했다.

따라서 악귀수라가 블랙홀로 뛰어든 이후의'전개는 신도 알 수가 없었다. 블랙홀 안에서 악귀수라가 단숨에 으스러져 소멸되었는지, 아니면 악착같이 버티고 있는지가 전혀 보이지 않았다. 아무런 정보가 감지되지도 않았다.

[이런.]

정체불명의 신이 당황했다.

하지만 지금 신은 악귀수라의 소멸 여부에 신경을 쓸 겨를도 없었다. 거대 붉은 뱀이 어느새 2개의 블랙홀을 돌파하여 신의 코앞까지 들이닥친 탓이었다.

거대 붉은 뱀은 크기만으로도 우주를 휘감을 만했다. 그 거대한 뱀이 아가리를 쩍 벌리며 맹렬하게 달려들자 주변의 성운들이 마구 으스러졌다. 별이 폭발했다.

정체불명의 신이 전력을 다해 외쳤다.

[멈춰라, 적양.]

[!]

놀랍게도 신은 거대 붉은 뱀의 정체를 정확하게 꿰뚫고 있었다.

상대가 진명을 부르자 거대 붉은 뱀이 멈칫했다.

정체불명의 신은 거대 붉은 뱀을 달래보려고 애썼다.

[적양. 혹시 나를 기억하느냐? 까마득한 옛날, 상차원 돌파를 하기 전까지만 하더라도 나는 너와 함께 있었다. 물론 당시에 나는 한낱 피조물에 불과했고 너 또한 무기에 불과하였단다. 그러다 상차원 돌파를 하면서 나는 신격으로 거듭났고, 너 또한 능히 신과 대적할 수 있는 존재가 되었구나.]

[…….]

거대 붉은 뱀은 침묵으로 일관했다.

신은 조금 더 부드럽게 붉은 뱀을 설득했다.

[까마득한 과거에 너와 헤어진 이후로 나는 너의 행방을 찾아서 몇 개의 차원을 뒤졌느니라. 그러다 오늘에서야 너를 다시 만나게 되었…….]

그때였다. 둘의 대화를 방해라도 하듯이 수천 개의 회색 태양이 커다랗게 부풀어 오른다 싶더니 한꺼번에 폭발해버렸다.

쿠쿵!

우주 전체가 진동했다. 부정 차원을 구성하는 인과율이 폭발하면서 발생한 미증유의 에너지가 정체불명의 신을 향해서 몰아닥쳤다.

이것은 신조차 소멸될 만큼 가공할 공세였다.

[크윽.]

정체불명의 신이 황급히 대응했다. 기체인지 영체인지 모를 희끄무레한 신 앞에 블랙홀 2개가 연달아 생겨났다. 블랙홀이야말로 정체불명의 신이 즐겨 사용하는 공격 무기이자 방어 무기였다.

당연히 이번 블랙홀은 방어용으로 사용되었다.

회색 태양의 폭발로 인해 발생한 파괴력은 막 생성된 블랙홀 2개를 단숨에 뒤덮으며 우주 저편까지 해일처럼 밀고 나갔다.

[크으윽.]

정체불명의 신이 회색 태양의 폭발에 휘말려 정신없이 뒤로 물러났다.

단지 뒤로 밀려난 것이 문제가 아니었다. 조금 전 회색 태양의 폭발에 노출되면서 신의 표피가 일부 깨져버렸다.

원래 정체불명의 신이 자랑하는 주특기는 2개였다.

첫 번째가 블랙홀.

두 번째가 질기디질긴 표피.

한데 그 강한 표피에 구멍이 생겼다.

잠시 주춤했던 거대 붉은 뱀이 어느새 신을 덮쳤다. 붉은 뱀은 어마어마하게 커다란 아가리를 한껏 벌리더니 희끄무레한 신을 크게 한 입 물어뜯었다.

우주 저편이 둔중하게 흔들렸다. 붉은 뱀에게 물어 뜯겨 신의 몸뚱어리 일부가 우르르 와해되었다.

휘류류류류.

풍선에서 바람 빠지는 듯한 소리가 울렸다. 캄캄한 우주에 흩뿌려진 신의 파편은 그 자리에서 수천억 개, 수조 개의 영혼으로 변하더니 사방으로 흩어졌다.

[아, 안 돼!]

정체불명의 신이 흩어진 영혼들을 다시 거둬들이려고 애썼다.

그보다 한 발 앞서 거대 붉은 뱀이 신의 몸뚱어리를 한 번 더 물어뜯었다.

콰득!

우주가 또 한번 둔중하게 흔들렸다. 신의 몸에서 떨어져 나온 파편들은 헤아릴 수 없이 많은 혼령으로 변해서 온 우주로 흩어졌다.

정체불명의 신은 더 이상 싸움을 지속할 힘이 없었다.

신의 주무기인 블랙홀은 이탄과 싸우느라 이미 다 소진되었다.

신의 강점이던 질긴 표피는 조금 전 회색 태양이 폭발할 때 구멍이 뚫렸다.

공격력과 방어력을 모두 잃은 신은 잠시 동안 무방비 상태가 되었다.

'이 와중에 적양에게 몇 차례 더 물어뜯기면 피해 복구가 불가능하다.'

정체불명의 신은 결국 전투를 포기했다. 신은 블랙홀에 투입했던 에너지를 한꺼번에 회수한 다음, 그 에너지를 이용하여 차원의 벽을 허물어뜨렸다.

멀쩡하던 차원에 균열이 생겼다.

[후우웁―.]

정체불명의 신은 숨을 훅 들이마신 다음, 차원의 균열을 넘어 다른 차원으로 피신했다.

거대 붉은 뱀이 도망치는 신의 뒤를 쫓아 차원의 벽을 들이받았다.

하지만 한 발 늦었다. 우주 한복판에 생겨났던 차원의 벽은 정체불명의 신이 도망친 직후에 거짓말처럼 사라져버렸다. 거대 붉은 뱀은 애꿎은 빈 허공만 물어뜯고 지나갔을 뿐이었다.

정체불명의 신이 도망친 이후, 우주 저 멀리서 이탄이 뛰어나왔다.

조금 전 이탄은 자폭하는 심정으로 블랙홀 속에 뛰어들었다.

정체불명의 신이 만들어낸 블랙홀은 악귀수라의 단단한

몸뚱어리를 단숨에 우그러뜨렸다. 그 바람에 거신강림대진이 와해되었다. 수라군림의 돌파력도 허무하게 봉쇄되었다.

거신강림대진이 무너질 때 이탄의 분신 999개도 함께 허물어졌다.

이탄은 맨 몸뚱이로 블랙홀 속에 내동댕이쳐진 채 온몸이 분쇄되는 듯한 가공할 압력을 견뎌야 했다.

여기서 파탄이 발생했다. 블랙홀의 가공할 압력 아래서는 금강체의 술법으로 연마한 단단한 몸뚱어리도 버티지 못했다.

겹코팅 층이 깔려 있던 이탄의 피부에 금이 쩍쩍 갔다. 이탄의 근육과 뼈도 푸스스 부서져 내렸다.

Chapter 2

'우와아아악.'

이탄은 목이 터져라 악을 썼다.

가공할 압력에 성대가 짓눌려 목소리는 밖으로 나오지 않았다. 이탄은 입만 쩍 벌려서 절규했다.

몸이 붕괴하려는 그 순간에도 이탄은 포기하지 않았다.

오히려 이탄은 몸이 허물어지려는 순간에 딱 맞춰서 가슴 속의 음차원 덩어리를 밖으로 꺼냈다.

이탄의 갈비뼈 안쪽에는 차원 하나를 통째로 욱여넣은 덩어리, 즉 음차원의 구가 존재했다. 이 구는 표면에 오톨도톨하게 만자비문이 양각되어 있는 에너지의 결집체였다.

이탄은 바로 그 음차원의 구를 한 순간에 쥐어짜서 블랙홀의 압력에 맞섰다.

콰쾅!

세상 모든 것을 우그러뜨리는 블랙홀의 압력과 음차원의 구가 팽팽하게 맞섰다.

여기서 음차원의 구가 밀리면 그 즉시 이탄도 소멸을 맞을 터.

'우아악! 우아아악! 우아아아악!'

이탄은 젖 먹던 힘까지 쥐어짜서 버티고 또 버텼다.

그 순간 정체불명의 신이 갑자기 블랙홀을 거둬들였다. 신은 블랙홀에 투입했던 에너지를 한순간에 회수하여 차원의 벽에 구멍을 뚫었다. 그리곤 그 균열 속으로 쏙 도망쳐 버렸다.

이탄의 몸뚱어리를 억누르던 압력이 일순간에 사라졌다. 그러자 이탄의 몸속 혈관들이 순간적으로 팽창했다가 폭발했다.

"커헉!"

이탄이 비명을 질렀다.

신체 외부와 내부 압력의 균형이 깨지자 혈관 속을 흐르던 핏물이 이탄의 피부 밖으로 일제히 배출되었다. 특히 이탄의 눈과 코, 귀와 같이 점막 조직을 통해서 피안개가 진득하게 뿜어졌다.

물론 이탄은 언데드인지라 피의 양이 많지는 않았다. 하지만 한순간에 몸속의 모든 피가 빠져나오는 바람에 이탄의 몸 전체가 핏물로 얼룩졌다.

이러한 현상은 이탄의 뇌혈관에서도 발생했다.

강한 충격이 이탄의 뇌를 강타했다. 이탄은 머리가 쪼개질 듯한 고통을 받아야 했다.

"끄륵."

이탄은 고개를 뒤로 휘청 꺾더니 그대로 정신줄을 놓았다.

이탄이 정신을 잃은 것은 이번이 처음이 아니었다. 예전에 그가 부정 차원에서 여섯 눈의 존재와 처음 싸웠을 때도 정신을 잃었다.

과거의 그 전투에서 여섯 눈의 존재는 이탄과 싸우다가 도망을 쳤고, 이탄은 거의 동시에 기절을 했었다.

한데 묘하게도 이번 싸움에서도 당시와 비슷한 결과가 나왔다.

여하튼 정체불명의 신은 사라지고 없었다.

이탄도 시간과 공간에 대한 통제권을 잃었다.

조금 전까지 두 신격 존재가 치고받고 싸우던 평행우주는 시간과 공간이 왜곡되면서 생겼던 부산물이었다.

한데 두 신격 존재가 사라지자 평행우주도 서서히 일몰되었다. 이탄은 의식을 잃은 채 현 우주로 돌아왔다.

이탄의 몸뚱어리 밑에 대기권이 다시 나타났다.

"끄으응."

이탄은 나뭇가지에서 떨어진 낙엽처럼 좌우로 두어 번을 흔들리다가 한순간 중력의 영향을 받아 지상으로 쏜살같이 곤두박질쳤다.

거대 붉은 뱀은 이탄이 추락하기 직전, 이탄의 몸속으로 되돌아왔다.

푸확!

이탄의 몸 주변에서 붉은 노을이 치솟았다.

적양갑주는 이탄의 몸속을 샅샅이 돌아다니며 터진 혈관들을 다시 이어 붙였다. 미세한 모세혈관 하나 놓치지 않고 모조리 붙여놓았다. 적양갑주는 갈가리 찢어진 이탄의 근섬유도 한 올 한 올 재생시켰다.

잘게 쪼개졌던 이탄의 뼈도 저절로 아물었다.

조금 전 블랙홀에 맞서서 몸 밖으로 튀어나왔던 음차원

의 구는 어느새 다시 조그맣게 축소되어 이탄의 갈비뼈 안으로 되돌아왔다.

아쉽게도 음차원의 구에 새겨져 있던 만자비문은 어둑하게 빛을 잃었다. 대신 음차원의 구 자체가 심장처럼 울컥울컥 맥동하기 시작했다. 그러면서 음차원의 구는 이탄의 (진)마력순환로 속으로 에너지를 조금씩 흘려보냈다.

이건 마치 음차원의 구가 제2의 심장이 되어 이탄을 되살리는 듯한 현상이었다.

콰앙!

까마득히 높은 곳에서 추락한 이탄이 땅 속에 처박혔다.

딱 그 타이밍에 맞춰서 현 우주의 시간이 다시 정상으로 돌아왔다.

시간이 왜곡되어 평행우주가 형성되기 전, 마르쿠제 대선인은 '곤(坤)'이라는 정체불명의 문자가 새겨진 삼각 깃발을 이탄에게 던졌다.

바로 그 순간 깃발 속에서 정체불명의 신이 튀어나와 이탄과 한 바탕 전투를 벌였다.

신들의 전투가 끝이 나고 다시 시간이 정상적으로 흘렀을 때, 사람들의 귀에는 강한 폭음이 한 번 울렸다.

이것은 이탄이 우주에서 추락하여 대지에 처박히는 소리

였지만, 사람들의 이목에는 피사노교의 열 번째 신인인 쿠미가 마르쿠제 대선인의 일격에 패퇴해 멀찍이 날아간 것처럼 비춰졌다.

"헉? 신인님."

피사노교의 사도들이 깜짝 놀랐다.

[말도 안 돼.]

수인족 술법사들도 기겁을 했다.

그들의 눈에 비친 쿠미 신인은 거의 신적 존재였다. 마르쿠제가 제아무리 혼명 최강의 대선인이라고 하나 쿠미 신인을 일격에 꺾을 것이라고는 아무도 생각하지 않았다.

심지어 마루쿠제 술탑의 술법사들도 화들짝 놀랐다.

다들 어안이 벙벙해하는 가운데, 마르쿠제만이 씁쓸히 입맛을 다셨다.

'역시 그 삼각 깃발에는 엄청난 힘이 담겨 있었구나. 저 무시무시한 마왕을 단숨에 쓰러뜨린 것을 보면 말이야. 그나저나 깃발을 다시 회수해야 하는데.'

마르쿠제는 이대로 삼각 깃발을 잃고 싶지 않았다. 그래서 마르쿠제는 앞뒤 가리지 않고 삼두룡을 몰아서 술탑의 방어진 밖으로 뛰쳐나갔다.

Chapter 3

마르쿠제가 술탑 밖으로 출격한 목적은 두 가지였다.

첫째, 마르쿠제는 혹시라도 쿠미 신인의 목숨이 붙어 있으면 그에게 확실한 치명타를 날려주려는 마음이었다.

둘째, 마르쿠제는 삼각 깃발을 꼭 다시 회수하기를 원했다.

한데 마르쿠제의 목표는 시작부터 실패했다.

[끼요옵!]

이탄이 처박힌 구덩이 안에서 온몸이 뼈다귀로 이루어진 언데드가 불쑥 튀어나왔기 때문이다.

기다란 낫을 움켜쥔 해골의 정체는 다름 아닌 아나테마였다.

아나테마는 최근 이탄의 도움을 받아 영혼을 담을 그릇(몸뚱어리)를 확보하였다. 그리곤 다시 이 몸뚱어리를 이용하여 이탄과 결합을 했다. 이탄이 초마의식을 통해서 결합한 악마종이 바로 아나테마인 것이다.

피사노교의 신인들이 위기에 쳐했을 때 악마종이 발 벗고 나서서 도움을 주는 것처럼, 아나테마도 이탄이 위기에 처하자 곧장 튀쳐나왔다.

[끼요오옵, 요런 똥물에 튀겨죽일 새끼. 네놈이 지금 감

히 누구를 건드린 줄이나 아느냐? 아주 살을 발라서 뼈다 귀만 남겨주마. 끼요오오옵.]

아나테마가 뼈로 이루어진 대형 낫을 길게 휘둘렀다.

이 대형 낫의 이름은 본 사이드(Bone Scythe: 뼈의 낫).

이것은 이탄이 잔혹한 송곳니의 악마종으로 틀을 잡고, 그 위에 고대 고양이족의 털, 그리고 그릇된 차원 여우왕의 두개골을 몽땅 때려 박아서 만들어낸 막강한 아이템이었다. 따라서 본 사이드의 대 끝에는 뿔 달인 여우왕의 두개골이 장착되었고, 낫의 날에는 고양이의 눈 문양이 새겨져 있었다.

아나테마는 적을 향해서 이 섬뜩한 아이템을 풀스윙했다.

슈각—.

낫에서 튀어나온 극악무도한 저주의 기운이 마르쿠제와 삼두룡을 동시에 베어버렸다.

"커헉!"

마르쿠제가 가슴을 움켜잡았다. 세로로 쩍 갈라진 마르쿠제의 가슴 부위에서 시커멓게 오염된 피가 샘솟듯이 흘렀다.

푸스스스.

검은 피가 흐르는 부위를 따라서 마르쿠제의 살이 급격

히 썩어들어 갔다. 마르쿠제의 피부를 타고 검푸른 핏줄이 툭툭 불거졌다.

본 사이드는 비단 마르쿠제에게만 타격을 입힌 것이 아니었다. 마르쿠제가 타고 있던 삼두룡도 가슴과 배가 쩍 갈라진 채 지면으로 추락했다.

삼두룡의 단단한 비늘도 아나테마의 본 사이드 앞에서는 소용이 없었다. 드래곤 특유의 영험한 피도 아나테마의 저주마법을 극복하지는 못했다. 삼두룡이 입은 상처는 마치 극독에 노출이라도 된 것처럼 빠르게 악화되었다.

"술탑주님!"

"위험합니다."

술탑 꼭대기에서 사천왕이 즉각 뛰쳐나왔다.

사천왕 가운데 막내인 오고우가 한 손으로 커다란 솥을 집어던졌다. 그 솥이 30미터 크기로 커지면서 마르쿠제를 보호했다.

그 사이 사천왕 가운데 둘째인 브란자르는 흑표범을 출격시켰다.

크왕.

커다란 흑표범이 포효와 함께 달려와 마르쿠제의 옷깃을 물고 후방으로 물러났다.

사천왕 가운데 첫째인 아잔데는 호리병에서 독연기를 살

포하며 아나테마의 앞을 가로막았다.

사천왕 가운데 셋째인 테케도 노란 부적을 뿌려서 부적 병사들을 소환했다. 이 병사들이 아나테마를 향해 창을 겨누며 마르쿠제가 후퇴할 시간을 벌었다.

아나테마가 두개골 사이에서 시퍼런 안광을 뿌렸다.

[요런 싸가지들. 네놈들도 따끔한 맛을 보고 싶나 보구나. 끼요오옥.]

아나테마는 사천왕을 향해서 달려들면서 대형 낫을 수평으로 휘둘렀다.

슈각—.

저주의 기운이 수평으로 공기를 찢으며 날아가 사천왕을 후려쳤다.

오고우의 솥이 아나테마의 공격과 부딪치면서 쩌엉! 소리를 내었다. 솥의 표면에 금이 쩍 갔다.

테케의 부적병사들은 아나테마의 저주마법에 당해서 화르륵 불덩이로 변했다. 수명이 다한 병사들이 다시 부적으로 되돌아갔음은 물론이다.

"큭. 강하구나."

아잔데도 짧은 신음과 함께 후퇴했다. 최상급 법보인 아잔데의 호리병도 저주의 기운에 오염되었다.

놀랍게도 아나테마의 공격은 사천왕을 모조리 격퇴시키

고도 힘이 남았다. 검은 저주의 기운이 거침없이 뻗어가 삼두룡의 뿔 2개를 뎅겅 베었다.

[크와와왁.]

삼두룡이 자지러져라 포효했다.

뒤로 밀려났던 사천왕들은 이를 악물고 다시금 아나테마에게 달려들었다.

거기에 더해서 비앙카과 레베카도 술탑 밖으로 뛰쳐나왔다. 각각 선4급과 선3급인 두 선자는 품에서 십염선과 팔한선을 꺼내어 아나테마에게 겨눴다.

화르르륵!

비앙카의 십염선에서 열 줄기 화염이 뿜어졌다.

쩌저저적!

레베카의 팔한선에서는 냉랭한 얼음 벼락 여덟 줄기가 튀어나와 아나테마를 공격했다.

[끼욥. 덤벼. 다 덤벼.]

아나테마는 본 사이드를 풍차처럼 돌려서 상대의 공격을 막았다.

그 사이 브란자르의 흑표범이 마르쿠제를 술탑 방어선 안쪽까지 무사히 끌고 왔다. 뿔이 잘린 삼두룡도 엉거주춤 기어서 술탑 방어선 안으로 도망쳤다.

이젠 나머지 사람들이 도망칠 차례.

"공주님, 어서 피하십시오."

아잔데가 비앙카의 손목을 낚아채서 술탑 방어선 안으로 복귀했다.

브란자르는 레베카를 챙겼다.

테케와 오고우는 아군이 무사히 후퇴할 때까지 조금 더 버티다가 술탑 안으로 돌아왔다.

[끼요오옥. 이놈들, 어딜 도망치느냐? 좀 더 나와 싸워보자.]

뒤에서 아나테마가 악을 썼다.

막상 이렇게 외치기는 하였지만 막상 아나테마도 도망치는 적들을 뒤쫓지는 않았다. 오히려 아나테마는 뒤로 후퇴하여 이탄부터 챙겼다.

그즈음 이탄이 깨어났다.

"으으음."

이탄이 머리를 좌우로 털었다.

과거에 이탄이 여섯 눈의 존재와 싸웠을 때는 지금보다 더 오래 기절해 있었다.

반면 지금은 잠깐만 정신을 잃었다가 다시 회복했다.

"끄응차."

이탄이 구덩이 밖으로 뛰쳐나왔다.

이탄은 어느새 리콜 데쓰 호스(Recall Death Horse) 마법으로 사령마를 소환하여 그 위에 올라탔다.

　이탄과 사령마의 주변에 검푸른 안개가 뭉게구름처럼 일어났다. 검푸른 안개 덕분에 피투성이가 된 이탄의 모습은 밖에서 보이지가 않았다.

Chapter 4

　이탄은 한 손으로 삼각 깃발을 꽉 움켜쥐고는 마르쿠제 술탑 안쪽을 노려보았다.

　'아, 젠장. 마르쿠제 대선인님도 너무하시네. 나름 비앙카 선자님을 생각해서 살살 싸워줬더니만 이런 괴상한 깃발로 애를 먹인단 말이지? 하긴, 먼저 아울 검탑 전투에서도 마르쿠제 대선인님은 괴상한 반지로 나를 괴롭혔었지.'

　이탄은 인상을 한 번 크게 쓰고는 후퇴를 결심했다. 지금 이탄은 몸 상태가 너무 나빠서 전투를 지속하기 힘들었다.

　물론 이탄이 마음만 먹으면 마르쿠제 술탑쯤은 한 입 거리였다.

　'문제는 그 희끄무레한 신 나부랭이지.'

　이탄이 삼각 깃발에서 튀어나왔던 그 희끄무레한 신격 존재가 다시 등장할까 봐 후퇴를 결심했다.

'그렇다고 이대로 물러나면 아군의 사기가 땅에 떨어질 텐데?'

이탄은 욱신거리는 통증을 꾹 참고는 손을 앞으로 부드럽게 밀었다.

후웅.

이탄의 손바닥으로부터 붉은 노을이 방출되었다.

파사삭!

적양갑주의 힘을 품은 붉은 노을은 마르쿠제 술탑의 2차 방어선을 솜사탕 뭉개듯이 단숨에 뚫고 들어갔다.

놀랍게도 이 공격 한 방에 술탑의 상층부 수십 개 층이 단숨에 무너져 내렸다. 이건 마치 과자로 만들어진 집을 부수는 것처럼 간단했다.

그보다 한 발 앞서 술탑을 감싼 안개가 완전히 와해되었다.

뿌연 안개가 흩어지자 마르쿠제 술탑의 처참한 모습이 수인족 술법사들의 눈에 들어왔다. 까마득히 높은 술탑 상층부가 모래성처럼 허물어지고 파편이 마구 낙하하는 모습도 수인족 술법사들의 동공에 똑똑히 맺혔다.

그리사드의 가모 화목란은 등에 소름이 쫙 끼쳤다.

'으으으. 이게 말이 돼? 마르쿠제 술탑의 방어선을 이토록 쉽게 깨뜨린다고? 저 튼튼한 술탑이 단숨에 허물어지잖아.'

화목란만 놀란 게 아니었다. 브라세 투계족을 이끄는 브루커빈도, 칼만 악어족을 대표하는 쇼도 가주도, 디모스 유령일족의 가주인 킴도 모두 전율했다. 피사노교의 힐다와 싸쿤, 푸엉도 입을 쩍 벌렸다.

놀란 것으로 치면 마르쿠제 술탑의 술법사들이 더했다.

"으으으. 이럴 수가!"

마르쿠제는 가슴이 썩어 들어가는 와중에도 이탄이 펼친 이적을 똑똑히 목격했다.

상대방이 가볍게 휘두른 한 방에 마르쿠제 술탑이 자랑하는 안개 술법진이 허무하게 무너졌다. 술탑 상층부도 통째로 날아갔다.

마르쿠제는 끔찍한 상상을 할 수밖에 없었다.

'만약에 저 마왕이 술탑 상층부가 아니라 하층을 공격했다면?'

그러면 술탑 1층 전면부에 집결해 있던 술법사들 수만 명이 떼몰살을 당했을 것이다. 오랜 역사를 자랑하는 술탑도 통째로 주저앉았을 테지.

"대체 어디서 저런 괴물이 튀어나왔단 말인고? 으으으."

마르쿠제 대선인은 이탄이 보여준 이적에 놀라서 눈꺼풀을 푸들푸들 떨었다. 비앙카와 레베카, 사천왕들도 머리카락이 쭈뼛 곤두서는 느낌이었다.

일순간 전장에 적막이 흘렀다.

이탄이 그 적막을 깨고 말머리를 돌렸다.

[돌아가자. 오늘 공격은 여기까지다.]

이탄은 고꾸라지려는 몸뚱어리를 가까스로 붙잡고는 아군에게 후퇴 명령을 내렸다.

수인족 술법사들과 유령일족은 침을 한 번 꼴깍 삼킨 다음, 군소리 없이 이탄의 명을 따랐다.

피사노교의 사도와 교도들도 찍 소리 못하고 뒤로 물러났다.

전군이 썰물처럼 후퇴했다.

조금 전 이탄이 보여준 어마어마한 일격에 놀라서일까? 그 누구도 이탄의 명령에 반론을 달지 못했다.

오직 아나테마만이 이탄에게 바짝 달라붙었다.

[너 괜찮냐? 끼요옵. 정말 괜찮아?]

'괜찮소, 영감.'

이탄은 힘없이 고개를 주억거렸다.

[끼요오옥. 내가 걱정했잖아. 그런데 조금 전에 갑자기 왜 뒤로 쓰러진 건데? 뭔데? 응? 뭔 일인데?]

아나테마는 진심으로 이탄이 걱정되었기에 이것저것 묻는 것이었다. 이탄도 아나테마의 마음은 잘 알았다.

'영감의 마음만큼은 고맙게 받으리다.'

다만 이탄은 지금 만사가 다 귀찮았다. 솔직히 이탄은 아나테마의 수다에 대꾸할 기력도 없었다.

이탄이 아나테마를 다시 거둬들인 것은 그 때문이었다. 그런 다음 이탄은 사령마를 몰아 마르쿠제 술탑에서 멀어졌다.

[끼요옥, 요런 배은망덕한 놈. 애써 신경을 써주었더니 나를 다시 가두겠다는 게냐? 끼요오옵, 나는 억울해. 억울하다고오오ㅡ.]

아나테마가 발버둥 쳤다. 이탄의 뇌 속에서 아나테마의 절규가 아스라이 멀어졌다.

이탄은 아나테마에게 고마운 마음도, 미안하다는 말도 전하지 못했다. 이탄의 눈꺼풀은 자꾸만 아래로 처졌다.

이탄은 랑무 대산맥 깊은 곳으로 물러났다.

이탄이 부하들도 모두 이탄을 뒤따랐다.

그즈음 시시퍼 마탑에서는 마르쿠제 술탑에 핫 라인으로 긴급 연락을 취했다.

술탑 안에 보관 중이던 마법의 펜이 허공에 떠오르더니 종이 위에 다음과 같은 글귀를 써내려갔다.

* 피사노교 발호.
* 전면전 개시.
* 긴급 도움 요청.

시시퍼 마탑은 이 세 줄의 메시지를 마르쿠제 술탑에 보
내고는 연락이 끊겼다.

술탑의 술법사는 마탑의 메시지를 즉각 비앙카에게 보고
했다.

비앙카가 발을 쾅 굴렀다.

"뭐? 서차원에서 오염된 신의 자식들이 전면전을 일으켰
다고? 역시 그래서 그 악마 놈이 우리 술탑을 공격한 것이
로구나. 열 번째 신인이라는 그놈이 느닷없이 우리 술탑을
공격하는 게 이상하다 싶었는데, 오염된 신의 자식들은 동
차원과 서차원에서 동시에 전쟁을 일으킨 거야."

비앙카는 가슴이 철렁했다.

Chapter 5

아잔데가 비앙카의 의견을 물었다.

"공주님, 어떻게 할까요? 아무래도 지원은 힘들지 않겠

습니까?"

비앙카도 아젠데의 의견에 동의했다.

"당연히 힘들죠. 술탑주님께서 부상이 크신데 우리가 어
찌 서차원의 전쟁에 끼어들겠어요? 게다가 적들은 잠시 병
력을 물린 것일 뿐 완전히 철수하지 않았어요. 그러니 우리
코가 석 자인걸요."

비앙카는 푸념과 함께 한숨을 내쉬었다.

마르쿠제 술탑에서 새들을 날려서 확인한 바에 따르면,
피사노교의 열 번째 신인과 그 무리들은 랑무 대산맥에서
완전히 철수한 것이 아니었다. 놈들은 적당한 거리까지만
물러난 뒤 그곳에서 전열을 정비 중이었다.

이런 위급한 상황에서 마르쿠제 술탑이 언노운 월드까지
전력을 분산시킬 수는 없었다.

"미안하지만 어쩔 수가 없네요. 지금은 각자 도생할 수
밖에."

비앙카가 쓸쓸하게 뇌까렸다.

얼마 지나지 않아 마르쿠제 술탑에서 보낸 답장이 시시
퍼 마탑의 마법사들에게 전달되었다.

＊ 동차원에서도 전쟁 발발.

＊ 피사노교와 전투 중이라 당장은 지원 불가.

＊ 우리도 도움 필요.

비앙카는 솔직하게 마르쿠제 술탑의 사정을 밝혔다.

비앙카의 메시지가 시시퍼 마탑에 도착할 즈음, 마탑에서의 전쟁은 점점 더 격화되었다.

세상 모든 검의 주인이라 칭송을 받는 검주(劍主) 리헤스텐이 낭창낭창한 검을 휘두를 때마다 빛이 번쩍였다.

이 빛이야말로 오러를 잔뜩 압축하여 만든 오러의 정화였다.

일반 오러라면 와힛의 털끝 하나 해칠 수 없을 것이다.

하지만 오러의 정화는 달랐다. 이 오러에 살짝 스치기만 해도 수십 센티미터 두께의 철벽이 그대로 갈라졌다. 집채만 한 바위가 마구 쪼개졌다. 제아무리 와힛이 최강의 흑마법사라고 할지라도 오러의 정화를 무시할 수는 없었다.

게다가 리헤스텐은 지난 70여 년 동안 검술에 획기적인 발전을 이루었다. 리헤스텐이 마음을 먹는 순간, 그곳에는 이미 오러의 정화가 날아가서 공간을 찢어발기고 있었다. 리헤스텐이 눈길만 주어도 그곳은 이미 난도질이 된 상태였다.

이것은 마음의 검.

놀랍게도 검주 리헤스텐은 이 전설적인 경지에 올라섰다.

마음의 검이 발휘하는 위력은 실로 어마어마하였다. 리헤스텐이 마음의 검을 날려 보낸 순간, 와힛은 목이 썽둥 잘리는 느낌에 진저리를 쳐야만 했다. 실제로도 와힛은 여러 번 목이 잘릴 뻔했다.

만약에 와힛과 결합한 악마종이 재빨리 와힛을 순간이동 시키지 못했더라면 와힛은 벌써 몇 번이나 죽었을 것이다.

리헤스텐이 점점 더 빠르게 마음의 검을 휘둘렀다.

그에 비례해서 와힛이 순간이동을 하는 횟수도 점점 늘었다. 하도 순간이동을 해대다 보니 와힛은 머리가 어지러웠다. 집중력도 떨어졌다.

"큭."

결국 와힛의 목에 상흔이 생겼다. 오러의 정화에 와힛의 목이 스치면서 핏줄기가 쭉 뿜어졌다.

어스는 와힛이 휘청거리는 순간을 놓치지 않았다. 시시퍼 마탑의 탑주인 어스가 어느새 와힛에게 달려들어 와힛의 주변을 팔색 고리로 포박했다.

"크읔. 물러나라."

와힛이 손바닥을 쭉 뻗었다. 회색에 꽈배기 모양의 문자 18개가 날아가 어스의 팔색 고리를 강제로 밀어냈다.

그 사이 리헤스텐의 공격이 또 날아왔다.

"이런 젠장."

와힛이 얼굴을 잔뜩 구겼다. 와힛은 리헤스텐과 어스를 동시에 상대하는 것이 정말 버거웠다.

쌀라싸와 아르비아도 가끔씩 와힛을 도왔다. 두 신인은 시시퍼 마탑의 마법사들을 거칠게 몰아붙이는 한편, 기회가 될 때마다 흑주술과 흑마법을 날려서 리헤스텐이나 어스를 공격했다.

"쯧. 똥파리들이 귀찮게 하는구먼."

리헤스텐은 황당하게도 쌀라싸와 아르비아를 똥파리 취급했다.

"컥. 똥파리라니."

쌀라싸가 두 주먹을 부들부들 떨었다. 쌀라싸는 자존심이 상해서 얼굴이 시뻘게졌다.

"이런 미친 늙은이가 감히 누구더러 똥파리래?"

아르비아도 머리에서 김이 모락모락 솟았다.

그래도 두 신인은 리헤스텐에게 함부로 따지고 들지 못했다. 리헤스텐이 본격적으로 손을 쓰면 그들은 상대가 되지 못하는 탓이었다.

어쨌거나 와힛에게는 쌀라싸와 아르비아가 도움이 되었다. 두 신인이 한 번씩 거들어줄 때마다 와힛은 어지러운 손발을 다시 추스르고 마음을 다잡았다.

"이놈들, 죽어랏."

잠시 동안 기력을 회복한 와힛이 18개의 만자비문을 동원하여 어스와 리헤스텐에게 맞공세를 퍼부었다.

리헤스텐은 마음의 검을 날려서 만자비문의 공세에 맞섰다. 이 놀라운 검은 부정 차원의 인과율마저 툭툭 끊어내었다.

어스의 팔색 고리도 만자비문에 밀리지 않았다. 팔색 고리는 오히려 만자비문을 억누르며 와힛을 괴롭혔다.

와힛이 짜증을 내었다.

"크하. 정말 지긋지긋한 놈들이로다. 하지만 전쟁은 이제 시작일 뿐!"

와힛은 2명의 강적들을 상대하다 말고 갑자기 순간이동을 하여 지상에 내려섰다.

[크캬캬캬캬. 드디어 조건이 갖춰졌구나.]

와힛과 결합한 삼두 악마종이 미친 듯이 웃었다.

마침 시시퍼 마탑의 마법사들은 쌀라싸가 소환한 녹마병들과 치고받고 싸우던 중이었다. 그러다 와힛이 갑자기 코앞에 나타나자 주변의 모든 마법사들이 깜짝 놀랐다.

"허억?"

와힛은 마법사들에게는 신경도 쓰지 않았다. 와힛은 리헤스텐과 어스가 달려들기 전에 자신의 목에 찬 목걸이를 와락 뜯더니 땅바닥에 세차게 내리찍었다.

목걸이 중앙에 박혀 있던 검보랏빛 돌이 파삭 깨졌다.

사실 이것은 돌이 아니라 보울(Bowl: 그릇, 악마종들이 에너지를 담아두는 신체기관)이었다. 그것도 보통 보울이 아니라 성마 최하급의 악마종으로부터 적출한 값진 보물이었다.

성마급 악마종의 보울이라면 부정 차원에서도 구할 수 없는 최고의 보물 중의 보물이다. 와힛은 그 귀한 보울을 아낌없이 깨뜨렸다.

Chapter 6

촤촤촥—, 촤촤촥—.

와힛이 깨트린 보울로부터 검보랏빛 실이 가로 세로로 마구 뻗어나갔다. 그 실이 대지 위에 복잡한 도형을 그렸다.

마침 이 도형 위에는 시시퍼 마탑 마법사들의 시체가 가득했다.

두 눈을 부릅뜨고 죽은 시체들로부터 피가 증발했다. 선명한 색깔의 선혈은 아지랑이처럼 어른거리다가 와힛이 만든 도형 속으로 흡수되었다.

이런 괴현상이 넓은 평야에서 동시에 벌어졌다. 오늘 치열했던 전투로 인하여 이 일대에는 무려 200구가 넘는 시체들이 굴러다녔다. 그것도 일반 병사들의 시체가 아니라 마법사들의 주검이었다.

무려 200명이나 되는 마법사가 죽는 경우는 결코 흔하지 않았다. 와힛이 만든 복잡한 도형은 수많은 시체들로부터 영험한 선혈을 게걸스럽게 빨아들였다.

그렇게 피를 머금은 도형이 고대의 흑마법진으로 변했다.

이건 이 세상의 흑마법진이 아니었다. 부정 차원의 악마 종들도 알지 못하던 고대 마신의 유산이었다.

부정 차원에 머물 당시, 와힛은 이 고대의 흑마법진을 발견하고는 크게 기뻐했다. 그리곤 어떻게 하면 이 흑마법진을 활용할 수 있을지 꼼꼼하게 계획을 세웠다.

오늘은 디데이.

와힛의 오랜 계획이 드디어 실현될 날이었다.

흑마법진의 크기는 어마어마했다. 까마득한 과거, 부정 차원의 마신에 의해서 고안된 이 흑마법진은 생성과 동시에 영역을 쭉쭉 넓혀가더니, 어느새 주변 20 킬로미터가 넘는 범위를 집어삼켰다.

말이 20 킬로미터지, 이 정도면 어지간한 도시 크기였다.

와힛이 제아무리 성마급의 존재라 할지라도 이처럼 복잡하고 거대한 흑마법진을 눈 한 번 깜빡일 동안에 설치하기란 불가능했다.

하면 어떻게 이런 일이 가능했을까?

와힛은 꽤 오래 전부터 시시퍼 마탑 주변에 부정 차원의 흑마법진을 활성화할 준비를 해놓았다. 그것도 무려 한 달이라는 시간을 들여서 정교하게 판을 깔았다.

부정 차원의 흑마법진을 활성화하기 위한 조건은 무척 까다로워서 다음과 같은 네 가지가 필요했다.

첫째, 부정의 요람.

둘째, 성마급 존재 2명 이상이 뿜어내는 막대한 에너지.

셋째, 성마급 악마종의 보올.

넷째, 마나가 풍부하면서 악에 물들지 않은 깨끗한 제물 200명.

와힛은 모드레우스 제국에서 초마의식과 관련된 유희를 주재할 당시, 이탄을 통해서 부정의 요람을 다시 언노운 월드에 설치하는 데 성공했다.

그런 다음, 와힛은 조금 전에 나머지 세 가지 조건도 모두 채웠다.

우선 와힛은 시시퍼 마탑의 탑주인 어스를 전투에 끌어들이는 데 성공했다.

'나와 어스 늙은이가 맞서 싸우면 두 번째 조건은 저절로 달성할 게야.'

와힛은 치밀한 계획 아래 어스를 전투에 끌어들였고, 어렵지 않게 두 번째 조건을 달성했다.

물론 여기에 리헤스텐까지 등장하리라고는 와힛도 생각하지 못했다.

하지만 파괴적 에너지가 넘치면 넘칠수록 흑마법진의 활성화에 도움이 되는 것 아니겠는가. 하여 와힛은 리헤스텐의 등장에도 크게 걱정하지 않았다.

마침내 흑마법진 위에 파괴적 에너지가 충분히 차올랐다. 와힛은 더 이상의 싸움을 멈추고는 곧장 흑마법진의 핵위에 내려섰다.

와힛은 성마 최하급의 악마종으로부터 적출한 보울을 꺼내더니 흑마법진의 핵에 콱 박아넣었다.

이것으로 충전 완료.

와힛이 한 달 전부터 미리 설치해 놓은 부정 차원의 흑마법진은 보울에 담긴 악마종의 에너지를 게걸스럽게 흡수한다음, 곧바로 이어서 피를 갈구하기 시작했다.

마침 흑마법진 위에는 200구가 넘는 마법사들의 시체가쓰러져 있던 상황이었다.

죽은 마법사들은 당연히 살아생전에 악에 물들지 않았

다. 가진바 마나도 풍부했다. 그 이야기는 다들 흑마법진의
제물이 되기에 충분하다는 소리였다.

와힛이 설치한 부정 차원의 흑마법진은 살아있는 생명체
처럼 제물의 피와 살을 탐하였다. 그리곤 저절로 활성화 과
정을 끝마쳤다.

드디어 흑마법진 개방.

콰콰쾅!

하늘에서 새하얀 번개가 내리쳤다. 하늘 위가 갑자기 시
커멓게 물드는가 싶더니 태양이 자취를 감추었다. 검게 변
한 하늘을 중심으로 난데없이 강한 태풍이 몰아쳤다. 하늘
꼭대기에선 검보랏빛 스파크가 미친 듯이 날뛰었다.

그뿐만이 아니었다.

치지지지직! 소리와 함께 세상이 마구 흔들리는 듯했다.

"뭐야? 무슨 일이야?"

"이게 대체 무슨 현상이지?"

시시퍼 마탑의 마법사들은 쌀라싸의 녹마병들과 치고받
고 싸우다 말고 하늘을 올려다보았다.

새하얀 번개와 검게 물든 하늘이 아무래도 범상치 않았
다. 마법사들의 피부에 소름이 오소소 돋았다.

리헤스텐도 이마를 깊게 찌푸렸다.

"와힛, 이놈. 대체 무슨 꿍꿍이냐?"

리헤스텐은 서둘러 와힛을 죽여야겠다고 생각했다. 그렇지 않으면 무언가 큰 일이 터질 것만 같았다.

어스도 불길함을 느꼈는지 곧장 반응했다. 그의 팔색 고리가 와힛의 주변을 감싸더니 빠르게 회전했다.

이미 때는 늦었다.

"으하하하하. 이제 끝났다. 으하하하하."

와힛은 두 팔을 활짝 펼치고는 호탕하게 웃었다. 와힛의 노란 로브가 바람에 마구 펄럭거렸다.

[크캬캬캬캬.]

와힛과 결합한 삼두 악마종도 시커멓게 변한 하늘을 향해서 광소를 터뜨렸다.

치지지직!

노이즈가 한층 더 증폭되었다. 검게 물든 하늘은 불투명 유리를 통해서 바라보는 것처럼 뿌옇게 흐려졌다.

잠시 후, 하늘 위에 엄청나게 묵직한 물체의 모습이 드러났다.

"으응? 저게 대체 뭐야?"

마탑의 마법사 한 명이 손가락으로 하늘을 가리켰다.

그 행동이 계기가 되어서 모든 마법사들이 잠시 전투를 멈추고 고개를 위로 들었다.

비단 시시퍼 마탑의 마법사들만 이런 행동을 한 것이 아니었다. 녹마병이나 녹마장, 녹마사들도 공격을 멈추고 하늘로 시선을 돌렸다.

"어어억!"

"말도 안 돼."

쌀라싸와 아르비아도 멍하게 하늘만 올려다보았다.

Chapter 7

다들 놀라는 가운데 치지지직 소리가 점점 더 강해졌다. 새하얀 번개는 한층 더 격렬하게 대지를 때렸다.

어두운 상공에서 보랏빛 스파크가 현란하게 튀었다. 사람들의 머리 위로 불똥이 우수수 떨어졌다.

이변은 거기서 그치지 않았다. 난데없이 대기의 밀도가 폭증했다. 덕분에 마탑의 마법사들은 물속에 잠수라도 한 것처럼 숨 쉬기가 불편해졌다.

도제생이나 도제생 후보들이 느끼는 압박감은 마법사들이 느끼는 것보다 몇 배는 더 심했다.

이러한 압박감은 백 진영뿐 아니라 피사노교의 교도들에게도 똑같이 적용되었다.

그러던 한 순간이었다. 뿌옇던 하늘이 갑자기 선명하게

변했다. 그러면서 묵직한 물체의 정체가 또렷하게 드러났다.

"우와악?"

누군가 괴성을 내질렀다.

대부분의 사람들은 소리도 내지 못하고 입만 쩍 벌렸다.

놀랍게도 사람들의 머리 위에 우뚝 등장한 물체는 괴생명체가 아니었다. 덩치가 큰 악마종도 아니었다. 피사노교가 자랑하는 마도전함과는 더더욱 거리가 멀었다.

이것은 행성이었다.

그것도 보통 행성이 아니라 언노운 월드 대륙보다도 훨씬 더 큰 행성이 시시퍼 마탑 바로 위에 모습을 드러내었다.

언노운 월드 지면으로부터 행성까지 거리는 불과 수십 킬로미터에 불과할 뿐.

언노운 월드의 거대 산맥들의 높이가 수십 킬로미터는 족히 되니까, 그 산꼭대기에서는 저 행성까지 거리가 고작 수십 미터밖에 되지 않는다는 소리였다.

이 정도면 점프력이 좋은 기사가 풀쩍 뛰면 상대편 행성에 손이 닿을 정도의 거리였다. 상대 행성의 산과 강, 높은 건물들이 어렴풋이 보이는 거리였다.

그렇다!

이건 어프로칭(Approaching: 접근, 근접) 현상이다.

부정 차원의 일곱 제국 사이에서 드물게 벌어지는 괴현상이 엉뚱하게도 언노운 월드 한복판에서 나타났다.

와힛은 부정 차원에만 존재하는 어프로칭 현상을 언노운 월드로 끌어오기 위해서 고대의 흑마법진을 설치하고, 무고한 제물들을 대량으로 만들어 내고, 어스와 격전을 벌였던 것이었다.

오로지 어프로칭 현상을 일으키기 위해서.

오로지 부정 차원 모드레우스 제국의 악마종들을 이곳으로 끌어들이기 위해서.

와힛의 오랜 계획이 드디어 완성되었다.

"크하하하. 오라, 모드레우스의 친구들이여. 다들 이곳으로 넘어와서 비루한 인간족들을 쓸어버려라. 크하하하하."

와힛이 고개를 뒤로 젖히고 웃었다.

그 웃음이 끝나기도 전에 상공에 떠 있는 거대 행성으로부터 무수히 많은 마도전함들이 떠올랐다.

검은 관짝처럼 생긴 마도전함들은 얼핏 보기에는 피사노교의 기종과 비슷했다.

하지만 조금 더 자세히 보면, 이 마도전함 하나하나의 크기가 피사노교의 전함보다 몇 배나 더 크다는 사실을 알 수가 있었다. 또한 마도전함의 화력도 피사노교의 것보다 훨씬 더 막강했다.

마도전함의 출전은 시작에 불과했다. 성격이 급한 악마종은 맨몸으로 직접 점프하여 언노운 월드로 넘어왔다.

뱀 머리를 가진 악마종, 아메바처럼 형태가 고정되지 않은 악마종, 악룡을 연상시키는 악마종, 식물형 악마종 등등 등.

온갖 악마종들이 기괴한 뇌파를 터뜨리며 언노운 월드의 대기권으로 들어왔다.

선두에 선 자들은 대부분 진마급의 악마종들이었다.

그 뒤를 이어서 헤아릴 수 없이 많은 역마급 악마종들이 뒤따랐다. 심지어 약체인 일반마들도 포식의 기회를 노리고 약탈 대열에 끼어들었다.

이 모든 악마종들의 소속은 모드레우스 제국이었다.

모드레우스는 부정 차원의 일곱 제국 중 두 손가락 안에 꼽히는 강대국이었다. 부정 차원을 다 뒤져도 모드레우스 제국과 어깨를 견줄 만한 곳은 디아볼 제국밖에 없었다.

나머지 제국들은 모드레우스보다 한참 아래였다. 제국에 끼지도 못하는 왕국이나 공국은 말해 봤자 입만 아팠다.

솔직히 부정 차원에서 가장 약한 왕국이 쳐들어와도 언노운 월드의 운명은 끝장날 터인데, 상대는 부정 차원 최강의 포식자로 불리는 모드레우스 제국이었다. 그러니 이건 싸워보지 않아도 결과가 뻔했다.

당장 모드레우스 제국에는 와힛을 능가하는 성마급 악마종이 2명이나 되었다. 와힛과 동급이거나 와힛보다 뒤처지는 성마급 악마종까지 합치면 그 수가 제법 많았다.

물론 이러한 숫자는 비공식적인 통계였다.

모드레우스 제국에서 공인된 성마는 단 2명뿐. 와힛을 포함한 나머지 성마급 존재들은 전략적으로 비밀에 부쳐졌다.

이런 점은 모드레우스의 라이벌인 디아볼 제국도 비슷했다. 디아볼 제국에서 공식적으로 인정된 성마는 황제인 디아볼과 스악골 공작 단 2명뿐이었다.

하지만 그 이면을 들여다보면, 디아볼 제국에도 비공식적인 성마가 몇 명 더 존재했다.

어쨌거나 한 가지 확실한 점은, 모드레우스 제국의 성마들 가운데 극소수만 나서도 언노운 월드는 끝장난다는 사실이었다.

아니, 굳이 성마까지 나설 필요도 없었다. 모드레우스 제국에는 쌀라싸나 아르비아를 능가하는 진마급 악마종이 수도 없이 넘쳐났다.

이들만 출전해도 언노운 월드의 백 진영은 발칵 뒤집힐

수밖에 없었다.

진마보다 아래, 즉 무수히 많은 역마급 악마종들만 출전해도 아무런 문제가 없었다. 솔직히 역마급 악마종 한 명한 명은 피사노교의 어지간한 사도들보다도 더 강했다.

전체 인구수에서도 모드레우스 제국과 언노운 월드 백진영은 비교가 되지 않았다.

무기나 마법 아이템들도 모드레우스 제국이 언노운 월드에 비해서 훨씬 더 품질이 좋았다.

이처럼 전력 차이가 크다 보니 모드레우스의 악마종들이침공하는 순간 언노운 월드 백 진영은 무참하게 거덜 나는게 당연했다.

한데 그 순간, 세상 누구도 예상하지 못했던 파탄이 발생했다.

이 파탄은 시간의 흐름이 어긋나면서 생겨났다.

작년 9월 16일, 이탄은 부정 차원을 떠나서 언노운 월드로 복귀했다.

이탄이 차원을 넘나들 때마다 신비로운 타임 프리징(Time Freezing: 시간 동결) 현상이 발생하곤 했다.

그러니까 지금 이탄이 다시 부정 차원으로 돌아가면, 무려 4.5개월이라는 시간을 거슬러 올라가 작년 9월 16일에도착해야만 했다.

한데 와힛이 부정 차원과 언노운 월드 사이에 어프로칭 현상을 만들어 버렸다. 와힛은 쌀라싸를 통해서 이탄에게 마르쿠제 술탑의 발목을 잡으라는 미션도 주었다.

덕분에 두 차원 사이의 시간 매칭이 파탄 났다.

Chapter 8

이탄이 부정 차원에 돌아갔을 때 마주쳐야 할 모드레우스 제국의 악마종들은 분명히 작년 9월 16일의 악마종들이어야 했다.

그런데, 와힛이 열어젖힌 어프로칭 현상 때문에 이탄은 미래의 악마종, 즉 3월 3일(오늘)의 악마종과 인연이 닿아 버렸다.

원래는 이런 괴이한 일이 벌어져서는 안 되었다. 정상 세계 내에서 이처럼 시간이 어긋나는 일은 없어야 마땅했다. 정상 세계를 지배하는 인과율이 시간의 파탄을 용납하지 않기 때문이었다.

부정 차원도 마찬가지.

부정 차원을 지배하는 인과율도 차원 내 시간이 어긋나지 않도록 늘 관리했다.

문제가 발생한 것은 서로 다른 인과율의 지배를 받는 두 세계가 하나로 연결된 탓이었다. 정상 세계의 언령도, 부정 차원의 만자비문도 이 미묘한 어긋남을 바로잡지 못했다.

두 인과율이 시간의 어긋남 문제를 자각했을 때는 이미 어프로칭 현상이 벌어진 이후였다. 그 때 이미 수많은 악마 종들은 모드레우스 행성을 떠나서 언노운 월드의 대기권으로 진입해버렸다.

꽈득!

정상 세계의 시간 축과 부정 차원의 시간 축이 충돌했다.

꽈드득!

정상 세계의 인과율과 부정한 인과율이 정면으로 맞부딪 쳤다.

꽈드드득!

태초 이래 유례가 없던 대형 사고가 터졌다.

이것은 행성끼리 충돌하는 것보다 훨씬 더 어마어마한 일이었다. 신급 존재들끼리 혈투를 벌일 때보다도 더 큰 파장이 번질 수밖에 없었다.

미묘한 시간의 어긋남 때문에 양쪽 세계의 모든 생물과 무생물들이 통째로 사라질 위기가 발생했다.

그들의 과거와 현재, 미래가 한꺼번에 혼란스럽게 뒤섞이면서 세상의 모든 존재들은 존재의 근거를 잃어버렸다.

양쪽 세계의 인과율들은 이 대혼란 사태를 처리할 수 없어 당황했다.

두 인과율은 문제의 열쇠인 이탄을 소환했다.

사태가 이렇게 혼란스럽게 꼬인 것은 이탄의 탓이었다. 오직 이탄에게만 적용되는 타임 프리징 현상과 와힛이 기획한 어프로칭 현상이 서로 모순되다 보니 두 차원의 시간축이 어긋나버린 게 아닌가.

마침 이탄은 동차원에서 정체불명의 희끄무레한 신과 피 튀기는 혈투를 벌인 끝에 무척 지쳐있던 와중이었다. 아슬아슬하게 무승부로 전투를 마친 뒤, 이탄은 가물거리는 정신을 가까스로 붙잡았다. 그리곤 마르쿠제 술탑과의 1차전을 황급히 끝내고 랑무 대산맥으로 병력을 물렸다.

바로 그 타이밍에 두 세계의 인과율이 동시에 이탄을 소환했다.

랑무 대산맥에서 기진맥진해 있던 이탄이 번쩍! 사라졌다.

그 이탄이 전쟁터의 한복판, 그러니까 언노운 월드와 모드레우스 행성의 딱 중간지점에서 불쑥 튀어나왔다.

치지지직!

순간적으로 강한 노이즈가 이탄의 귀청을 울렸다.

언노운 월드를 향해서 빠르게 날아오던 마도전함들이 흐릿하게 변했다. 무시무시한 기세로 달려들던 악마종들도 흐릿함과 또렷함 사이를 왔다갔다 반복했다. 심지어 하늘에 우뚝 떠 있는 모드레우스 행성도 통째로 흐릿해졌다가 다시 또렷해지고, 그랬다가 다시 흐릿하게 변했다.

이와 같은 현상이 벌어진 이유는 하나였다.

모드레우스 제국의 모든 악마종과 건축물, 사물, 그리고 행성은 작년 9월 16일 정해진 시각에 이탄과 다시 만나야 했다.

한데 지금 이탄의 눈앞에 등장한 악마종과 건물, 사물, 행성은 작년이 아닌 오늘 3월 3일의 것들이었다.

과거의 나와 현재의 내가 동시에 한 자리에 나타나면 과연 어떤 일이 벌어질 것인가?

그 답이 나왔다.

과거의 악마종과 현재의 악마종이 동시에 한 공간 한 시간대에 등장하면서 간섭 현상이 발생했다.

작년의 모드레우스 행성과 현재의 모드레우스 행성이 한 공간 한 시간대에 나타나면서 충돌을 피할 수가 없었다.

콰드드드득!

모든 이들의 귓가에 무언가 갈려나가는 듯한 소리가 들렸다.

이윽고 악마종들 가운데 거의 3분의 2, 마도전함들 가운데 절반 이상이 빛의 입자로 변해서 가루처럼 흩어졌다. 그와 동시에 모드레우스 행성의 절반도 입자가 흩어지는 것처럼 자취를 감추었다.

그것들은 마치 처음부터 이 세상에 존재하지 않았던 것처럼 사라져 버렸다.

어긋난 시간 축이 다시 맞물리면서 발생한 결과는 어마어마하였다.

와힛이 어프로칭 현상을 일으키지 않고, 이탄이 평소처럼 무난하게 부정 차원에 재진입했다고 치자.

이탄이 그렇게 작년 9월 16일의 부정 차원으로 재진입했을 때 이탄과 마주쳤을 만한 악마종들이 1차로 사라졌다.

1차 접촉자들과 만나서 영향을 받았을 만한 악마종들도 모조리 존재를 부정당했다. 이들은 이른바 2차 접촉자들이었다.

이 2차 접촉자와 동선이 겹쳐서 영향을 받았을 만한 3차 접촉자들, 4차 접촉자들, 5차, 6차, 7차…….

이 모든 악마종들이 그대로 갈려나갔다.

악마종보다 하위인 몬스터들도 예외는 없었다.

단지 생명체들만 삭제를 당한 게 아니었다. 이탄이 부정 차원에 재진입했을 때 만졌을 만한 사물들, 이탄이 머물렀을 만한 건물들, 이탄이 걸어 다녔을 도로, 이탄의 눈에 비쳤을 모든 풍경들이 치지지직 소리와 함께 지워졌다.

그것들은 원래부터 세상에 존재하지 않았어야 했기에, 관련된 역사마저 뒤집혔다.

무엇보다 충격적인 사실은 모드레우스 제국의 상징인 신마목에도 변화가 발생했다는 점이었다.

특이하게도 모드레우스 제국의 수도는 상상을 초월하게 거대한 나무인 신마목의 잎사귀 위에 세워져 있었다.

신마목은 총 8층의 트리 구조로 되어 있으며, 각 층마다 드넓은 원반 형태의 나뭇잎이 존재했다.

모드레우스의 악마종들은 이 나뭇잎 위에 집을 짓고 살았다. 그것도 한두 채가 아니라 제국의 수도를 통째로 신마목의 나뭇잎 위에 건축했다.

모든 건축물들 중에 가장 중요한 곳인 황궁은 신마목의 가장 위쪽인 8층 나뭇잎 위에 자리매김했다.

신마목이 어찌나 거대했던지 8층 나뭇잎은 행성의 대기권을 넘어 우주로 튀어나와 있었다. 그러므로 황궁이 세워진 곳에는 공기라고는 전혀 찾아볼 수가 없었다.

Chapter 9

황궁 아래 7층에는 황족과 고위 귀족들의 대저택이 자리를 잡았다. 이곳 7층도 8층과 마찬가지로 대기권 밖이었다.

6층에는 제국 행성부서들과 관리들이 거주했다.

그보다 더 아래층에는 하급 관리들과 일반 백성들, 하위층 백성들이 층층이 살고 있는 구조였다.

다행히 신마목의 5층부터는 대기권 안으로 들어왔다.

신마목 각 층의 나뭇잎들은 크기가 모두 달랐는데, 아래로 내려갈수록 점점 더 나뭇잎의 면적이 커지는 구조였다.

대신 아래층으로 내려갈수록 인구도 나뭇잎의 면적보다 훨씬 더 급격하게 늘었다. 따라서 인구밀도 관점에서는 황궁이 위치한 8층이 가장 인구밀도가 낮고 쾌적했다. 반대로 1층이 가장 북적거렸다.

신마목은 크기가 어마어마한 만큼 뿌리도 무척 깊고 억셌다. 신마목의 뿌리는 놀랍게도 모드레우스 행성을 관통하여 행성의 반대쪽으로 튀어나올 정도로 깊었다.

지금 언노운 월드 대륙에서 빤히 보이는 툭 튀어나온 나뭇가지 같은 것들이 사실은 신마목의 뿌리에 해당했다.

이처럼 상상을 초월하는 거목이 오늘 크나큰 위기를 맞았다.

푸스스스.

신마목의 오른쪽 절반이 빛의 입자로 변해서 흩어지는 장면은 그야말로 압도적이었다. 특히 신마목의 6층 잎사귀는 처음부터 없었던 것처럼 통째로 지워졌다. 잎사귀가 사라지면서 그 위에 세워져 있던 모드레우스 제국의 행정부서들도 모두 사라졌다. 모드레우스 제국의 수도가 8층 구조에서 7층으로 줄어든 셈이었다.

한편 제국의 악마종들의 기억에도 공백이 발생했다.

모드레우스 제국의 악마종들은 바로 옆 동료나 가족들이 세상에서 지워졌음에도 그 사실을 이상하다 여기지 않았다. 그들은 반쪽만 남은 모드레우스 행성을 보고도 그러려니 생각했다. 신마목의 오른쪽 절반이 날아간 것도 자연스럽게 받아들일 수밖에 없었다.

왜냐하면 지금 사라진 것들은 원래부터 이 세상에 존재해서는 안 될 것들이기 때문이다. 그러니 필연적으로 사라져야 할 과거는 운 좋게 살아남은 현재의 악마종들의 기억 속에서는 씻은 듯이 자취를 감출 수밖에 없었다. 살아남은 생존자들은 반쪽만 남은 세상을 무감각하게 받아들였다.

이 운 좋은 자들의 명단에는 와힛도 포함되었다.

피사노교 서열 2위인 이쓰낸도 다행히 악몽을 피해 갔다.

정상 세계와 부정 차원, 이 2개의 세상을 지배하는 인과율은 이처럼 무지막지하고 폭력적인 방법으로 어긋난 시간축을 다시 끼워맞췄다.

째애애깍, 째애애깍, 째애깍, 째깍, 째깍.

잠시 스톱되었던 시간이 다시 정상적으로 흘렀다.

이탄은 강한 두통을 느꼈다.

"으으윽. 뭐지?"

이탄은 지금 여기가 어디인지 판단이 서지 않았다.

이탄이 두 손으로 머리를 감싸 쥔 순간이었다.

[큡!]

잔뜩 억눌린 신음 같은 뇌파가 이탄의 뇌에 들렸다. 어딘지 모르게 공포에 질린 듯한 뇌파였다.

[꺄아아아악—.]

조금 뒤에는 찢어지는 비명이 이탄의 뇌에 전달되었다. 비명 속에는 소름 끼치는 증오와 억울함, 그리고 고통의 감정이 뒤섞여 있었다.

이탄은 어디에서 이런 비명이 들린 것인지 파악하지 못했다.

솔직히 지금 이탄은 신음이나 비명에 신경을 쓸 경황이 없었다. 뭔가를 파악하기엔 이탄의 두통이 너무 심했다.

그즈음 하늘에서는 치지직거리던 노이즈가 사라졌다. 흐림과 또렷함을 반복하던 현상도 없어졌다.

행성의 절반이 사라져 반달 모양이 된 모드레우스 제국으로부터 벌떼처럼 많은 악마종들이 날아올랐다.

악마종들은 하늘로 힘차게 점프하여 언노운 월드로 넘어왔다. 검은 관처럼 생긴 마도전함들도 위풍당당하게 진격을 계속했다.

사실 이렇게 위풍당당할 일은 아니었다. 조금 전까지만 하더라도 이보다 훨씬 더 많은 수의 악마종들이 언노운 월드로 침략하고 있었다. 모드레우스 제국의 병력은 눈 깜짝할 사이에 60퍼센트 이상이 삭감을 당했으며, 마도전함도 절반 넘게 줄었다.

이처럼 끔찍한 사태가 벌어졌으니 당연히 모드레우스 제국의 악마종들은 사기가 크게 저하되어야 마땅했다. 다들 공포에 질려야 마땅했다.

하지만 그런 일은 벌어지지 않았다.

악마종들의 기억이 왜곡된 탓이었다.

시간이 다시 정상적으로 흐르고, 모드레우스 병력들의 침공이 본격화될 즈음, 이탄은 언노운 월드와 모드레우스 행성 사이에 둥실 떠서 손으로 머리를 움켜쥐고 있었다.

"으으윽."

이탄의 잇새에서 고통스러운 신음이 흘렀다.

그런 이탄을 향해서 진마급 악마종 하나가 달려들었다.

[캬햐햐, 인간 놈이로구나.]

난쟁이처럼 체격이 작은 이 악마종은 원래 언노운 월드

지상으로 내려가 인간족들을 닥치는 대로 잡아먹으려던 참이었다. 그러다 우연히 이탄을 발견하고는 허공에서 방향을 홱 틀었다.

[하찮은 인간족 따위가 이 높은 곳까지 어쩐 일이래?]

난쟁이 악마종은 잠자리 날개를 빠르게 흔들어 이탄에게 접근했다.

예전에 이탄은 피사노교의 보고 안에서 안내자 악마종을 만났었다.

그런데 지금 이탄에게 달려들고 있는 난쟁이 악마종은 그때의 그 안내자와 생김새가 꼭 닮았다.

[캬햐햐햐, 우선 입가심으로 네놈의 야들야들한 살부터 파먹어줄까?]

난쟁이 악마종이 단숨에 날아와 이탄의 복부에 꼬리를 찔렀다.

난쟁이 악마종의 꼬리는 끝이 뾰족한 화살을 연상시켰다. 난쟁이 악마종은 그 날카로운 꼬리로 이탄의 내장부터 쪽쪽 빨아먹을 요량이었다.

이게 얼마나 어이없는 생각이었는지는 곧 드러났다.

뻥!

풍선 터지는 소리와 함께 난쟁이 악마종의 꼬리가 폭발했다.

[캬학?]

기겁을 한 난쟁이 악마종이 뒤로 물러섰다.

아니, 실제로는 물러나지 못했다. 그보다 한 발 앞서 이탄이 손을 뻗었다.

제2화
구현의 가호

Chapter 1

이탄은 한 손으로 자신의 얼굴 절반을 감싼 채 나머지 손으로 난쟁이 악마종의 목을 쥐어뜯었다.

[캬학, 캭, 캭캭.]

목이 뜯긴 난쟁이 악마종이 피를 분수처럼 쏟으며 언노운 월드 대륙으로 추락했다.

이탄은 피범벅이 된 손으로 자신의 얼굴을 감쌌다.

"으윽. 으으윽."

이탄의 얼굴이 악귀처럼 일그러졌다. 손에 묻은 피가 이탄의 얼굴을 더럽혔다. 지금 이탄은 두개골이 빠개질 것처럼 쑤셨다. 온몸은 불구덩이에 빠진 것처럼 뜨거웠다. 투툭, 투툭하고 이탄의 신체 내부에서 무언가 뜯어지는 소리가 났다.

고통을 참지 못한 이탄이 두 팔을 신경질적으로 벌렸다.

"크아아아악."

쩍 벌린 이탄의 목구멍에서 하늘을 쩌렁쩌렁 울리는 괴성이 쏟아졌다.

그와 동시에 이탄이 인과율의 여신으로부터 강탈한 최상격의 언령, '엑시큐션(Execution: 집행)'이 발동했다.

이탄은 의도적으로 '엑시큐션'을 사용한 게 아니었다. 온몸이 찢어질 듯 아프고 뇌가 쪼개질 듯한 통증을 이기기 위해서 몸부림치다가 우연히 '엑시큐션' 언령을 발동했을 따름이었다.

집행, 혹은 처형이라는 의미를 가지는 이 최상격 언령의 파괴력은 엄청났다.

대기권을 뚫고 언노운 월드 대륙으로 넘어오던 진마급의 악마종들이 그대로 처형을 당해 목이 잘렸다.

거대한 단두대의 환영 같은 것이 나타난다 싶더니 무수히 많은 악마종들의 목을 훑으면서 차례로 베어버렸다. 악마종들은 원래부터 몸과 머리가 따로 분리되어 있었던 것처럼 후두둑 지상으로 굴러떨어졌다.

하늘에서 우수수 쏟아진 수천 개의 머리통들은 대부분

진마급 악마종들의 것이었다.

머리통의 낙하에 뒤이어서 피가 비처럼 쏟아졌다. 약간의 시간차를 두고서 악마종의 몸뚱어리들도 지상으로 떨어졌다.

이건 시작에 불과했다. '엑시큐션' 언령은 선봉에 섰던 진마급 악마종들만 처형하지 않았다. 그 다음 열의 악마종들도 모조리 목을 잘랐다.

그 다음 열도, 또 그 다음 열도.

무수히 많은 악마종의 머리통이 하늘에서 굴러떨어졌다. 이번에 낙하한 머리통의 개수는 무려 수만 개에 이르렀다.

그런 다음 한 번 더 머리통들이 우르르 낙하했다. 이번에는 무려 수십만 개의 머리통이 유성우처럼 쏟아졌다.

이탄의 언령 한 방으로 인해서 모드레우스 제국의 선발대가 전멸했다.

조금 전 두 차원의 시간에 어긋남이 발생하면서 인구의 60퍼센트 가까이가 사라진 모드레우스 제국이었다. 거기에 더해서 이번에는 모드레우스 제국의 선발대 전원이 이탄의 손에 처형을 당했다.

이탄의 '엑시큐션'은 맨몸으로 전쟁터에 뛰어든 악마종에게만 적용되지 않았다. 마도전함 내부에 탑승하고 있던 악마종들도 예외 없이 머리와 몸이 분리되었다.

'엑시큐션'은 언령이지 마법이 아니었다.

그러므로 마도전함에 새겨진 저항마법은 전혀 도움이 되지 않았다. 탑승자들은 무방비 상태에서 처형을 당할 수밖에 없었다.

마도전함의 조종사들이 가장 먼저 '엑시큐션'에 의해서 처형을 당했다.

[꾸르륵.]

머리를 잃은 조종사들이 앞으로 픽픽 고꾸라졌다. 그들의 육중한 몸뚱어리가 전함의 가속 페달을 눌렀다.

쿠콰콰콰콰—.

헤아릴 수 없이 많은 마도전함들이 갑자기 급가속하면서 언노운 월드를 향해서 곤두박질쳤다.

그 와중에 마도전함의 조종간까지 핑그르르 돌아갔다.

마도전함들은 이리저리 휘청거리다가 서로 충돌했다.

둔중한 충격에 의해서 마도전함의 선체 일부가 함몰되었다. 수천, 수만 척의 전함들이 시커먼 연기를 내뿜었다. 그 전함들은 언노운 월대 대륙 곳곳으로 추락했다.

당연히 이탄의 머리 위로도 커다란 전함 몇 척이 떨어져 내렸다.

그 때까지도 이탄은 손으로 머리만 감싸고 있을 뿐 피할 생각을 하지 못했다. 오히려 추락하던 마도전함들이 알 수 없는 척력(밀어내는 힘)에 의해서 밀려나듯 이탄을 비껴갔다.

쿠쿠쿵.

이탄의 옆을 스쳐지나간 마도전함 한 기가 시시퍼 마탑의 상층부를 들이받았다.

마탑에 걸려 있던 보호마법이 자동으로 발동하면서 추락한 마도전함을 옆으로 튕겨내었다. 그러면서 시시퍼 마탑의 보호막 전체가 금빛으로 출렁였다.

쿠쿠쿵.

또 다른 마도전함이 시시퍼 마탑의 보호막과 충돌했다.

이번에도 마도전함은 마탑의 보호막에 의해서 옆으로 튕겨났다가 이내 구름을 뚫고 지상으로 추락하여 지면과 충돌했다.

마탑 저 아래쪽에서 어마어마한 굉음과 함께 지축이 뒤흔들렸다. 마도전함이 폭발하면서 만들어낸 충격파가 시시퍼 마탑을 측면에서 후려쳤다.

이 한 방의 폭발로 인해 시시퍼 마탑의 금빛 보호막이 찢겼다.

사람들도 크게 상했다.

"아악!"

"살려 줘."

시시퍼 마탑 주변에 대기 중이던 도제생과 도제생 후보들은 폭발의 충격으로 인해 피투성이로 변했다.

마법사들 가운데 일부도 몸이 너덜너덜해졌다.

이건 시작에 불과했다. 지금 추락하는 마도전함이 한두 기가 아니었다.

쿠웅. 쿠웅. 쿠웅. 쿠웅.

연달아 떨어진 마도전함들이 시시퍼 마탑을 마구 들이받았다. 마탑 전체가 〈자 모양으로 구부러졌다가 이내 옆으로 기울었다.

쿠와아앙!

거대한 마탑이 쓰러지면서 만들어낸 충격파는 주변 수십 킬로미터를 떨어 울렸다. 다시 그 위로 수십 척의 마도전함들이 추가로 추락하여 연쇄폭발을 일으켰다.

하늘을 향해서 버섯 모양의 흙먼지가 피어올랐다. 뜨거운 열폭풍이 일어나 온 사방을 휩쓸었다.

"안 되겠다. 다들 피해라."

시시퍼 마탑의 부지파장들 가운데 한 명이 목이 터져라 비명을 질렀다.

부지파장은 단지 경고에만 그치지 않았다. 그는 강한 바람을 일으켜서 마법사들의 머리 위에 고밀도의 공기층을 두껍게 깔아주었다.

이 공기층 덕분에 마법사들은 상대적으로 충격을 덜 받았다.

"빨리 피해. 빨리."

부지파장이 한 번 더 고함을 질렀다.

마법사들이 사방으로 흩어졌다.

도제생과 도제생 후보들도 미친 듯이 숲으로 뛰었다. 도망치는 무리 중에는 이마에서 피를 흘리는 헤스티아 영애의 모습도 보였다.

Chapter 2

시시퍼 마탑의 마법사들만 정신없이 도망치는 것이 아니었다. 녹마장, 녹마사, 녹마병들도 전투를 멈추고는 쌀라싸가 있는 방향으로 냅다 달렸다.

"이런 제기랄."

심지어 쌀라싸마저도 거대 마차에서 뛰어내려 숲으로 뛰어들었다.

아르비아는 어느새 쌀라싸의 옆에서 나란히 달리는 중이었다.

마도전함의 추락과 폭발은 신인들마저 기겁하게 만들 만

큼 위력적이었다.

쌀라싸의 마차에 타고 있던 비곗덩어리들과 반라의 여자들도 죽을 둥 살 둥 쌀라싸를 뒤따랐다.

"헉헉, 헉헉헉."

다들 숨소리가 거칠었다.

두툼한 살을 출렁거리며 힘겹게 뛰던 비곗덩어리들은 어느 순간부터 달리기를 포기하고 눈덩이처럼 구르기 시작했다.

피사노교의 교도들 가운데 그 누구도 전투에 신경을 쓰지 못했다. 지금 전투가 문제가 아니었다. 교도들의 머리 위에서 시커먼 연기를 내뿜으며 추락 중인 거대한 마도전함들이 동시에 몽땅 폭발한다면 이 대륙은 그대로 종말을 맞을 것만 같았다.

한편 와힛은 어이가 없었다.

"아니, 이게 무슨 일이야?"

지난 한 달 동안 와힛은 차원을 뛰어넘는 어프로칭 현상을 만들어내기 위해서 엄청나게 공을 들였다. 와힛은 정말 자신의 모든 것을 걸고 이 엄청난 업적을 이루었다.

와힛이 치밀하게 세운 계획이 끝끝내 결실을 맺었다. 마침내 모드레우스 행성이 언노운 월드 상공에 나타난 것이다.

'한데 이게 뭔가?'

다음 스텝이 이상하게 꼬여버렸다.

언노운 월드를 침략해야 할 악마종들이 갑자기 목이 잘려 땅에 떨어진다. 마도전함 함대도 궤멸적 타격을 입는다.

와힛이 멍하게 하늘을 올려다보는 가운데 머리가 잘린 악마종들은 계속해서 유성우처럼 떨어졌다. 추락하는 마도전함들이 와힛의 옆을 빠르게 스쳐 지나갔다.

"어찌 이런 일이 있단 말인가."

와힛은 눈으로 보고도 이 사태를 믿을 수가 없었다.

와힛만 할 말을 잃은 게 아니었다. 와힛과 결합한 삼두 악마종도 머리가 멍했다.

[이런 미친!]

삼두 악마종의 머리 3개가 동시에 똑같은 뇌파를 내뱉었다.

와힛뿐 아니라 검주 리헤스텐도 난생 처음 접하는 괴상한 현상에 도통 정신을 차릴 수가 없었다.

하늘 위에 낯선 행성이 갑자기 나타나더니, 그 행성으로부터 헤아릴 수 없이 많은 악마종들이 쏟아져 나오는 것이 아닌가.

리헤스텐은 이 괴상한 장면을 보면서 머리를 좌우로 흔들었다.

"내가 지금 와힛의 환각 마법에 사로잡혔나?"

순간적으로 리헤스텐은 이런 의심을 해보았다.

다시 생각해보니 그건 불가능했다. 리헤스텐은 눈이 아닌 검령으로 사물을 분간하는 경지에 올라섰다.

세상의 그 어떤 환각마법도 검령을 속일 수는 없었다. 검령은 검으로 이루어진 세계, 즉 검계(劍界)의 영이기 때문이다. 검령은 시각이나 청각이 아닌 오로지 검감으로 세상만사를 파악하곤 했다.

지금 이 순간에도 검령은 리헤스텐에게 구름 위에서 줄줄이 내려오는 악마종들이 환각이 아닌 실체라고 알려주고 있었다.

"아니, 대체 와힛이 무슨 짓을 한 게야?"

리헤스텐은 당황한 와중에도 정신을 똑바로 차리려고 애썼다.

'지금 다른 걸 따질 때가 아니다. 만약 저 사악한 악마종들의 침략을 막아내지 못한다면 세상은 끝난다. 대륙 전체가 파괴될 게야.'

리헤스텐은 검의 손잡이를 꽉 움켜쥐고는 하늘로 몸을 날렸다.

리헤스텐이 목표로 삼은 대상은 구름 위에서 날아드는 악마종들이 아니었다. 리헤스텐은 악마종보다 와힛을 먼저 처단해야 한다고 판단했다.

'저 악마종들을 이 땅에 불러들인 자가 와힛일 테니까 그를 없애면 저 악마들도 사라질지 몰라.'

이게 리헤스텐의 판단이었다.

어스가 리헤스텐을 도왔다.

위이이이잉―.

정상 세계 인과율의 힘을 품고 있는 팔색 고리가 빠르게 회전하면서 와힛의 도주로를 미리 차단했다.

"다시 붙어보자는 게냐?"

와힛이 노란 로브를 펄럭였다.

계획이 꼬여서 화가 난 것일까? 와힛의 두 눈은 진한 검보랏빛으로 물들었다. 와힛과 결합한 악마종은 어느새 3개의 머리를 가진 노란 드래곤으로 변하여 와힛의 머리 위에서 좌우로 몸통을 흔들었다.

어느새 날아온 팔색 고리가 훙훙훙훙 소리를 내면서 와힛의 주변을 빠르게 장악했다.

리헤스텐의 응축 오러는 와힛의 목과 심장을 노리고 속속 날아들었다.

그때 마도전함의 폭발이 시작되었다.

맨 처음 추락한 마도전함이 시시퍼 마탑과 부딪치면서 사방으로 불똥이 튀었다. 이어서 두 번째, 세 번째로 추락한 마도전함이 시시퍼 마탑 중앙부를 〈자 모양으로 꺾어버렸다. 네 번째 마도전함, 다섯 번째 마도전함도 잇달아 추락하여 폭발했다.

쿠우웅!

하늘에 버섯구름이 크게 피어올랐다.

잠시 후에는 강렬한 열폭풍이 온 사방을 휩쓸었다.

제아무리 마신과 같은 와힛일지라도 이 폭발로부터 자유로울 수는 없었다.

[쳇. 어쩔 수가 없네.]

결국 삼두 악마종이 와힛의 몸뚱어리를 수십 킬로미터 밖으로 옮겨주었다.

어쩔 수 없이 자리를 피한 것은 리헤스텐이나 어스도 마찬가지였다.

"크흥."

리헤스텐은 검 위에 올라타더니 쏜살같이 시시퍼 마탑으로부터 멀어졌다. 리헤스텐의 주변에는 오러로 이루어진 오러막이 나타나 리헤스텐을 보호했다.

어스의 팔색 고리도 물거품처럼 신비롭게 자취를 감추었다.

3명의 절대자 사이에 벌어졌던 치열한 전투는 그렇게 소강상태로 접어들었다. 이제 대폭발의 현장에는 이탄만 남았다.

Chapter 3

그때까지도 폭발의 기세는 수그러들지 않았다. 하늘에서는 계속해서 마도전함들이 추락 중이었다.

쿠웅. 쿠웅. 쿠웅. 쿠웅.

빠르게 떨어진 마도전함들은 언노운 월드의 대지를 거칠게 들이받고는 초고열의 폭발을 일으켰다.

"으으으으윽."

생지옥이 열린 듯한 대폭발의 현장에서 이탄은 홀로 머리를 감싸 쥐고 끔찍한 고통과 맞서 싸웠다.

바로 그 때였다. 이탄의 등 뒤에 새로운 존재가 등장했다.

꿀렁 꿀렁 꿀렁.

갑자기 이탄 뒤쪽의 공기 굴절률이 변한다 싶더니, 꿀렁거리는 공기 속에서 파동으로 이루어진 존재가 불쑥 등장했다.

물리적인 몸체가 없이 오로지 파동으로만 이루어진 존재, 인과율의 여신이 다시금 언노운 월드로 복귀했다.

인과율의 여신은 지난번 아울 검탑 전투 당시에 이탄과 싸우다가 패하여 다른 우주로 피신했었다.

인과율의 여신은 '회귀' 라는 최상격의 언령을 가지고 있었는데, 이 언령 덕분에 그녀는 마음만 먹으면 새로운 과거를 만들어서 그 우주로 이주가 가능했다. 당시에 인과율의 여신은 '회귀' 의 언령을 사용해서 이탄과의 싸움을 피했다.

그러다 조금 전 언노운 월드의 시간 축이 우지끈 어긋나자 여신이 그 사실을 감지했다.

[이게 무슨 일이지?]

인과율의 여신은 재빨리 평행우주를 떠나서 본래의 고향으로 돌아왔다.

인과율의 여신이 막 언노운 월드에 들어섰을 때, 어긋났던 시간 축이 다시 제자리를 찾아가는 중이었다.

[저 부근에서 인과율의 힘이 요동치는구나.]

인과율의 여신은 대륙 중심부가 이번 기현상의 근원지임을 알아차리고는, 크게 한 걸음을 내디뎠다. 인과율의 여신이 의지를 일으키자 어느새 주변 풍경이 시시퍼 마탑으로 변해 있었다.

그곳에서 인과율의 여신은 이탄을 발견했다.

[헉? 저놈은!]

인과율의 여신이 무서운 안광을 내뿜었다.

마침 이탄은 '엑시큐션' 언령으로 악마종들을 처형하는 중이었다.

이탄의 언령으로 인해 무수히 많은 악마종들이 머리를 잃었다. 하늘에서는 피와 시체의 비가 후두둑 쏟아졌다.

[크아악. 역시 저놈이 내 권능을 훔쳐갔구나. 으드득. 오늘 반드시 내 것을 되찾고야 말 테다.]

인과율의 여신은 눈에서 증오를 내뿜었다.

그러던 여신이 힐끗 상공을 쳐다보다가 화들짝 놀랐다.

[아니, 저건 또 뭐야?]

여신은 그제야 언노운 월드 상공을 장악하고 있는 초거대 행성을 발견했다.

행성을 감싸고 있는 기운은 무척이나 불길했다. 인과율의 여신은 이 부정한 기운이 무엇인지를 곧바로 알아차렸다.

[어떻게 이런 일이 가능하지? 내가 다스리는 정상 세계 안으로 부정 차원의 일부가 넘어오다니, 어떻게 이런 현상이 일어난단 말인가?]

인과율의 여신이 당황하는 가운데 하늘에서는 마도전함들이 속속 떨어졌다. 그 전함들이 지면과 충돌하여 엄청난 폭발을 일으켰다.

인과율의 여신은 폭발을 피하지 않았다. 오히려 그녀는 폭발을 틈타서 이탄에게 몰래 접근하기로 마음먹었다.

이것은 정말 절호의 기회였다. 무슨 일 때문인지는 모르겠으나 지금 이탄은 손으로 머리를 감싸고 고통스럽게 휘청거리는 중이었다.

[이 찬스를 놓칠 수는 없지.]

인과율의 여신은 눈을 한 번 사납게 번뜩인 다음, 물거품처럼 대기에 녹아들어 이탄의 등 뒤로 접근했다.

인과율의 여신이 살금살금 접근할 때까지도 이탄은 무방비 상태였다. 여신은 그 틈을 놓치지 않았다.

[이 도적놈아, 소멸해버려랏!]

인과율의 여신은 벼락처럼 이탄에게 달려들었다.

꿀렁거리는 파동 에너지가 이탄의 몸뚱어리를 휘감았다. 일그러진 시간 에너지가 이탄을 집어삼켰다.

파동이 해일처럼 크게 일어나면서 공간이 몇 겹으로 접혔다.

"헙?"

이탄이 깜짝 놀라 몸을 뒤로 돌렸다.

그때 이미 여러 겹의 파동이 이탄을 집어삼킨 뒤였다.

세상의 모든 인간족들은 신체의 70퍼센트가 수분으로 이루어져 있게 마련이다. 따라서 인간족에게 파동 공격은 치명적일 수밖에 없었다. 체내의 액체가 파동에 휘말려 공진을 일으키면 신체가 그대로 폭발하는 탓이었다.

그러나 이탄은 인간이 아니었다. 이탄은 듀라한인지라 몸속에는 피가 거의 없었다. 게다가 이탄의 몸뚱어리는 뼛속까지 모두 금강체의 술법으로 단련되었다. 심지어 이탄의 혈관 벽도 몇 겹이나 코팅이 되어 있는 상태였다.

하여 이탄은 파동 공격에 영향을 받지 않았다.

[쳇. 내 이럴 줄 알았지.]

인과율의 여신은 어쩔 수 없다는 듯이 공격 방법을 바꿨다. 이번에 여신이 꺼내든 무기는 '정화'라는 의미의 언령이었다.

일단 정화의 빛에 노출되면 모든 사악한 것들은 사라지게 마련.

예전에 아울 검탑 전투에서 시시퍼 마탑의 부탑주인 라웅고는 바로 이 '정화'의 언령을 발동하여 피사노교의 신인들을 물리쳤다. 당시 쌀라싸를 비롯한 피사노교의 신인들이 기겁을 하며 도망친 것이 모두 '정화'의 언령 때문이었다.

인과율의 여신이 엄숙하게 선포했다.

[사악한 기운이여, 당장 정화될지어다.]

여신을 중심으로 빛이 퍼져나갔다. 그 빛이 닿는 모든 영역이 눈 깜짝할 사이에 정화되었다.

성스러운 영역 안에서 모든 부정한 것들은 그대로 타버릴 터, 인과율의 여신은 이탄이 곧 소멸할 것이라 기대했다.

택도 없는 기대였다. '정화'의 언령이 발동한 순간, 이탄은 (진)마력순환로 속을 흐르던 음차원의 마나는 음차원 덩어리 속으로 피신했다. 대신 정상적인 마나가 (진)마력순환로 속을 풍족하게 채웠다.

이탄의 뇌 속에 자리 잡고 있는 어둠의 법력도 어느새 정상적인 법력으로 대체되었다.

그러니 '정화'의 권능이 이탄에게 해를 끼치지 못할 수밖에.

Chapter 4

[크윽.]

인과율의 여신이 분한 듯 주먹을 파르르 떨었다.

원래 인과율의 여신이 가장 아끼는 언령은 '엑시큐션'과 '인지'로, 두 가지 언령 모두 최상격의 위력을 자랑했다.

'엑시큐션' 덕분에 인과율의 여신은 '집행자'로 불렸다.

'인지' 덕분에 인과율의 여신은 '아는 자'이기도 했다.

이상의 두 언령 덕분에 인과율의 여신은 정상 세계의 모든 일을 알고 있는 전지자이자 모든 생명체를 처단할 수 있는 전능자가 되었다.

거기에 더해서 인과율의 여신은 보조적으로 두 가지 언령을 즐겨 사용했다.

이 가운데 첫 번째가 모든 사악한 힘을 날려버리는 '정화'의 언령이었다. 이건 상격 언령에 속했다.

인과율의 여신이 보조로 사용하는 또 다른 언령은 '구현'이었다.

'구현'은 머릿속으로 상상한 것을 현실 세상에 그대로 만들어 주는 아주 특별한 언령이었다. 이것은 세상의 근원과 맞닿아 있는 몇 안 되는 희귀한 언령이었다.

인과율의 여신조차도 '구현'의 권능을 완벽하게 장악하지 못했다. 인과율의 여신은 그저 이 희귀한 언령을 적당히만 사용할 수 있을 뿐이었다.

당연히 '구현'도 최상격에 속하는 언령이었다.

[오냐, 이 도적놈아. 네놈을 세상에서 가장 처참하게 소멸시켜 주마.]

인과율의 여신이 모처럼 '구현'의 언령을 꺼내들었다. 꼭지가 돌아버린 여신은 오른손을 머리 위로 치켜들고는 아주 끔찍한 것을 상상했다.

그 끔찍한 존재는 신조차 집어삼킬 수 있는 아가리였다.

눈도, 코도, 사지도 없이 오로지 입만 존재하는 아가리.

메기의 입처럼 생겼고, 삐쭉삐쭉한 이빨이 돋아 있는 아가리.

[이것만으로는 부족해.]

인과율의 여신은 상상력을 좀 더 발휘했다.

인과율의 여신이 상상한 메기 입 같은 아가리는 상대의 모든 방어를 무시하는 특별한 특성을 지녔다.

인과율의 여신이 상상한 아가리는 한번 문 대상은 절대 놓치지 않는 집착의 특성도 지녔다.

인과율의 여신이 상상한 아가리는 한번 삼킨 대상은 즉각 소화시켜 버리는 특성도 부여받았다.

인과율의 여신이 상상한 아가리는 고무처럼 자유롭게 크기가 늘어나며, 한 번 늘어날 때 온 우주도 삼킬 수 있을 만큼 확장성이 좋았다. 따라서 상대가 아무리 공간을 뛰어넘어도 아가리를 피하는 것은 불가능했다.

인과율의 여신이 상상한 아가리는 시간의 흐름마저 차단하는 무서운 특성을 갖추었다. 따라서 상대가 시간을 뒤틀어도 아가리를 벗어나지 못했다.

그리하여 이 아가리는 신조차 삼켜서 소화시켜 버릴 수

있는 신살(神殺)의 병기로 거듭났다.   신조차 죽이는 병기
가 되었다.

까마득한 과거, 인과율의 여신은 외부에서 온 악신과 싸
울 때 처음으로 신살의 병기를 선보였었다.

그 후 인과율의 여신은 태초의 마신 피사노를 상대할 때
이 무시무시한 절대병기를 한 번 더 사용했더랬다.

비록 인과율의 여신 단독으로 악신이나 마신을 감당했던
것은 아니지만, 당시의 전투에서 그녀가 지대한 역할을 했
던 것은 사실이었다.

오늘 인과율의 여신은 사상 세 번째로 '구현'의 언령을
꺼내들었다. 여신은 '구현'의 언령이 저 간악한 도적놈(?)
을 단숨에 해치울 것이라 자신했다.

인과율의 여신이 의지를 일으키자 그녀의 오른손이 메기
의 입처럼 변했다.

스르륵, 쩝쩝.

여신이 만들어낸 아가리가 게걸스럽게 입맛을 다셨다.
그럼 다음 아가리는 시시퍼 마탑 상공 수백 킬로미터 영역
을 통째로 집어삼켰다.

덥석.

당연히 아가리가 삼킨 영역에는 이탄도 포함되었다.

[옳거니!]

인과율의 여신이 쾌재를 불렀다.

[아가리에게 잡아먹혔으니 이제 네놈은 끝났다. 이제 끝이라고.]

여신은 이탄이 아가리 속에서 처참하게 소화될 것이라고 확신했다.

이탄이 제아무리 공간을 뒤집어봤자 아가리의 밖으로 탈출하기는 불가능했다. 이탄이 제아무리 시간을 되감아봤자 아가리에게 집어삼켜지기 이전의 과거로 되돌아가는 것도 불가능했다. 당연히 이탄은 미래로 도망칠 수도 없었다.

이건 확고불변한 사실이었다.

최소한 인과율의 여신은 그렇게 믿었다.

실제로도 이탄이 보유한 최상격의 언령들, 이를테면 시간을 지배하는 '무한시'의 언령이나 '무한공'의 언령은 아가리 안에서는 동작하지 않았다.

이탄은 빛 한 점 들지 않는 컴컴한 아가리 속에서 그대로 소화될 뻔했다. 만약에 '발아'의 언령이 없었다면 말이다.

'발아'는 이탄이 피사노 사브아의 가문에서 찾아낸 언령이었다.

늦여름의 무더위가 기승을 부리던 작년 8월, 이탄은 모레툼 교황청으로부터 "싹 틔우기"라는 생소한 이름의 퀘스트를 받았다.

"실키 가문을 샅샅이 뒤져서 〈발아의 가호〉에 대한 단서를 찾아오라."는 것이 퀘스트의 목적이었다.

이탄은 그 퀘스트를 통해서 모레툼이 남긴 4,000개의 가호들 가운데 3,997번째, 즉 〈발아의 가호〉를 깨우쳤다. 또한 이탄은 이 가호가 상격 언령인 '발아'와 동일한 것임을 깨닫게 되었다.

그때의 인연이 이탄을 살렸다. 물론 언데드인 이탄에게 살았다는 표현은 적합하지 않겠지만 말이다.

조금 전 인과율의 여신이 기습을 했을 때 이탄은 극심한 두통 때문에 주변의 위험을 전혀 알아차리지 못했다.

이탄의 두통은 시간 축의 어긋남으로 인해 발생한 것으로, 제아무리 이탄이 신격 존재라고 할지라도 통증을 단숨에 해소하기는 힘들었다.

거기에 더해서 이탄은 지금 몸 상태가 최악이었다. 이탄의 몸뚱어리는 눈을 뜨고 봐줄 수 없을 만큼 엉망진창이었는데, 이는 이탄이 동차원에서 정체불명의 희끄무레한 신격 존재와 소멸을 각오한 혈투를 치렀던 탓이었다.

이탄은 정체불명의 신과 싸우다가 치명상을 입었고, 그 와중에 언노운 월드로 강제 소환을 당했으며, 거기에 더해서 뇌에도 강한 충격을 입었다.

이탄은 그야말로 최악의 상태에서 인과율의 여신으로부

터 기습 공격을 받은 셈이었다.

Chapter 5

이탄이 상대의 기습공격에 허무하게 당한 것은 바로 이러한 연유 때문.

이유야 어쨌건 간에, 이탄이 인과율의 여신에게 한 방 먹은 것은 엄연한 사실이었다. 일단 이탄이 아가리에게 삼켜진 이상, 여기서 탈출하기란 요원했다. 이탄도 아가리에게 잡아먹히고 나서야 비로소 사태의 심각함을 깨달았다.

처음에 이탄은 '무한공'의 권능을 사용해 보았다.

잘 되지 않았다.

이탄은 '무한시'를 펼쳤다.

이것도 무용지물이었다. 컴컴한 이곳에서는 시공이 고정되어 버린다는 사실을 이탄은 뒤늦게야 파악했다.

"이거 낭패로구나."

이탄은 백팔수라의 술법으로 탈출을 시도했다. 수라군림으로 돌파하여 이 괴상한 입 속에서 벗어나려는 의도였다.

이 방법 또한 망망대해에 조약돌 던지기나 마찬가지라 아무런 효과가 없었다.

이탄은 나라카의 눈, 즉 파멸의 광선을 방출해 보았다.

단숨에 달도 꿰뚫을 수 있는 파멸의 광선이건만, 망망대해에 쏘아진 레이저처럼 아무런 반응이 없었다.

이탄은 거신강림대진도 사용해 보았다.

그게 소용이 없자 이탄은 천주부동의 술법까지 동원했다.

다 무용지물이었다. 이탄이 아무리 발버둥 쳐봐도 신살의 병기인 아가리에게는 눈곱만큼도 통하지 않았다.

이탄이 여러 가지 시도를 해보는 와중에도 그의 몸뚱어리는 빠르게 소화될 기미를 보였다.

"크윽, 젠장. 내가 이렇게 어이없이 당한단 말인가?"

이탄은 가슴이 철렁했다.

바로 그 절망적인 타이밍에 이탄의 몸속에서 '발아'의 언령이 발동했다.

모레툼의 가호 가운데 3,997번이 〈발아의 가호〉였다.

이것과 연계되는 3,998번은 〈구현의 가호〉라 불렸다.

인과율의 여신은 '구현'이라는 언령을 사용해서 신살의 병기 아가리를 상상했다. 따라서 아가리 자체가 '구현'의 힘을 잔뜩 품은 것은 너무나도 당연한 일이었다.

이게 촉매 역할을 했다. 이탄이 깨우친 '발아'의 언령이 '구현'의 언령을 만나자 곧바로 묘한 일이 벌어졌다.

3,996번 〈연은의 가호〉가 3,997번 〈발아의 가호〉로 연결되어 진화했던 것처럼, 이번에는 〈발아의 가호〉가 '구현'이라는 언령을 만나면서 자연스럽게 〈구현의 가호〉로 진화하기 시작했다.

투두둑.

이탄의 몸속에서 무언가 끊어지는 듯한 소리가 울렸다.

이것은 모레툼이 하사한 〈발아의 가호〉가 껍질을 깨고 싹을 틔워 드디어 3,998번 〈구현의 가호〉로 한 단계 진화하는 소리였다.

동시에 이것은 이탄이 새로운 최상격의 언령인 '구현'의 권능을 깨우치는 소리이기도 하였다.

사실 인과율의 여신은 '구현'이라는 최상급 언령을 완벽하게 장악하지 못했다.

오히려 이탄이 한순간에 '구현'을 깨우쳐 버렸다. 그 증거로 이탄은 신살의 병기 아가리가 만들어지는 과정을 단숨에 통찰해내는 데 성공했다.

다른 언령들도 다 그러하지만, 특히 최상격의 언령은 오직 단 하나의 존재만이 장악할 수 있었다.

예를 들어서 어떤 신격 존재가 언령 하나를 장악하면, 다른 존재들은 그 언령을 사용할 수 없다는 뜻이었다.

신격 존재들은 이런 특성을 일컬어서 언령의 유니크

(Unique)함이라고 표현하곤 했다.

예전에 인과율의 여신이 '엑시큐션'의 권능을 사용하다가 이탄에게 빼앗긴 이후로 집행의 능력을 사용하지 못하게 된 것은 바로 이 유니크함 때문이었다.

'구현'의 언령도 당연히 최상격의 언령답게 유니크했다. 하여 지금까지는 오직 인과율의 여신만이 '구현'이라는 신적 권능을 휘두를 수 있었다.

그런데 오늘 이탄이 '구현'의 언령을 완벽하게 장악해버렸다. 그 즉시 인과율의 여신은 '구현'의 권능을 잃어버리게 되었다.

이건 마치 손가락 사이로 모래가 새어나가는 것 같았다. 인과율의 여신이 아무리 언령을 꽉 잡으려고 애써도 그것은 모래알처럼 스르륵 여신의 손아귀에서 빠져나갔다.

[으헙? 아, 안 돼.]

인과율의 여신이 허둥지둥 손을 휘저었다.

이미 늦었다. 인과율의 여신은 '구현'의 언령을 잃으면서 아가리에 대한 통제권도 함께 상실했다.

신살의 병기인 아가리는 오로지 '구현'의 권능을 통해서만 만들어진 존재다. 그러니 해당 인과율을 장악하지 못한 자는 아가리를 부릴 수가 없다.

이걸 반대로 말하면, '구현'의 주인이 된 자는 곧 신살의 병기 아가리를 통제 가능하다는 뜻이기도 했다.

오늘 이탄은 아가리의 새 주인이 되었다.

아가리는 주인이 바뀐 즉시 이탄에 대한 모든 공격을 중단했다. 아가리 내부에서는 더 이상 소화액이 분비되지 않았다.

투릅.

한번 삼킨 것은 절대 뱉지 않는다던 아가리가 이탄을 다시 토해놓았다.

이탄은 끈적끈적한 소화액에 온몸이 흠뻑 젖은 채로 세상에 다시 나왔다.

"끄으윽."

이탄이 답답한 신음을 토했다.

지금 이탄의 모양새는 끔찍하기 이를 데 없었다. 금강체의 술법으로 겹코팅이 되어 있던 이탄의 피부는 흐물흐물하게 반쯤 소화되다 만 채로 돌아왔다. 이탄의 머리카락도 절반 이상이 소화되다가 말았다. 이탄의 눈알 2개도 잔뜩 짓물렀다.

이처럼 신체적인 피해는 막심하였으나 이탄의 눈빛만큼은 그 어느 때보다도 더 형형하게 빛났다.

또한 이탄은 더 이상 끔찍한 두통에 시달리지도 않았다.

'또 네년이로구나.'

이탄은 별처럼 시린 눈으로 인과율의 여신을 노려보았다.

인과율의 여신은 까무러치게 놀랐다.

[어헉? 말도 안 돼. 어떻게 신살의 병기로부터 벗어날 수 있지? 이건 태초의 마신 피사노도 불가능했는데?]

여신이 놀라서 중얼거렸다. 그러다 무엇을 깨달았는지 여신의 눈동자에 증오가 가득 차올랐다.

[이런! 네놈이 또 빼앗아갔구나. 내 언령을 또다시 훔쳐 갔어. 크아아악. 이 빌어먹을 잡종 도적놈아.]

인과율의 여신이 이탄에게 미친 듯한 분노를 쏟아붓는 동안, 이탄은 여신이 내뱉은 독백에 꽂혔다.

'호오? 태초의 마신이라고? 예전에 이 괴상한 수법으로 태초의 마신을 집어삼킨 적이 있었나?'

Chapter 6

이탄은 고개를 삐뚜름 기울였다.

'어디 보자. 그러니까 이게 바로 태초의 마신 피사노를 괴롭혔던 수법이란 말이지?'

이탄은 인과율의 여신을 놀리기라도 하는 것처럼 자신의

오른손을 머리 위로 치켜들었다.

이탄이 새로 획득한 '구현'의 언령이 이탄의 손끝에서 타오르듯이 일어났다. 이내 이탄의 오른손 전체가 아가리로 변했다.

생김새는 메기의 입을 닮았으며, 한번 삼킨 상대는 즉각 소화시켜 버리는 절대적인 무기, 일단 여기에 잡아먹히면 신조차 탈출할 수 없다는 신살의 병기가 이탄의 손끝에서 또렷하게 구현되었다.

스르륵, 쩝쩝쩝.

아가리가 인과율의 여신을 향해서 게걸스레 입맛을 다셨다.

이탄이 언령의 권능으로 만들어낸 아가리는 등장과 동시에 수백 킬로미터 영역을 꿀꺽 집어삼켰다.

이탄은 인과율의 여신과 구구절절 뇌파를 섞지 않았다. 그냥 다짜고짜 아가리를 만들어서 상대를 공격해버렸다.

만약에 인과율의 여신이 '회귀'의 언령을 꺼내드는 것이 조금만 늦었더라면, 그녀는 속수무책으로 아가리에 잡아먹혀 소화되었을 뻔했다.

[안 돼애—.]

이탄이 아가리를 구현한 순간, 인과율의 여신은 거의 본능적으로 위험을 깨닫고는 '회귀'의 언령을 꺼내들었다.

아가리가 수백 킬로미터 영역을 집어삼킬 즈음, 이미 여신은 과거의 평행우주를 만들어서 그곳으로 도망치는 중이었다.

'내가 너를 놓칠 것 같으냐?'

이탄이 이빨을 꽉 물었다.

이탄의 손가락이 여신을 가리키자 '무한시'의 언령이 발동했다. 시곗바늘이 급속히 느려지더니 여신 주변의 시간이 스르륵 정지했다.

[이이익.]

여신은 '회귀'의 권능을 한층 더 강화했다.

붙잡으려는 힘 .VS. 도망치려는 힘.

이탄의 '무한시'의 권능과 여신의 '회귀'가 정면으로 충돌했다. 2개의 인과율이 맞부딪치면서 세계가 잠시 뒤틀렸다.

결과적으로 이탄의 권능은 인과율의 여신을 묶어놓는 데 실패했다.

이는 '무한시'가 '회귀'보다 약해서 생긴 일이 아니었다. 인과율의 여신이 이탄보다 먼저 언령을 발동했기에 여신이 살아남을 수 있었다.

다만 인과율의 여신도 온전히 도망치지는 못하였다. '무한시'의 방해 때문에 여신이 잠시 멈칫한 것이 문제가 되었다.

아가리는 그 짧은 틈을 놓치지 않고 달려들어 여신의 신체 일부를 물어뜯었다. 애초에 부여받은 특성 덕분에 아가리에게는 시간 정지의 권능도 통하지 않았다.

[쿱!]

아가리가 덮쳐오는 순간, 인과율의 여신은 몸서리를 쳐야만 했다. 이내 여신의 오른팔이 아가리 속으로 빨려들어갔다.

한번 삼킨 것은 절대 놓치지 않는 것이 아가리의 특성.

여신의 팔을 구성하고 있던 파동이 후두둑 뜯겨나갔다.

인과율의 여신은 물리적 실체가 없이 파동으로만 이루어진 존재였다. 그렇기에 팔이 뜯어진다는 개념은 말이 되지 않았다.

설령 순간적으로는 여신의 팔다리가 뜯어진 것처럼 보일수 있을지 몰라도, 파동이 한 번 치고 나면 다시금 그녀의 팔다리 부분이 채워져야 마땅했다. 이건 마치 사람이 손으로 램프의 불빛을 움켜잡아 뜯어낼 수 없는 것과 마찬가지 원리였다.

한데 아가리는 이러한 물리법칙마저 깔끔하게 무시했다.

아가리가 과거까지 거침없이 거슬러 올라가서 여신의 팔뚝을 무는 순간, 파동의 일부가 부우욱 뜯겨져 나왔다.

[꺄아아아악—.]

인과율의 여신은 과거로 도망치다 말고 찢어져라 비명을 질렀다.

그 비명이 과거의 이탄의 뇌에 도달했다.

처음에 이탄이 시시퍼 마탑 상공으로 강제 소환되었을 당시, 이탄의 뇌 속에서 울렸던 답답한 신음과 찢어지는 듯한 비명은 다름 아닌 인과율의 여신이 과거로 도망치면서 내지른 것들이었다.

온통 피바다가 출렁거리는 세상.

그 시뻘건 혈해에서 조그맣고 붉은 눈알 하나가 둥실 떠올랐다.

[으응?]

붉은 눈알 탈룩은 우주 저편으로 눈을 돌려 무언가를 유심히 살피더니, 곤혹스럽게 눈꺼풀을 내리깔았다.

[저쪽은 모드레우스 행성이 있는 곳인데, 왜 갑자기 저기에 차원의 문이 열렸지? 아니, 아니야. 이건 차원의 문치고는 너무 커. 이 정도면 모드레우스 행성 전체가 다 정상 세계와 연결된 수준이라고.]

혈해의 주인.

하나뿐인 눈으로 부정 차원의 모든 과거와 현재, 미래를 보는 마신.

주사위를 굴려 타인의 운명을 정해버리는 주재자.

군림하는 영혼 오버스피릿(Over—Spirit).

이처럼 수많은 이명을 가지고 있는 바로 그 탈룩이 하나뿐인 눈을 번쩍 떠서 모드레우스 행성 방향을 노려보았다.

그러던 한 순간이었다. 탈룩의 눈이 한층 커졌다.

[어긋났잖아? 부정 차원과 정상 세계 사이에 뭔가 이상한 어긋남이 발생했다고. 설마 차원끼리 충돌이라도 한 거야 뭐야?]

잠시 후, 탈룩은 한 번 더 눈을 부릅떴다.

[이크크. 어긋났던 결이 다시 강제로 맞춰졌구나. 쯧쯧쯧. 이거 이러면 모드레우스 녀석이 손해를 많이 봤겠는걸. 어긋남이 다시 맞춰지려면 많은 것들이 뭉개지게 마련이지. 쯧쯧쯧, 저것 좀 보라니까. 녀석의 행성이 반쪽만 남았네. 클클클.]

과연 탈룩은 남달랐다.

모드레우스 제국의 모든 악마종들은 인과율이 저지른 대규모 삭제에 대해서 전혀 인지하지 못했다.

군주인 모드레우스도 예외일 수 없었다. 모드레우스는 조금 전 무슨 일이 벌어졌는지 알지 못했다.

이게 바로 피조물의 한계였다.

반면 탈룩에게는 한계가 없었다. 탈룩은 차원의 시간 축이 어긋났다가 다시 맞춰지면서 발생한 어마어마한 장면들을 하나뿐인 눈으로 빠짐없이 관찰했다.

Chapter 7

탈룩이 관심을 가지고 지켜보는 가운데 인과율의 여신이 등장했다.

[하긴, 저 드센 년이 나타나는 게 당연하겠지. 정상 세계와 부정 차원이 서로 연결되고 인과율의 충돌이 있었으니 정상 세계의 신이라고 자부하는 저년이 당연히 버선발로 뛰쳐나왔을 게야. 어허랏? 그런데 이건 또 뭐야?]

탈룩은 인과율의 여신이 차원의 충돌 때문에 나타났을 것이라고 생각했다.

한데 그게 아니었나 보다. 인과율의 여신은 등장과 동시에 웬 사내와 싸움을 시작하는 게 아닌가.

탈룩이 눈알을 찌푸렸다.

[저건 또 누구지? 인과율의 여신과 맞서 싸우려면 상대방도 신격 존재일 텐데? 오랜 옛날 다른 곳에서 넘어온 콘인가? 아니면 알리어스?]

희한하게도 세상 모든 것을 다 보는 탈룩이 이탄만은 제대로 알아보지 못했다.

이건 정말 이해할 수 없는 일이었다. 마치 이탄이 투명한 망토라도 쓰고 있어서 탈룩의 시야를 피하는 듯했다.

[오호라. 저 드센 년이 또 다시 신살의 병기를 꺼내드는 구나. 까마득한 과거에 나를 포함한 여러 신들이 힘을 모아서 외계의 악신을 소멸시킬 때 이후로 처음인가? 아니지. 아니구나. 악신을 처단한 다음, 우리가 태초의 마신 피사노를 급습할 때도 저년은 신살의 병기를 사용했었지.]

탈룩은 흥미진진하게 싸움구경을 했다.

[클클클. 저 독한 년으로 하여금 신살의 병기까지 사용하게 만들다니, 상대도 보통은 아닌가 봐. 아마도 상대는 콘이겠지? 알리어스 녀석은 태초의 마신과 싸우다가 치명상을 입고는 여덟 조각으로 흩어졌으니까 말이야.]

그러던 한 순간, 탈룩이 눈꺼풀을 파르르 떨었다.

[빼앗겼어. 크우욱.]

탈룩이 거칠게 뇌파를 내뱉었다.

[젠장. 빼앗기고야 말았다고. 저 드센 년이 신살의 병기를 빼앗기다니, 대체 콘 녀석이 무슨 수법을 쓴 게야? 게다가 왜 내 인지력에 콘의 모습이 잡히지가 않지?]

탈룩은 이탄의 외모를 흐릿하게나마 볼 수 있었다.

하지만 이탄이 어떤 수법으로 싸우는지, 어떤 이능력을

사용하는지는 탈룩의 눈에 전혀 보이지가 않았다.

탈룩이 하나뿐인 눈알을 최대한 부릅떠서 상황을 살피는 가운데, 인과율의 여신은 찢어져라 비명을 지르며 과거의 평행우주로 도망쳐 버렸다.

그 순간 탈룩은 묘한 기시감을 느꼈다.

[뭐야? 얼마 전에는 육눈이 녀석이 시간을 되감아 과거로 가더니, 저 드센 년도 비슷한 짓을 하네? 서, 설마!]

탈룩의 눈알에 핏발이 곤두섰다.

최근에 여섯 눈의 존재는 두 번이나 시간을 되감아 과거로 넘어갔다.

탈룩은 여섯 눈의 존재가 시간을 되감는 장면을 두 번 다 목격했지만, 그 원인까지 파악하지는 못하였다.

[한데 설마 육눈이 녀석도 누군가와 싸우다 패해서 과거로 도망쳤던 것 아닐까? 방금 전에 저년이 그랬던 것처럼 말이야.]

탈룩의 눈알이 피바다 위에서 바르르 흔들렸다.

여섯 눈의 존재.

인과율의 여신.

이상 2명의 신격 존재들은 탈룩도 함부로 승리를 장담할 수 없는 강력한 라이벌들이었다.

'그런 신격 존재들이 정체를 알 수 없는 자와 싸우다가

밀려서 허둥거리며 도망쳤다고? 그렇다는 것은!'

탈룩의 눈알에 소름이 오소소 돋았다.

[뭔가 일어나고 있어. 내가 보지 못하는 사각지대에서 무언가 심각한 일들이 벌어지고 있었다고.]

탈룩은 정신이 번쩍 들었다.

부정 차원 깊숙한 곳에서 탈룩이 심각하게 고민을 할 즈음, 이탄은 모처럼 강아지령을 소환했다.

'몽몽아, 나오너라.'

이탄이 강아지령 몽몽을 불러낸 이유는 이곳 전쟁터에서 벗어나기 위함이었다.

몽몽은 이탄으로 하여금 서차원(언노운 월드)와 동차원을 자유롭게 오가게 만들어주는 특별한 령(靈)이었다.

이탄과 처음 인연을 맺었을 당시 몽몽은 이탄의 손바닥 안에 쏙 들어갈 만큼 작고 귀여운 강아지의 모습이었다. 동그란 눈과 삼각형의 귀, 복슬복슬하고 기다란 털을 가진 앙증맞은 존재가 바로 몽몽인 것이다.

한데 지금 등장한 몽몽은 어지간한 성을 연상시킬 만큼 덩치가 컸다. 이탄이 몽몽에게 풍부한 법력을 제공한 덕분에 이런 폭풍성장이 가능했던 것이다.

[주인님. 헥헥헥.]

몽몽은 오랜만에 이탄이 불러준 것이 기쁜 듯 풍성한 꼬리를 좌우로 확확 흔들었다. 그러면서 커다란 혀로 이탄의 얼굴을 마구 핥았다.

몽몽이 어찌나 세차게 꼬리를 흔들었던지 몽몽의 크림색 몸뚱어리 전체가 좌우로 크게 요동쳤다.

비록 덩치가 엄청 커지기는 했으나 몽몽은 여전히 귀여웠다.

'나도 반갑기는 하다만, 지금 이럴 때가 아니야.'

이탄은 반가워서 어쩔 줄 모르는 몽몽의 가슴에 손을 접촉하고는 곧바로 동차원으로 넘어갔다.

꽈광!

하늘에서 굵은 벼락이 한 줄기가 떨어졌다. 다음 순간 이탄과 강아지령의 모습은 언노운 월드에서 자취를 감추었다.

이탄이 서둘러서 전투 현장을 떠난 이유는 막연한 불안감 때문이었다.

마르쿠제 술탑을 공격할 당시 이탄은 삼각 깃발에서 튀어나온 정체불명의 신과 싸우다가 만신창이가 되었다.

아픈 몸을 제대로 추스르기도 전에 이탄은 언노운 월드로 강제로 넘어오게 되었고, 곧바로 인과율의 여신에게 급습을 당했다. 조금 전 이탄은 하마타면 영문도 모르고 아가리에게 잡아먹힐 뻔했다.

일촉즉발의 위기가 닥쳤을 때 이탄은 기적적으로 '구현'의 언령을 깨우쳤다.

덕분에 전세가 역전되었다. 이탄에게 한 방 얻어맞은 인과율의 여신이 황급히 평행우주를 열어서 도망쳤다.

이탄은 두 신격 존재들과의 싸움에서 연달아 승리를 거두기는 하였으나, 지금 몸 상태가 말이 아니었다.

'이 와중에 또 다른 위협적인 존재와 엮이면 곤란해. 서둘러 이곳을 벗어나서 기력부터 회복해야 해.'

이탄의 본능이 이렇게 속삭였다.

Chapter 8

이탄이 서둘러 몽몽을 불러내고, 동차원으로 즉각 몸을 피한 것은 막연한 불안감 때문이었다.

이탄이 사라진 직후, 탈룩의 시뻘건 시선은 이탄이 머물던 자리를 집요하게 훑고 또 탐색했다.

[제기랄. 아무것도 읽히지가 않잖아.]

탈룩이 신경질을 부렸다.

혈해의 주인이 성을 내자 해수면에 파도가 크게 일었다.

철썩 철썩 치대는 파도는 무려 수십 킬로미터 높이까지 솟구쳐 올랐다가 세차게 다시 해수면으로 떨어졌다. 거친 파도 사이로 핏빛 사슬이 여러 가닥이 모습을 보였다.

핏빛 사슬에 칭칭 감겨 있던 회색 비석은 크기가 어지간한 대륙만 했다. 그 큰 회색 비석이 억압을 풀고 도망치려는 듯 피바다 위로 융기했다.

철컹, 철컹, 철컹, 철컹.

팽팽하게 당겨진 핏빛 사슬은 금방이라도 끊어질 것처럼 비명을 질렀다.

탈룩은 마뜩지 않은 눈빛으로 회색 비석을 노려보았다.

[끄응. 아직까지도 기운이 넘치는구나. 너는 대체 언제쯤 항복을 할 셈이냐? 저의 전 주인인 피사노는 이미 소멸된 지 오래란 말이다.]

탈룩이 핏빛 사슬에 힘을 불어넣었다.

쭈주웅.

탈룩의 눈에서 방출된 새빨간 광선이 핏빛 사슬에 닿자 사슬 전체가 한층 두꺼워졌다. 핏물도 새로 응결되어 사슬의 개수를 늘렸다. 새 사슬들이 회색 비석을 이중 삼중으로 휘감았다.

쿠쿠콰콰콰.

헤아릴 수 없이 많은 사슬들이 회색 비석을 다시 해수면

밑으로 가라앉혔다.

회색 비석은 상처 입은 들소처럼 거칠게 몸부림치다가 결국 힘에서 밀려서 피바다 속으로 재차 잠겨들었다.

[후우우.]

탈룩은 깊은 한숨을 내쉬었다.

혈해의 주인 탈룩은 입도 없고 허파도 없고 오로지 눈알 하나 밖에 없었다. 따라서 탈룩이 한숨을 내쉰다는 것은 물리적으로 말이 되지 않았다.

그러니까 조금 전 탈룩이 내뱉은 것은 깊은 피로감으로부터 우러나오는 정신적인 한숨이었다.

같은 시각.

이탄은 언노운 월드를 떠나 동차원으로 다시 진입했다. 이탄이 도착한 곳은 랑무 대산맥이 아닌 대륙의 중부 지방이었다.

이건 당연한 결과였다.

강아지령 몽몽은 서차원(언노운 월드)와 동차원을 자유롭게 오가는 매개체 역할을 해주지만, 주인이 원하는 지역까지 이동시켜 주지는 못했다.

그 결과 이탄은 대륙의 중심부, 즉 언노운 월드로 치면 시시퍼 마탑에 해당하는 장소로 넘어오게 되었다.

'여기서부터 랑무 대산맥까지는 엄청나게 먼데, 무한공을 사용할까? 아니면 장거리 이송법진을 타봐?'

이탄은 잠시 고민했다.

편하기로는 '무한공'의 권능만한 것도 없었다.

하지만 지금은 최대한 조심해야 할 때였다. 이탄은 장거리 이송법진을 사용하기로 결정하고는 가장 가까운 법진의 위치를 탐색했다.

"저쪽 방향이로구나."

이탄은 소매를 펄럭여서 날개 달린 늑대를 불러냈다.

조그만 나무 구슬이 이탄의 소매 안에서 톡 튀어나오더니 이내 날개 달린 나무 늑대로 변했다.

온몸이 나무 재질로 이루어진 이 늑대는 이탄이 그릇된 차원 알블—롭 일족으로부터 입수한 녀석이었다.

녀석은 오랜만에 이탄이 불러준 것이 기쁜 듯 낑낑 소리를 내었다. 이탄이 손바닥을 펼치자 날개 달린 늑대가 이탄의 손바닥에 자신의 코를 가져다 대고 마구 비볐다.

"자, 가자."

이탄이 늑대의 등에 획 올라탔다.

늑대는 날개를 활짝 펼치더니 질풍과 같은 속도로 하늘을 가로질렀다.

이탄은 강아지령 몽몽 외에도 몇몇 펫들을 데리고 다녔

다. 이 가운데 알블—롭 일족에게서 받은 날개 달린 늑대가 속도 면에서는 가장 뛰어났다.

이 밖에도 이탄은 부정 차원 세불 제국에서 화이트 드래곤을, 디아볼 제국에서는 복어형 마수를 손에 넣었다.

펫이라고 부르기는 애매하지만 이탄은 사령마도 종종 부리곤 했다. 사령마는 전투에 적합하여 이탄은 몇 차례나 이 죽음의 말을 소환했다.

반면 화이트 드래곤이나 복어형 마수는 이탄이 부정 차원을 떠난 이후로는 단 한 차례도 불러낸 적이 없었다.

이것들을 타고 다니면 행색이 너무 눈에 띠는 탓이었다.

얼마 후, 이탄의 시야에 장거리 이송법진 하나가 들어왔다. 이탄은 법진 근처에서 날개 달린 늑대를 회수한 다음, 법진을 타고 랑무 대산맥까지 이동했다. 그런 다음 이탄은 다시 단거리 이송법진으로 환승하여 랑무 시 북쪽 성문 밖에 도착했다.

이곳 성문 밖 원시림에는 이탄의 부하들이 진을 치고 대기 중이었다. 이탄은 부하들이 있는 곳으로 곧장 날아갔다.

원시림 안쪽에는 수풀에 가려 잘 보이지도 않는 계곡이 존재했다. 이탄이 그 아래로 내려가자 울퉁불퉁한 절벽이 하나 나왔다.

어느새 시간은 밤이 되어 사방이 캄캄했다. 간헐적으로

들리는 풀벌레 소리가 적막감을 더했다.

이탄이 절벽에 접근하자 사사삭 소리와 함께 팔뚝에 크로스 보우를 착용한 오소리족 사냥꾼들이 등장했다.

사냥꾼들은 이탄의 얼굴을 확인한 다음, 무기를 거두고 다시 매복에 돌입했다. 대신 사냥꾼들의 우두머리인 화목란이 유령처럼 이탄의 앞에 나타났다.

[신인님, 어딜 다녀오십니까?]

이탄을 향한 화목란의 눈꼬리가 표독하게 위로 올라갔다.

Chapter 9

불과 몇 시간 전까지만 하더라도 화목란은 이탄에게 순종적인 태도를 견지했다. 이탄의 무지막지한 무력에 눌린 탓이었다.

한데 두 가지 사유가 화목란의 까칠한 성격을 다시 겉으로 끄집어내었다.

우선 화목란은 피사노교의 쿠미(이탄) 신인이 마르쿠제 대선인을 압도적으로 꺾을 것이라 믿었다.

화목란이 그리사드 가문을 이끌고 마르쿠제 술탑 공격에

참여한 이유가 무엇이던가? 쿠미 신인의 강한 무력을 믿었기 때문이다.

실제로 전투 초반에는 쿠미 신인이 화목란을 실망시키지 않았다. 쿠미 신인의 손끝에서 화려하게 피어오르는 검녹색 편린 다발을 보면서 화목란은 진심으로 감탄했다.

한데 그 강해 보이던 쿠미가 마르쿠제에게 한 방을 얻어맞더니 곧바로 후퇴를 결정했다.

물론 그렇다고 해서 쿠미가 마르쿠제에게 진 것 같지는 않았다.

'마르쿠제 늙은이도 후퇴하는 쿠미 신인을 쫓아와서 공격하지는 못하더라고.'

화목란은 쿠미와 마르쿠제 사이에 승패가 어떻게 갈렸는지는 확신하지 못했다.

다만 한 가지는 확실했다.

'쿠미 신인은 마르쿠제 늙은이를 압도하지 못했어. 그건 확실해. 제기랄. 만약에 둘이 엇비슷한 실력이라면 문제잖아. 자칫하다가는 우리 그리사드 가문만 곤경에 처하는 수가 있다고. 뭐, 쿠미 신인이야 다시 피사노교로 돌아가 버리면 그만일 테지. 하지만 그가 언노운 월드로 돌아간 뒤 마르쿠제 술탑이 우리를 공격한다면? 그럼 우리 그리사드 가문만 쪽박을 차는 거잖아.'

화목란은 이 점 때문에 부아가 치밀었다.

또 한 가지.

쿠미 신인은 랑무 시를 벗어나 원시림까지 후퇴한 뒤, 갑자기 종적을 감추었다.

'아무리 우리 수인족 술법사들을 우습게 본다고 해도 그렇지. 이번 전쟁의 지휘관인 쿠미 신인이 우리에게 아무런 언질도 없이 무책임하게 자리를 이탈하다니, 이건 너무 무례하잖아.'

화목란은 이 점 때문에라도 속이 부글부글 끓었다.

화목란뿐 아니라 브라세 가문 투계족들을 이끄는 브루커빈도 화를 내었다.

디모스의 유령들을 부리는 킴도 쿠미 신인에 대한 불만으로 가득했다.

오직 칼만 악어족의 젊은 가주 쇼도만이 쿠미에 대한 전폭적인 신뢰를 꿋꿋이 유지할 뿐이었다.

그즈음 갑자기 사라졌단 쿠미 신인이 다시 돌아왔다. 화목란은 곧장 계곡 밖으로 뛰쳐나와서 이탄의 앞을 가로막았다.

화목란만 들고일어난 게 아니었다.

[나도 한번 쿠미 신인께 제대로 따져봐야겠습니다.]

성격이 불같은 브루커빈도 화목란의 행동에 동조했다.

속내를 짐작할 수 없는 킴도 화목란과 뜻을 같이 했다.

화목란이 이탄의 정면에 서서 턱을 꼿꼿이 치켜들었다.

화목란의 오른쪽에는 키가 270 밀리미터나 되는 브루커빈이 팔짱을 끼고 건방지게 짝다리를 짚었다.

화목란의 왼쪽에는 하얀 드레스를 걸치고 머리카락을 길게 늘어뜨린 소녀가 자리를 지켰다. 이 소녀—실제 나이는 절대 소녀가 아니고 성별도 무성체지만—가 바로 킴이었다.

이들 3명은 상당히 불손한 태도로 이탄을 맞았다.

그에 비해서 쇼도 가주는 언제나처럼 공손히 이탄을 반겼다.

힐다나 싸쿤과 같은 피사노교의 사도들도 당연히 태도가 공손했다.

이탄처럼 눈치 빠른 언데드가 이 극명한 온도 차이를 눈치 채지 못할 리 없었다. 순간적으로 이탄의 눈빛이 서릿발처럼 차갑게 빛났다.

'하! 비록 내가 고된 전투에 지쳐 있기는 하다만, 한낱 수인족 녀석들까지 내게 기어오른단 말인가?'

이탄은 신중하고 조심스러운 성격이었다. 때때로 이탄은 답답하다 싶을 정도로 몸을 사리기도 하였다.

하지만 한번 마음을 먹으면 무서울 정도로 폭력적으로

돌변하는 언데드가 바로 이탄이었다. 이탄은 지금까지 폭력을 망설여본 적이 거의 없었다.

퍼엉!

검푸른 연기가 되어 흩어진 이탄이 다시 모습을 드러낸 곳은 브루커빈의 코앞이었다.

[꾸웩?]

브루커빈은 심장이 덜컥 내려앉았다. 브루커빈은 반사적으로 가슴을 부풀려 하얀 깃털을 곤두세웠다.

투계족 술법사들의 깃털은 그 자체만으로도 강철판을 거침없이 뚫어버리는 치명적인 무기였다. 더군다나 브루커빈의 깃털은 동족들의 것보다 몇 배는 더 단단하고 관통력이 좋았다.

그 위협적인 무기가 브루커빈의 가슴에서 폭탄 터지듯이 튀어나왔다. 이건 마치 고슴도치가 가시를 곤두세운 뒤, 일제히 쏘아내는 것 같았다.

이탄은 불과 수십 센티미터 앞에서 폭발한 상대의 깃털을 맨손으로 막았다.

아니, 이건 단순히 깃털을 막는 수준을 뛰어넘었다. 이탄의 억센 손은 상대의 깃털을 헤집고 들어가 브루커빈의 갈비뼈를 붙잡았다.

뚜둑!

끔찍한 소리와 함께 브루커빈의 갈비뼈 네 대가 동시에 으스러졌다.

[꾸웨에에엑.]

브루커빈은 목이 찢어져라 괴성을 토했다. 그는 가슴이 시뻘겋게 피로 물든 채 뒤로 나뒹굴었다.

이탄은 곧장 다음 상대를 노렸다.

후웅―.

이탄은 순간이동을 하듯이 옆으로 몸을 날린 뒤, 다짜고짜 화목란의 머리카락을 움켜잡았다.

화목란의 주무기 중 하나가 손가락에 낀 무지갯빛 반지였다.

독특한 생김새의 이 반지는 화목란이 전대 제련종의 종주로부터 선물 받은 최상급 법보였다. 반지 안에는 모든 사악한 힘을 물리치고 음차원의 마나를 증발시키는 성스러운 법술의 힘이 내재되어 있었다.

예전에 화목란은 이 반지로 빨주노초파남보 일곱 색깔 광선을 쏘아서 아나테마를 공격했었다.

지금도 이탄은 '화목란이 저 반지를 사용하겠지?' 라는 생각으로 화목란의 손가락에 시선을 집중했다.

실제로도 화목란은 손가락을 까닥여서 반지를 사용할 의도를 드러내었다.

'훗, 어디 한번 쏴보시지?'

이탄이 가소롭다는 듯이 눈빛을 빛냈다. 이탄은 상대가 반지에 법력을 불어넣는 순간, 그대로 상대방의 손목을 비틀어 뽑아버릴 요량이었다.

이탄의 포악한 마음을 읽기라도 한 것일까?

화목란은 끝내 이탄을 공격하지 못했다. 화목란은 이탄의 손에 머리카락을 얌전히 내맡긴 채 털썩 무릎을 꿇었다.

[용서하십시오, 쿠미 신인님. 제가 그만 마르쿠제 술탑과의 전쟁 때문에 예민해져서 신인께 무례를 범했습니다.]

화목란이 빠른 판단이 그녀의 목숨을 살렸다.

제3화
전투 재개

Chapter 1

이탄은 오른손으로 화목란의 머리카락을 움켜쥐고 왼손으로 그녀의 관자놀이를 후려쳐서 두개골을 으깨버릴 마음을 먹었다.

그런데 화목란이 선수를 쳐서 납죽 엎드리자 김이 빠졌다.

"하."

이탄이 뜻 모를 소리를 내뱉었다. 화목란을 내려다보는 이탄의 눈동자는 무감정한 적회색으로 번들거렸다.

이탄의 섬뜩한 눈동자를 마주한 순간, 화목란은 오줌을 찔끔 지렸다.

'으으으. 이자는 진짜로 나를 죽일 셈이었어. 아무런 망설임도 없이 나를 해칠 마음이었다고.'

화목란의 등골을 타고 소름이 쫙 끼쳤다.

만약에 이탄이 화목란을 쳐죽인다면?

그럼 오소리족 사냥꾼들은 앞으로 절대 이탄의 말을 듣지 않을 것이다. 사냥꾼들은 목숨을 걸고 이탄과 싸우려 들 테지.

'그런데도 나를 죽이려 했다고?'

이게 의미하는 바는 하나였다.

'쿠미 신인은 언제든지 우리 일족을 몰살시킬 자신이 있구나. 그러니까 아무런 망설임도 없이 내게 손을 쓰려 했겠지.'

화목란은 손이 덜덜 떨렸다.

화목란의 옆에선 디모스의 가주 킴이 바짝 엎드렸다.

[아으으으…….]

킴도 화목란과 마찬가지로 벌벌벌 어깨를 떨었다.

어제 이탄은 마르쿠제 술탑을 공략하다 말고 전군에 후퇴 명령을 내렸다. 그 때문에 화목란이나 킴의 마음속에선 이탄을 얕잡아 보는 마음이 살짝 움텄다.

그게 실수였다. 이탄은 결코 얕잡아볼 수 있는 상대가 아니었다. 킴은 그제야 과거의 한 자락을 머릿속에 되새겼다.

그리 멀지 않은 과거, 쿠미 신인은 다짜고짜 북명의 암석 계곡으로 쳐들어온 뒤, 무수히 많은 유령일족들을 무참하게 도살했다. 그것도 가주인 킴이 지켜보는 앞에서 푸줏간 주인처럼 도살을 일삼았다.

끔찍했던 과거의 한 장면을 되새긴 순간, 킴은 머리가 아찔했다.

[아으으웃.]

감히 이탄에게 맞서려 했던 자신의 행동이 얼마나 어리석은 짓이었는지 킴은 절절히 후회했다.

화목란, 킴, 브루커빈이 나란히 늘어섰다. 그들은 열중쉬어 자세로 뒷짐을 지고 땅바닥에 머리를 처박았다.

이탄은 이들 3명 앞에 탁자를 펴고서 작전계획을 세웠다. 쇼도, 힐다, 싸쿤 등이 이탄과 함께 작전 수립에 참여했다.

[끄응.]

브루커빈이 무의식 중에 신음을 내뱉었다. 브루커빈의 가슴에는 하얀 압박붕대가 칭칭 감겨 있었다.

'쓰읍.'

이탄이 회의를 하다 말고 브루커빈을 향해서 인상을 썼다.

[소, 송구합니다.]

기합이 바짝 든 브루커빈이 곧바로 이탄에게 용서를 빌었다.

이탄은 적회색의 눈으로 브루커빈을 한 차례 훑어본 다음, 다시 시선을 거두었다.

그 시선의 무게를 느낀 탓인지 브루커빈은 부르르 몸서리를 쳤다.

작전을 점검을 모두 끝낸 뒤, 이탄은 다시금 병력을 움직였다. 랑무 시 북쪽 원시림까지 후퇴했던 수인족 술법사들이 랑무 시를 향해서 재차 진군했다.

이번에는 금빛 갈고리와 가죽 갑옷으로 무장한 악어족 술법사들이 선봉에 섰다. 머리는 악어, 몸은 사람인 칼만 가문의 악어족 술법사들은 인간족보다 덩치가 크고 생김새가 흉포하여 마주 보는 것만으로도 상대에게 두려움을 주었다. 특히 해골 투구를 쓴 쇼도 가주의 기세는 사납기 그지없었다.

이히히히히~, 히히히히히~.

악어족 술법사들의 머리 위에는 희끄무레한 유령들이 을씨년스러운 소리를 내면서 유영했다.

이들은 킴이 이끄는 디모스 가문의 유령일족이었다.

한편 악어족으로부터 수백 미터 떨어진 오른쪽 날개에는

그리사드의 오소리족 사냥꾼들이 열을 맞춰서 진군 중이었다.

진영의 왼쪽 날개는 브라세 가문의 투계족 술법사들이 맡았다.

이탄과 피사노교는 가장 후미에 섰다.

어제 전투에서는 이탄이 앞장섰다.

'마르쿠제 술탑이 받을 피해를 최소화하면서 최대한 화려하게 싸우는 척을 하려면 내가 직접 선봉에 설 수밖에.'

이게 어제까지의 이탄의 생각이었다.

오늘은 전략이 바뀌었다.

'마르쿠제 대선인님은 은근히 꿍쳐둔 수단이 많단 말이지. 먼저 아울 검탑에서도 특이한 반지를 날려서 나를 괴롭혔잖아? 그 반지에서 괴상한 여자가 튀어나오는 바람에 내가 얼마나 고생을 했어? 그런데 이번에는 삼각 깃발로 나를 곤란하게 만들었다고.'

이탄은 마르쿠제가 또 어떤 비장의 수단을 숨기고 있을지 우려했다. 그래서 그는 일단 북명의 수인족 술법사들을 앞장세우기로 마음먹었다.

당연히 수인족 술법사들은 선봉을 원치 않았다.

'역시 쿠미 신인은 우리를 고기방패로 세우는구나. 크으윽.'

화목란이 속으로 이빨을 갈았다.

'지랄 맞을. 이렇게 우리 투계족들의 희생을 강요할 거면 대우나 잘 해주든가. 부하들이 보는 앞에서 땅에 머리를 박게 시키다니, 내가 쪽팔려서 얼굴을 들 수가 없잖아.'

브루커빈은 전투의 선봉에 서게 된 것보다 땅에 머리를 박은 것이 더 불만이었다.

이번에도 악어일족의 쇼도만이 아무런 불만이 없었다.

수인족 술법사들이 랑무 시의 북문 앞에 막 도착했을 때였다.

[꾸어어어억.]

[꾸어억.]

[꾸어어억.]

세 줄기의 우렁찬 뇌파와 함께 성문 위로 머리가 셋 달린 삼두 드래곤이 날아 내렸다.

Chapter 2

사납게 생긴 드래곤이 커다란 발톱으로 성벽 위를 딛고 서자 그 위압감이 장난이 아니었다. 삼두 드래곤의 중앙 머리에는 마르쿠제가 우뚝 서있었다.

마르쿠제의 등장이 일종의 신호탄 역할을 했다. 그 즉시 성벽 위로 마르쿠제 술탑의 술법사들이 속속 머리를 내밀었다.

술탑의 사천왕을 비롯하여 비앙카, 레베카의 모습도 보였다.

그 밖에도 술법사들이 기르는 다양한 령들도 성벽 위로 모습을 드러내었다.

[전원, 정지.]

쇼도가 오른손을 들어 부하들의 행군을 멈췄다.

악어족 술법사들이 제자리에 우뚝 정지했다.

브루커빈이 이끄는 투계족 술법사들도, 화목란이 지휘하는 그리사드 사냥꾼들도, 킴의 유령일족도 모두 진군을 스톱하고 성벽 위를 노려보았다.

양측은 200여 미터의 거리를 사이에 두고 대치했다.

[어제는 마르쿠제 술탑에서 싸웠는데, 오늘은 이곳이 전장이 되겠구나.]

쇼도가 해골 가면 아래에서 중얼거렸다.

쇼도의 뇌파처럼 오늘은 전장이 바뀌었다. 마르쿠제는 마치 기선제압이라도 하려는 듯이 랑무 시 외성벽으로 직접 나와서 적들을 맞았다.

마르쿠제가 싸늘한 눈으로 쇼도를 굽어보았다.

"어제는 경황이 없어서 누가 감히 이 마르쿠제의 터전을 공격했는지 자세히 살피지 못했구려. 한데 이제 보니 북명의 도우들이 아니겠소."

마르쿠제는 인간의 목소리로 이렇게 대화의 포문을 열었다. 마르쿠제를 섬기는 술법사 한 명이 이를 뇌파로 바꿔서 수인족 술법사들에게 전달했다.

[험험. 어허험.]

화목란이 민망한 듯 시선을 옆으로 돌렸다.

브루커빈도 살짝 고개를 틀었다.

이 둘의 가문은 평소에 마르쿠제와 우호적인 사이는 아니었으나, 그렇다고 적대관계도 아니었다.

한데 이제 북명과 혼명은 돌이킬 수 없는 강을 건넜다. 비록 이번 전쟁이 피사노교의 강요 때문이라고는 하나, 어쨌거나 북명의 수인족들이 랑무 시에 침투하여 마르쿠제 술탑에 피해를 입힌 것은 변명할 수 없는 사실이었다.

마르쿠제가 우렁차게 이야기를 계속했다.

"이 마르쿠제가 북명의 도우들에게 못할 짓을 한 적이 있소? 나는 그런 기억이 없는데, 화목란 도우는 어찌 생각하시오?"

마르쿠제는 화목란을 콕 찍어서 물었다.

마르쿠제가 유독 화목란만 언급한 데는 이유가 있었다.

칼만의 젊은 가주 쇼도는 아직 혼명 지역까지 이름을 떨치지 못했다. 브라세 투계족의 브루커빈도 아직 애송이에 불과했다.

반면 화목란은 남명 제련종에서 유학을 한 덕분에 북명을 넘어서 남명이나 혼명까지도 명성이 자자했다.

화목란은 마르쿠제의 부리부리한 눈빛이 부담스러웠다.

'그렇다고 여기서 발을 뺄 수도 없지. 푸하.'

화목란은 마음속으로 숨을 크게 내쉰 다음, 새빨간 눈으로 마르쿠제를 노려보았다.

[전쟁이 꼭 이유가 있어서 일어나던가요? 이미 우리는 되돌릴 수 없는 강을 건넜고, 서로가 서로의 피를 보았으니 결판을 내야죠. 마르쿠제 대선인, 혀로 싸우는 것은 이제 그만하고 한번 실력을 겨뤄봅시다.]

화목란이 강하게 나왔다.

"저런 고약한 것. 수인족 따위가 하늘 높은 줄 모르는구나."

"건방지게 어디서 감히!"

그 즉시 마르쿠제 술탑의 술법사들이 발끈했다.

화목란이 수인족들 중에서 몇 손가락 안에 꼽히는 강자인 것은 사실이었다. 그러나 감히 마르쿠제에게 도전할 깜냥은 못 되었다.

실제로도 마르쿠제는 선7급인 반면, 화목란의 경지는 그보다 한 단계 아래인 선6급에 불과했다.

마르쿠제가 삼두 드래곤의 머리 위에서 굵은 눈썹을 꿈틀거렸다.

'아, 젠장.'

화목란은 침을 꿀꺽 삼켰다.

그러면서 화목란은 후방을 힐끗 돌아보았다.

'오늘 이 자리에서 마르쿠제 늙은이를 맡을 만한 자는 쿠미 신인 말고는 아무도 없다. 나도, 킴 가주도 마르쿠제의 상대는 못 돼. 아직 어린 쇼도나 브루커빈은 말할 것도 없지.'

화목란은 자신의 한계를 잘 알았다.

그래서 화목란은 이탄의 표정부터 살폈다. 만약에 이탄이 마르쿠제를 맡아주지 않는다면 이번 전쟁은 망한 것이나 다름없었다.

안타깝게도 화목란은 지금 이탄이 무슨 생각을 품고 있는지 파악이 불가능했다. 이탄은 그저 얼굴에 가면을 쓰고 사령마에 올라탄 채 묵묵히 전장을 주시할 뿐이었다.

다행히 마르쿠제도 화목란에게 시선을 오래 집중하지 않았다. 화목란의 얼굴을 떠난 마르쿠제의 눈빛이 후방에 우뚝 서있는 이탄에게 향했다.

'또 저놈이로구나. 피사노교의 새로운 신성!'

마르쿠제가 주먹을 꽉 말아 쥐었다.

이탄을 보는 순간, 마르쿠제의 손바닥이 축축하게 젖어들었다. 솔직히 마르쿠제는 이탄을 감당할 자신이 없었다.

피사노교의 저 악마는 마르쿠제가 회심의 일격으로 날린 신비로운 반지에 가격을 당하고도 멀쩡했다.

피사노교의 저 악마는 마르쿠제가 아끼고 또 아껴두었던 삼각 깃발로 공격을 했음에도 거뜬히 살아났다.

'어제 전투에서 저 악마가 심각한 타격을 받은 것은 확실해. 그러니까 우리 술탑의 방어법진을 모두 부순 상태에서 병력을 뒤로 물렸겠지. 그런데 오늘 저자가 곧바로 공격을 재개하다니. 고작 하루 만에 부상을 회복했단 말인가? 끄으응.'

마르쿠제는 심각하게 얼굴을 구겼다.

신비로운 반지와 삼각 깃발은 감히 등급을 매길 수 없는 법보 중의 법보였다. 마르쿠제는 신급 법보를 사용하면 피사노교의 제1 신인인 와힛도 거뜬히 해치울 수 있을 것이라 기대했다.

한데 마르쿠제의 기대가 처참하게 깨져버렸다.

'상대는 와힛이나 이쓰낸이 아니라 피사노교의 열 번째 신인에 불과하지 않은가. 그런 애송이 신참 녀석이 내가 아

껴두었던 신급 법보를 거뜬히 이겨내다니, 어떻게 이게 가능하지? 어떻게 그럴 수가 있느냐고.'

마르쿠제는 아직까지도 현실이 믿어지지 않았다.

그러는 동안 쇼도가 선공을 시작했다. 쇼도가 품에서 꺼낸 향로가 크게 부풀어 오르더니 랑무 시 외성벽을 향해서 데굴데굴 굴러갔다. 향로로부터 매캐한 독연기가 뭉게구름처럼 피어났다.

마르쿠제 술탑에서는 사천왕 가운데 첫째인 아잔데가 튀어나왔다.

"흥! 이 아잔데 앞에서 독이 통할 것 같으냐? 어림도 없다."

아잔데는 성벽 위에 우뚝 서더니 호리병을 꺼내서 쇼도에게 맞대응을 했다.

Chapter 3

아잔데의 실력은 선5급이었다.

쇼도도 선5급의 경지에 올라섰다.

2명 모두 실력이 비슷하였으며, 독술에 능했다. 이처럼 공통점이 많다 보니 자연스럽게 쇼도와 아잔데의 승부욕도

고조되었다.

아잔데가 엄지와 검지로 호리병의 입구를 쥐고 빙글빙글 돌리자 호리병 속에서 스르렁 스르렁 액체 회전하는 소리가 들렸다. 아잔데의 호리병으로부터 이내 독연기가 피어올라 쇼도의 독연기에 맞섰다.

아잔데가 피운 독은 쇼도의 독을 중화하기에 딱 적합하게 배합이 되었다.

상대의 독을 눈으로 보자마자 곧장 중화할 방법을 찾아낸다는 것은 아무나 할 수 있는 일이 아니었다. 그만큼 아잔데의 독술은 빼어났다.

쇼도는 자신의 독이 중화되는 모습을 무표정하게 지켜보더니 손가락을 딱! 튕겼다.

그 즉시 향로에서 뿜어지는 독연기의 색깔이 바뀌었다. 어느새 쇼도가 독의 성분을 바꾼 것이다.

"호오?"

아젠데는 흥미롭게 그 모습을 지켜보고는, 호리병을 다시 돌렸다. 아잔데의 호리병에서 쏟아지는 독연기의 색깔도 쇼도의 공격에 맞춰서 다시 바뀌었다.

중앙에서 쇼도와 아잔데가 독술을 겨룰 무렵, 화목란은 부하들에게 눈짓을 보냈다.

[넵.]

명령을 받은 그리사드의 사냥꾼들이 민첩하게 전진했다.

사냥꾼들은 성벽과 100 미터쯤 떨어진 곳에서 갑자기 한 쪽 무릎을 꿇고 앉더니, 손등에 착용한 크로스보우를 난사했다.

퓨퓨퓨퓨풋─.

포물선을 그리며 날아간 화살이 랑무 시 외성벽 위로 비처럼 쏟아졌다. 술법에 의해 강화된 화살은 마치 꼬리에 불꽃이라도 매단 것처럼 엄청난 속도로 폭사되었다.

이번에는 사천왕 가운데 오고우가 나섰다.

"이야압."

오고우는 육중한 무쇠 솥을 한 팔로 던졌다. 그 무쇠 솥이 30 미터 크기로 커지더니 오소리족 사냥꾼들의 화살을 받아내었다.

이어서 오고우의 솥단지 안에서 주홍색 곤충들이 무수히 쏟아져 나왔다. 이 곤충들은 섬뜩한 소리를 내면서 날아가 오소리족 사냥꾼들을 덮쳤다.

사냥꾼들은 어깨에 두르고 있던 가죽을 넓게 펼쳐서 곤충들의 습격을 막았다.

한편 브라세 가문의 투계족들도 공격을 시작했다. 투계족 술법사들은 새빨간 볏을 곤두세운 다음, 법력을 모아서 강력한 계명성을 터뜨렸다.

꿔꿔꿔꿔 !

귀청을 찢는 음파가 서로 공진을 일으키며 날아가 성벽을 뒤흔들었다. 음파가 출렁거릴 때마다 랑무 시의 외성벽이 허물어질 것처럼 뒤틀렸다.

마르쿠제 술탑의 술법사들도 가만히 앉아서 당하지 않았다. 술법사들은 각자의 법보를 꺼내서 투계족들의 음파 공격에 맞대응했다. 덕분에 금방이라도 무너질 것 같았던 성벽이 허물어지지 않고 계명성을 버텨내었다.

힘을 합쳐서 적의 공세를 막아낸 뒤, 마르쿠제 술탑의 술법사들은 방어에서 공격으로 빠르게 전환했다.

"가라, 부적병사들이여."

사천왕 가운데 셋째인 테케가 노란 부적을 뿌려서 부적병사들을 잔뜩 일으켰다.

죽음을 두려워 않는 부적병사들이 땅에서 속속 일어나더니 그리사드 사냥꾼들을 향해서 곧장 달려들었다.

비앙카는 십염선으로 열 줄기의 뜨거운 화염을 내뿜었다. 화염이 일직선으로 날아와 투계족 술법사들을 공격했다.

투계족들은 비앙카에게 계명성을 집중했다.

사천왕 가운데 둘째인 브란자르가 비앙카를 엄호했다.

레베카는 팔한선을 흔들어서 얼음 벼락을 일으켰다. 날

카로운 얼음 벼락이 디모스의 유령일족에게 날아들었다.

이히히히히~.

유령들은 한층 더 괴기스러운 소리를 터뜨리며 어지럽게 하늘을 날아다녔다.

마르쿠제 술탑의 장로들은 유령일족들을 향해서 각자 준비한 술법을 난사했다.

수인족 술법사들도 물러서지 않았다.

화목란은 청동화로를 꺼내서 불꽃으로 이루어진 거인을 소환했다. 크기가 30미터나 되는 시뻘건 거인이 테케의 부적병사들을 불태우면서 쿵쿵쿵 전진했다.

킴은 어둡고 음습한 법력을 잔뜩 끌어올려서 레베카가 날린 얼음 벼락들을 차례로 요격했다.

양측이 본격적으로 원거리 공격을 주고받기 시작하자 하늘이 새까맣게 물들었다. 대지가 우르르 흔들렸다.

전반적으로 수인족 술법사들이 밀리는 기색이 역력했다. 아무래도 숫자에서 밀리다 보니 어쩔 수 없는 일이었다.

이탄은 뒤를 힐끗 돌아보았다.

"힐다."

"네. 알겠습니다."

힐다가 곧장 출격했다.

[끼이야아앙.]

힐다의 의복을 찢고 뿔 달린 여악마종이 얼굴을 드러내었다. 여악마종은 적들을 향해 사나운 포효를 터뜨렸다.

그 즉시 힐다는 양손에 검보랏빛 구체를 소환하여 적진으로 던졌다. 젤리처럼 말랑말랑한 검보랏빛 구체가 포물선을 그리며 날아가 성벽에 부딪쳤다.

충돌의 순간, 구체는 수십 미터 크기로 부풀다가 터졌다. 그것도 그냥 터진 게 아니라 성게처럼 뾰족한 가시를 쏘아내면서 폭발했다.

쿠쿵!

이 한 방에 성벽의 일부가 허물어졌다. 성벽에 새겨져 있던 방어 술법진도 이 한 방에 찢겨나갔다.

근방에 배치되어 있던 마르쿠제 술탑의 술법사들은 아득한 비명과 함께 산화했다.

"이런 사악한 것."

마르쿠제가 분노했다.

삼두 드래곤이 날개를 퍼덕여 하늘로 비상했다. 마르쿠제는 삼두 드래곤의 뿔을 잡아당겨 눈 깜짝할 사이에 높은 상공으로 솟구치더니, 자신의 애병인 천궁선을 꺼내 힐다에게 겨눴다.

Chapter 4

찌저적!

마르쿠제의 머리 위 상공의 절반이 얼음으로 뒤덮였다. 급격하게 얼어붙은 구름으로부터 수십 미터 길이의 얼음화살 수백 발이 지상으로 쏘아졌다.

수십 미터의 크기면 화살이 아니라 공성무기라고 봐야했다. 게다가 이 화살 하나하나는 각자 수십 가닥의 얼음번개를 방출했다. 그 번개가 사슬처럼 서로 엮이면서 세상의 절반을 새하얗게 물들였다.

이게 끝이 아니었다. 마르쿠제의 머리 위 나머지 절반은 시뻘건 화염을 품은 염천으로 변했다.

화르르르륵!

불타오르는 하늘로부터 시뻘건 화살 수백 개가 동시에 날아들었다. 이 불화살 또한 길이가 수십 미터나 되었다.

뜨거운 불화살로부터 다시 수십 가닥의 불벼락이 방출되었다.

하늘의 절반을 뒤덮은 얼음화살.

나머지 절반을 장악한 불화살.

그리고 이 화살들로부터 파생된 얼음벼락과 불벼락.

이게 바로 마르쿠제의 무서움이었다. 마르쿠제 대선인은

천궁선을 크게 한 번 휘둘러서 피사노교 진영을 단숨에 초토화시킬 만한 광역 공격을 퍼부었다.

힐다와 결합한 여악마종이 흠칫 놀랐다.

[하찮은 인간족 중에 저런 실력자가 있었더냐?]

여악마종은 이빨을 꽉 물더니, 검보랏빛 구체를 더욱 크게 만들어 하늘로 쏘았다. 천궁선에서 쏘아진 얼음화살과 불화살이 여악마종의 구체와 충돌했다.

쿠쿵.

허공에서 크게 폭발이 일었다.

싸쿤은 머리 위에 블러드 쉴드(Blood Shield: 피의 방패)를 둘러서 폭발의 잔해물들을 막아내었다.

푸엉과 밍니야도 싸쿤에게 힘을 보탰다.

블러드 쉴드가 수십 미터 영역을 커버한 덕분에 피사노교의 교도들은 생각보다 피해를 크게 입지 않았다.

블러드 쉴드는 피사노교 사도들의 주력 흑마법 가운데 하나로, 방어력이 뛰어나기로 명성이 높았다.

다만 싸쿤, 푸엉, 밍니야의 능력만으로 마르쿠제의 공격을 막기란 불가능했다. 이들 3명의 사도들이 천궁선을 막아낸 것은, 여악마종과 이탄의 도움 덕분이었다.

우선 여악마종은 천궁선의 광역 폭격의 60퍼센트를 감당해 내었다.

거기에 더해서 이탄과 사령마가 뿜어낸 죽음의 기운이 사도들에게 버프를 주었다. 덕분에 3명의 사도가 힘을 합쳐 펼쳐낸 블러드 쉴드는 평소보다 세 배는 더 질겼다.

"쿵."

마르쿠제는 자신의 공격이 저지당한 것이 마뜩지 않은 듯 콧방귀를 크게 뀌었다. 마르쿠제가 재차 천궁선을 휘둘렀다.

화르륵!

하늘의 절반이 이글이글 타올랐다. 뜨거운 염천으로부터 불화살 수백 발이 쏟아졌다.

쩌저저적!

하늘의 나머지 절반은 차갑게 얼어붙었다. 냉기가 풀풀 날리는 하늘로부터 얼음화살 수박 발이 난사되었다.

불화살 하나하나가 수십 가닥의 불벼락을 생성했다.

얼음화살들도 수십 가닥의 얼음벼락을 연쇄적으로 만들어 내었다.

거기에 더해서 삼두 드래곤도 나섰다.

삼두 드래곤은 3개의 아가리를 크게 벌리더니 강력한 브레스를 내뿜었다. 세 가닥의 브레스가 하나로 합쳐지면서 지상을 지져버렸다.

[키야아아악.]

하늘에서 쏟아지는 광역 술법과 브레스에 맞서서 여악마종도 전력을 다했다. 여악마종은 검보랏빛 구체를 최대한 크게 뭉쳐서 하늘로 날렸다.

힐다의 손을 떠난 구체가 마르쿠제의 공격과 부딪치면서 화려하게 폭발했다.

[크흡.]

그 반동으로 여악마종의 마나가 크게 뒤틀렸다.

"아아악."

여악마종과 결합한 힐다도 피를 울컥 토하면서 뒤로 주저앉았다.

역시 마르쿠제의 위세는 대단했다. 그가 날린 공격은 여악마종의 반격을 단숨에 무력화시킨 뒤, 안으로 파고들었다.

피사노교의 사도 3명이 힘을 합쳐 블러드 쉴드를 다시 쳤다.

그 위에 불화살과 얼음화살, 불벼락과 얼음벼락이 떨어졌다. 귀청을 찢는 폭음과 함께 블러드 쉴드에 구멍이 뚫렸다.

당연히 이 충격은 피사노교의 사도들에게 전달되었다.

"크흭, 젠장."

싸쿤은 팔을 X자로 교차한 채 엉덩방아를 찧었다.

"끄응."

푸엉도 휘청거리다가 결국 뒤로 넘어갔다. 푸엉의 턱을
타고 핏물이 주르륵 흘렀다.

밍니야의 안색도 하얗게 질렸다.

3명의 사도들도 큰 타격을 받았지만, 더 큰 피해는 일반
교도들에게 돌아갔다. 블러드 쉴드를 뚫고 들어온 마르쿠
제의 공격은 피사노교의 교도들을 휘감았다.

불벼락에 휘감긴 교도.

얼음벼락에 감전된 교도.

이들의 목숨이 단숨에 끊길 것은 불을 보듯 뻔했다.

"안 돼애—."

싸쿤은 목이 터져라 악을 썼다.

이탄도 한숨을 푹 내쉬었다.

'제기랄, 마르쿠제 대선인님은 여전히 힘이 넘치시는구
먼. 이거 일이 이렇게 꼬이면 내가 나설 수밖에 없는데.'

이탄은 아직까지 몸이 회복되지 않았다.

아니, 회복되지 않은 정도가 아니었다. 이탄은 지금 당장
이라도 병상에 드러누워야 할 만큼 상태가 나빴다. 이탄이
제아무리 전투를 즐긴다고 하더라도 이 와중에 싸우고 싶
지는 않을 터.

'그래도 어쩔 수가 없네.'

결국 이탄이 전투에 끼어들었다.

펑!

검푸른 연기로 변한 이탄은 어느새 전쟁터로 뛰어들어 불벼락에 휘감긴 교도를 빼냈다. 얼음벼락에 감전된 교도도 구해주었다.

이탄의 동작이 어찌나 빨랐던지 불과 얼음의 벼락은 허무하게 맨 땅만 후려쳤을 뿐 단 한 명의 희생자도 만들지 못했다.

"오오오, 신인이시여!"

가까스로 목숨을 건진 교도들은 감격한 눈망울로 이탄을 올려다보았다.

그때 이미 이탄은 사령마를 몰아서 하늘로 솟구치는 중이었다.

Chapter 5

이탄을 태운 사령마가 너덜너덜한 블러드 쉴드를 뚫고 단숨에 상승했다. 이탄은 사령마 위에서 오른손을 한 바퀴 크게 휘감더니 머리 위로 뿌렸다.

쭈―왕―.

이탄의 손끝에서 빚어진 빛의 씨앗, 즉 광정이 마르쿠제를 이마에 탄착점을 형성했다.

"흡?"

마르쿠제가 반사적으로 천궁선을 부쳤다. 천궁선에서 일어난 바람이 마르쿠제와 삼두 드래곤을 수백 미터 뒤로 이동시켰다. 그 상태에서 마르쿠제는 삼두 드래곤의 뿔을 잡아당겨 더 높은 상공으로 피신했다.

마르쿠제의 발 빠른 반응 덕분에 광정은 빈 허공만 뚫고 지나갔다.

사실 이탄이 마음만 먹었으면 광정으로 상대에게 피해를 입힐 수도 있었다.

그런데 조금 전 이탄은 일부러 오른손의 동작을 크게 키웠다. 마르쿠제로 하여금 미리 대비할 시간을 벌어주기 위함이었다.

이탄은 마르쿠제를 향해서 검녹색 편린도 두 방이나 쏘았다.

당연히 이 편린에는 만자비문의 권능이 깃들어 있지 않았다. 설령 마르쿠제가 검녹색 편린에 가격된다 하더라도 그가 죽을 일은 없다는 뜻이다.

마르쿠제는 이탄의 배려를 알지 못했다. 그는 검녹색 편린에 만자비문의 힘이 담겼는지 안 담겼는지 여부도 파악할 수 없었다.

"이크. 또 저 수법이로구나."

마르쿠제는 검녹색 편린과 직접 부딪치기 싫다는 듯 삼두 드래곤을 몰아서 황급히 옆으로 피신했다.

펑!

그 순간 이탄의 몸이 한 줌의 연기로 흩어졌다.

이탄이 다시 나타난 곳은 까마득한 상공 마르쿠제의 머리 위였다.

"이런, 따라잡혔잖아."

마르쿠제가 낭패한 표정을 지었다.

이미 이탄의 공격을 피하기에는 늦은 상황이었다. 마르쿠제는 양손을 복잡하게 휘저어서 자신의 머리 위에 술법진을 그렸다.

허공에 금빛 선이 쭉쭉 그어지면서 태극과 비슷한 문양들이 생겨났다. 마르쿠제는 이 태극 문양들로 배리어(Barrier: 방벽)를 형성했다.

이탄이 사령마의 등에서 풀쩍 뛰어내리더니 마르쿠제를 향해서 수직으로 내리꽂혔다. 벼락처럼 떨어진 이탄이 손바닥으로 상대의 배리어를 힘차게 두드렸다.

이탄의 오른손에는 음차원의 마나가 잔뜩 집약되어 있었다. 그 마나가 마르쿠제의 배리어를 정면으로 후려치면서 무시무시한 굉음이 터졌다.

쫘광!

온 사방으로 금빛 불똥이 튀었다. 주변 공기가 폭발할 듯이 요동쳤다. 이탄의 공격 한 방에 마르쿠제가 만든 배리어가 깨질 듯이 뒤틀렸다.

그 타격은 고스란히 마르쿠제에게 전달되었다.

"커헉."

순간적으로 발생한 강한 압력에 마르쿠제의 척추가 삐끗했다. 마르쿠제의 코에서도 뜨끈한 액체가 후두둑 떨어졌다.

그게 끝이 아니었다. 마르쿠제가 받은 충격은 그의 몸을 타고 아래로 내려가더니 삼두 드래곤에게 고스란히 전이되었다.

특히 삼두 드래곤의 가운데 머리가 직접적인 타격을 받았다.

꾸워억!

삼두 드래곤이 목 부위를 크게 휘청거렸다.

삼두 드래곤은 뇌진탕 증상도 보였다. 허공에서 배를 까뒤집은 삼두 드래곤은 뱅글뱅글 회전하면서 지상으로 추락했다.

이탄은 그 기회를 놓치지 않고 한 번 더 몸을 가속했다.

"하압."

허공을 박찬 이탄의 몸뚱어리가 추락하는 마르쿠제에게 벼락처럼 달려들었다. 그러면서 이탄은 다시 한번 오른손에 음차원의 마나를 모았다.

츠츠츠츳.

이탄의 기세가 어찌나 강렬했던지 그의 오른손 주변 공간이 종잇장처럼 구겨지는 듯한 현상이 발생했다.

'헙?'

마르쿠제는 피를 흘리며 추락하는 와중에도 정신이 번쩍 들었다.

'저 공격을 막지 못하면 죽는다.'

강한 위기감이 마르쿠제의 귀에 경고등을 울려댔다.

"우아아아악."

마르쿠제는 벼락이 치듯 손을 휘둘러 머리 위에 금빛 태극 문양을 한 번 더 만들었다.

폭발적으로 하강한 이탄이 마르쿠제의 배리어에 오른손을 때려 박았다.

꽈광!

조금 전보다 더 큰 폭음이 터졌다. 금빛 배리어는 이탄의 무지막지한 파괴력을 견디지 못하고 유리창처럼 와장창 깨져버렸다.

"크왁."

재차 충격을 받은 마르쿠제가 입과 코에서 선혈을 분수처럼 뿌리며 추락했다.

삼두 드래곤의 코에서도 피가 철철 흘렀다.

'아 씨, 너무 세게 때렸나?'

이탄은 마르쿠제가 살짝 걱정되었다.

그렇다고 어설프게 인정을 베풀 만큼 이탄이 물렁하지는 않았다.

'에라 모르겠다.'

이탄은 추락하는 마르쿠제를 향해서 한 번 더 돌격했다. 츳츳츳츳 소리와 함께 이탄의 손으로 음차원의 마나가 응집되었다.

그 모습을 본 마르쿠제가 진저리를 쳤다.

"크으윽, 이런 집요한 놈."

마르쿠제는 젖 먹던 힘까지 쥐어짜서 금빛 배리어를 만들어내었다. 심각한 부상을 입은 상태에서 고난이도 배리어를 구축하려다 보니 마르쿠제 체내에서 원활하게 순환 중이던 법력의 흐름이 뚝뚝 끊겼다. 체내의 상처도 급속도로 악화되었다.

그러나 어쩌겠는가. 지금 이탄의 일격을 막지 못하면 마르쿠제는 죽은 목숨인 것을.

"우아아아악."

마르쿠제는 필사적인 심정으로 방어막을 둘렀다.

마르쿠제의 머리 위로 금빛 태극 문양 서너 개가 환상처럼 떠올랐다. 그 문양들이 하나로 합쳐져서 여러 겹의 배리어를 쌓았다.

이탄이 오른손을 뒤로 뺐다가 크게 휘둘렀다.

꽈광!

금속이 터지는 굉음이 울렸다. 마르쿠제가 급조한 금빛 배리어 층이 이탄의 주먹질 한 방에 박살났다.

Chapter 6

마르쿠제는 아예 비명도 지르지 못했다. 그저 정신을 잃고 추락할 따름이었다.

눈알이 홱 돌아간 것은 삼두 드래곤도 마찬가지였다.

모든 추락하는 것에는 날개가 없다고 했던가? 정신을 잃은 마르쿠제와 삼두 드래곤이 지면에 처박혔다.

육중한 몸무게의 드래곤이 대지를 들이받자 흙먼지가 뿌옇게 피어올랐다. 삼두 드래곤은 지면과 충돌한 충격으로 뼈가 가닥가닥 부러졌다. 혈관도 왕창 터졌다. 삼두 드래곤의 몸뚱어리가 간헐적인 경련을 일으켰다. 겨우 목숨만 붙어있다 뿐이지 지금 삼두 드래곤은 이대로 절명해도 이상하지 않았다.

다행히 마르쿠제의 상태는 삼두 드래곤만큼 심각하지 않았다.

이것은 마지막 세 번째 공격을 퍼부을 때 이탄이 힘을 살짝 빼준 덕분이었다. 또한 마르쿠제가 추락을 할 때 맨 땅이 아니라 삼두 드래곤의 복부에 떨어진 덕분도 컸다.

"아아악, 안 돼애―."

저 멀리 성벽 위에서 비앙카가 비명을 질렀다.

사천왕들은 마르쿠제를 구하러 성벽 밖으로 뛰쳐나오려는 듯 몸을 들썩거렸다.

이탄은 멋을 부리듯 뒷짐을 지고서 땅에 안착했다. 이탄은 최대한 여유롭게 하강을 하면서 마르쿠제 술탑의 술법사들을 곁눈질했다.

'아우, 답답하네. 지금 뭣들 하고 있는 거지? 얼른 성문 밖으로 나와서 너희들의 술탑주를 데려가야 할 것 아냐. 정말 내 손에 마르쿠제 대선인님이 죽게끔 내버려 둘 거야?'

이탄이 속으로 마르쿠제 술탑 술법사들을 욕했다.

애타는 이탄의 속도 모르고 피사노교의 사도들은 만세를 불렀다.

"와아아아, 쿠미 신인님 만세!"

"위대한 신인께서 적장을 거꾸러뜨리셨다. 만세! 만세!"

피사노교 측에서 환호성이 크게 울릴 즈음, 누군가가 나섰다. 덩치가 왜소하고, 머리에 두건을 썼으며, 몸에는 검소한 무명옷을 걸친 노인이었다.

이 평범해 보이는 노인이 바로 마르쿠제 술탑의 2인자인 오세벨이었다.

장로원주 오세벨은 평소에 남들 앞에 나서기를 싫어하여 마르쿠제 술탑의 술법사들 중에서도 그의 얼굴을 본 이가 드물었다. 오세벨의 조곤조곤한 말투와 평범한 외모도 그를 은둔자로 만들기에 충분했다.

이렇듯 조용해 보이는 오세벨이지만, 실제로 그의 무력은 마르쿠제에 이어서 두 번째 위치에 자리매김할 만큼 강했다.

마르쿠제 술탑에서 선6급 이상 대선인의 경지에 올라선 술법사는 오직 마르쿠제와 오세벨 뿐이었다.

마르쿠제가 선7급.

오세벨은 선6급.

그 오세벨이 성벽을 떠나 이탄의 앞에 유령처럼 모습을 드러내었다.

'그래. 당연히 이렇게 나와야지.'

이탄은 속으로 히죽 웃었다.

하지만 겉으로는 왼손을 쭉 뻗어 오세벨을 공격하는 척했다.

오세벨이 유령처럼 이탄의 공격을 회피하더니, 어느새 마르쿠제에게 다가가 옷깃을 붙잡았다.

"어딜 가려고?"

이탄이 180도 몸을 돌려 오세벨을 따라잡았다.

그때 이미 오세벨은 품에서 부적 한 장을 꺼내서 찢은 뒤였다.

오세벨이 찢은 노란색 종이는 대상자를 수백 미터 밖으로 순간이동 시켜주는 탈출용 부적이었다.

그것도 단순히 탈출만 하는 것이 아니었다. 부적이 찢어진 즉시 온 사방으로 시퍼런 벼락을 뿌려대도록 설계되었다.

이 부적의 제작자는 혹시라도 위급 상황에서 적이 따라붙을까 봐 부적에 벼락을 힘을 잔뜩 담아놓았다.

당연한 이야기지만, 탈출용 부적을 만든 술법사는 바로 오세벨 본인이었다.

부적이 찢어진 것과 동시에 오세벨이 번쩍 사라졌다. 오세벨에게 소매가 붙들린 마르쿠제도 함께 자취를 감추었다. 땅바닥에 축 늘어져 있던 삼두 드래곤도 번쩍이는 빛과 함께 수백 미터 밖으로 이동했다.

오세벨이 이탄 앞에 등장하고, 마르쿠제를 구출해서 다시 성벽 안으로 되돌아가기까지 걸린 시간은 고작 1초도 되지 않았다.

'잘했어.'

이탄이 마음속으로 오세벨에게 엄지를 치켜세웠다. 하지만 겉으로는 짐짓 분노한 척하면서 검푸른 연기로 변하여 오세벨을 추격했다.

"누가 감히 내 먹이를 가로채는가?"

으스스한 이탄의 목소리가 전장을 질타했다. 이탄은 어느새 사령마의 등에 올라타 랑무 시 외성벽 바로 앞까지 들이닥쳤다.

"막앗!"

오세벨이 화들짝 놀라 소리쳤다.

비앙카가 십염선으로 열 줄기의 화염을 쏘아냈다.

레베카도 싸우던 상대를 바꿔서 이탄에게 여덟 가닥의 얼음벼락을 날렸다.

사천왕 가운데 첫째인 아잔데의 독연기가 구렁이처럼 몸을 S자로 뒤틀더니 이탄에게 밀려들었다.

둘째인 브란자르는 이탄을 향해서 흑표범을 출격시켰다.

셋째인 테케가 한 움큼의 부적을 뿌려서 부적병사들을 소환했다. 허공에서 소환된 부적병사들은 창을 곧추 세워 이탄을 찔러갔다.

마지막으로 사천왕 가운데 막내인 오고우는 이탄을 향해 커다란 솥단지를 던졌다.

후웅!

가면 속에서 이탄의 눈이 시퍼런 광채를 뿜었다.

"건방진 것들."

이탄의 목구멍에서는 얼음 속에 잔뜩 얼려놓은 듯한 냉랭한 목소리가 튀어나왔다. 그때 이미 이탄의 오른손에는 음차원의 마나가 잔뜩 뭉쳐서 난폭한 기세를 온 사방으로 발산하고 있었다.

이탄의 손이 전면을 후려쳤다.

꽈광!

귀청을 찢는 폭음과 함께 비앙카가 내지른 화염이 흩어졌다.

레베카의 얼음벼락은 조각조각 파편으로 흩어진 지 오래였다.

구렁이처럼 이탄을 덮쳤던 아잔데의 독연기는 자취를 찾을 수가 없었다.

브란자르의 흑표범이 피투성이가 되어 수십 미터 밖으로 튕겨나갔다.

테케가 소환한 부적병사들도 모두 사라졌다. 부적병사들

이 흩어진 자리에는 갈기갈기 찢어진 부적 조각들만이 바람에 휩쓸려 허공을 떠돌았다.

무엇보다 오고우가 받은 피해가 가장 컸다.

30미터 크기로 부풀어 이탄을 가두려 했던 오고우의 솥은 이탄의 일격을 견디지 못하고 와장창 깨져버렸다.

그 파편이 뒤로 휘말려나가 랑무 시의 외성벽에 푹푹 박혔다.

Chapter 7

이탄이 날린 일격은 마르쿠제 술탑의 주요 술법사들의 공격을 모두 물리쳤을 뿐 아니라, 그 뒤에도 힘이 남아 외성벽을 강하게 후려쳤다.

랑무 시의 외성벽은 동쪽 산등성이에서 시작하여 서쪽 끝까지 까마득하게 펼쳐져 있었다. 성벽을 구성하는 벽돌의 개수는 이루 헤아리기 힘들 정도로 많았으며, 벽돌 하나하나의 무게도 80킬로그램이 훌쩍 넘었다.

그 묵직한 벽돌들이 진공 상태에 빠지기라도 한 것처럼 일제히 허공으로 떠올랐다.

사람들의 눈동자에는 엄청난 길이의 외성벽 전체가 뒤

틀리면서 벽돌 하나하나가 달그락 달그락 일어나 허공으로 떠오르는 모습이 환상처럼 맺혔다.

마치 꿈을 꾸듯이 느릿하게 허공으로 떠오른 벽돌들은, 다음 순간 벼락처럼 뒤로 날아갔다.

이탄의 일격에 랑무 시의 외성벽 전체가 허물어졌다.

성벽 위에 진을 치고 있던 마르쿠제 술탑의 술법사들은 고꾸라지고, 엎어지고, 아래로 추락하면서 크고 작은 부상을 입었다.

이 어마어마한 일격에 모든 술법사들이 충격을 받았다.

물론 강력한 초인이라면 성벽의 한 부분에 구멍을 내는 것쯤은 얼마든지 가능한 일이었다.

하지만 벽돌을 깨뜨리지 않은 채 무려 수백 킬로미터가 넘는 외성벽 전체를 뒤로 훅 밀어서 무너뜨리는 이적은 아무나 보여줄 수 있는 게 아니었다.

이건 마치 신이 투명한 눈 쓸개로 랑무 시의 북쪽 외성벽을 통째로 밀어낸 것 같은 현상이었다.

"이런 미친!"

비앙카가 입을 쩍 벌렸다. 그녀는 어찌나 놀랐던지 하마터면 턱이 빠질 뻔했다.

그런 비앙카를 향해서 오세벨이 달려들었다.

오세벨은 재빨리 비앙카의 허리를 낚아채더니 두 번째

탈출용 부적을 찢었다. 오세벨의 한 쪽 어깨엔 마르쿠제가 축 늘어져 있었다.

"외성벽이 무너진 이상 여기서 싸우는 것은 불리하다. 모두 술탑으로 복귀하라."

부적을 찢으면서 외친 오세벨의 경고가 술법사들의 귀에 송곳처럼 박혔다.

"모두 장로원주님의 명을 따르라."

아잔데가 가장 먼저 반응했다. 아잔데는 레베카를 붙잡아 뒤로 물러섰다.

브란자르는 피투성이가 된 흑표범을 끌어안고 후퇴했다.

반면 오고우는 제자리에 멍하게 서 있었다. 이탄에게 법보를 잃은 충격이 오고우의 정신을 무너뜨렸다.

"막내야, 정신 차려."

테케가 오고우를 일깨웠다.

그래도 오고우가 정신을 못 차리자 테케는 다시 뒤로 돌아와 강제로 오고우의 손을 잡아끌었다.

"크우우우."

오고우는 그제야 비틀비틀 테케를 뒤따랐다.

마르쿠제 술탑의 다른 술법사들도 허둥지둥 부상자들을 들쳐 메고는 랑무 시 안쪽으로 물러났다.

술법사들의 발걸음은 유난히 무거워 보였다. 조금 전 이탄이 보여준 가공할 이적 때문에 마르쿠제 술탑의 사기는 뚝 떨어졌다.

한편 화목란을 비롯한 수인족 술법사들도 조각상처럼 멍하게 제자리만 지켰다. 그들은 이탄의 무력에 기겁하여 아무런 생각도 할 수가 없었다.

"위대한 신인, 만세! 만세! 만세!"

수인족들의 등 뒤에서 피사노 교도들의 만세 소리가 들렸다. 교도들이 내지르는 쩌렁쩌렁한 함성은 피사노교의 승리를 자축하는 축포 같았다.

[으으으.]

수인족 술법사들은 그제야 정신을 차렸다.

그런 수인족들의 눈에 이탄의 고고한 모습이 들어왔다. 어지럽게 무너진 성벽 앞, 이탄은 여유롭게 뒷짐을 지고 서서 교도들의 만세 삼창을 즐겼다.

인구 8억 명의 랑무 시는 쥐 죽은 듯이 조용했다.

외적의 침입에 놀란 백성들은 집안 문을 꽉 걸어 잠그고는 탁자 밑에 숨어서 벌벌벌 떨었다. 평소 거리를 활보하던 들고양이들도 어디로 갔는지 모습을 보이지 않았다. 을씨년스러운 바람만이 텅 빈 거리를 훑고 지나갔다.

피사노교의 북명원정대와 북명의 수인족 술법사들은 설

불리 술탑으로 쳐들어가지 않았다. 그들은 이탄의 명에 따라 외성벽 앞에서 전열을 다시 정비했다. 그런 다음 질서정연하게 랑무 시로 들어섰다.

목표는 랑무 시 중심부에 세워진 마르쿠제 술탑.

술탑의 모습을 감춰주었던 안개 술법진은 어제 전투에서 깨져버렸다. 덕분에 마르쿠제 술탑의 모습은 먼 거리에서도 또렷하게 잘 보였다.

'흐음.'

이탄은 새삼스러운 눈빛으로 술탑을 바라보았다. 하늘을 뚫을 듯이 우뚝 솟은 마르쿠제 술탑은 마치 랑무 시를 지키는 수호신처럼 느껴졌다.

이탄뿐 아니라 다른 이들도 거대한 탑에서 눈을 떼지 못했다.

"저게 그 악명 높은 마르쿠제 술탑인가?"

싸쿤이 가만히 중얼거렸다.

이탄이 속으로 맞받아쳤다.

'악명이야 피사노교가 더 높겠지.'

푸엉이 싸쿤의 말에 호응했다.

"마르쿠제 술탑을 이렇게 눈으로 직접 보니까 기분이 좀 묘하네."

"묘하다고? 그게 무슨 뜻이야?"

싸쿤이 푸엉에게 되물었다.

푸엉은 어깨를 으쓱했다.

"지금 내 감정을 말로 딱 표현하긴 힘든데, 굳이 말하자면 똥꼬가 간질간질한 기분이라고나 할까? 나 지금 똥꼬에 난 털이 빳빳하게 곤두선 것 같아."

힐다가 옆에서 둘의 대화를 엿듣다가 인상을 썼다.

"윽. 더러운 새끼."

이탄도 하마터면 뿜을 뻔했다.

푸엉이 헤죽 웃었다.

"어쨌거나 우리가 신인을 모시고 저 악명 높은 술탑을 정복할 것 아냐. 그런 다음 저 탑의 꼭대기에서 지상을 굽어보면 내 똥꼬도 더 간질간질 해지겠지? 히히히. 난 똥꼬가 간질간질한 게 좋더라. 히힛."

"이런 저렴한 놈. 너는 어째 말하는 게 그 모양이냐?"

싸쿤이 손가락으로 푸엉의 머리통을 툭 밀었다.

"참 나."

힐다는 어이가 없다는 듯이 고개를 절레절레 내저었다.

푸엉은 주변에서 동료들이 뭐라고 해도 개의치 않았다. 그저 계속해서 술탑을 올려다보며 헤죽거릴 뿐이었다.

Chapter 8

이탄 일행이 마르쿠제 술탑에 가까이 접근할 즈음, 술탑의 술법사들은 방어법진의 일부 기능을 가까스로 되살려 놓았다.

물론 기존처럼 술법 전체를 방어하지는 못하였다. 하지만 이것만으로도 술탑의 둘레 돌담 위에는 고전압의 전류가 짜르르르 흘렀다.

'킴.'

이탄이 킴에게 턱짓을 했다.

[예, 신인님.]

킴은 유령일족을 출격시켰다.

희끄무레한 유령들이 고압 전류를 통과하여 담장 안으로 들어갔다. 그리곤 담장 안쪽에 박혀 있는 방어법진의 주요 매개체들을 하나 둘 해체했다. 담장 위에서 시퍼렇게 흐르던 고압 전류가 얼마 지나지 않아 푸쉬식 꺼졌다.

[가자, 브라세의 투계족들이여.]

성격이 급한 브루커빈이 앞장서서 돌담을 타넘었다.

브라세 가문의 투계족 술법사들이 브루커빈의 뒤를 따라서 차례로 진격했다.

그와 동시에 화목란이 이끄는 그리사드의 사냥꾼들도 돌

담을 넘어 마르쿠제 술탑으로 다가섰다.

이탄은 사령마를 몰아 담을 타넘었다.

힐다, 싸쿤, 푸엉, 밍니야와 같은 사도들이 이탄을 추종했다.

피사노교의 교도들은 사도들을 뒤쫓았다.

이탄과 그의 부하들은 마르쿠제 술탑 1층으로 향하는 돌계단 아래에서 잠시 발길을 멈췄다. 이탄이 술탑을 올려다보았다.

'어제 바로 이 장소에서 그 괴상한 신격 존재와 사투를 벌였는데, 오늘 또다시 이곳에 왔구나.'

이탄은 아공간 속에 넣어둔 삼각 깃발을 머릿속에 떠올렸다. 그 깃발 속에서 튀어나왔던 희끄무레한 존재를 떠올리자 아직도 등골이 오싹했다.

그 신은 중력을 말도 못 하게 증폭시켜서 블랙홀을 자유롭게 만들어내었다. 블랙홀이 어찌나 위력적이었던지 하마터면 이탄도 골로 갈 뻔했다.

이탄이 어제 일을 회상할 때였다.

"신인님, 어떻게 할까요? 명을 내리시면 제가 선봉에 서겠습니다."

싸쿤이 이탄에게 조심스럽게 여쭈었다.

이탄은 사령마 위에 올라탄 채로 고개를 끄덕였다.

"너희 3명이 먼저 출격해라."

이탄이 눈빛으로 지목한 선발대 3명은 싸쿤, 화목란, 킴이었다.

"넵! 저에게 선봉을 맡겨주셔서 감사합니다."

싸쿤은 신바람이 나서 대답했다.

반면 화목란은 이탄에게 턱 끝으로 부림을 당하는 것이 불쾌한 듯 표정이 굳었다.

킴도 선발대에 뽑힌 게 마뜩지 않은 듯 입술을 씰룩거렸다.

물론 화목란이나 킴은 감히 이탄 앞에서 불쾌한 내색을 드러내지는 못하였다.

싸쿤이 베놈 포그(Venom Fog: 독안개)로 공격의 포문을 열었다. 베놈은 여러 종류의 독 중에서도 뱀과 같은 파충류의 독액을 의미했다. 특성상 아잔데가 다루는 식물 독보다 싸쿤의 독이 더 사납고 흉포했다.

스륵, 스르륵.

치명적인 독액을 품은 끈적끈적한 핏빛 안개가 돌계단을 타고 마르쿠제 술탑을 향해서 기어 올라갔다. 좌우로 꿈틀 거리며 계단을 타는 피안개의 모습은 흡사 커다란 핏빛 뱀을 보는 듯했다.

싸쿤 옆에서는 화목란이 청동화로를 꺼내놓았다. 화목란

이 주술을 외자 청동화로로부터 불꽃이 크게 일어나 거인의 형태를 갖추었다.

이것은 불꽃의 거인.

무려 30미터나 되는 거인은 마르쿠제 술탑을 향해서 쿵쿵 계단을 올랐다. 거인이 밟은 곳에서는 치이이익 소리와 함께 하얗게 연기가 솟구쳤다.

한편 킴은 하늘을 향해서 두 팔을 활짝 벌렸다. 킴의 눈이 하얗게 물드는가 싶더니 구름을 뚫고 혼령들이 우르르 내려왔다.

이히히히, 우흐흐흐.

킴이 소환한 혼령들은 섬뜩한 귀곡성을 내면서 마르쿠제 술탑 주변을 뱅글뱅글 맴돌았다.

"모두 술탑 안으로 들어와라. 내부에서 수성전을 펼칠 것이다."

비앙카가 비장한 각오로 명을 내렸다.

그 즉시 술탑의 모든 문들이 쿵쿵 소리를 내면서 닫혔다. 술탑의 술법사들 가운데 정예 600명이 각자 정해진 위치에 앉아서 법력관을 꽉 잡고는 법력을 끌어올렸다.

쿠콰콰콰콰—.

무려 600명의 술법사들이 내뿜은 법력이 법력관으로 흘러들어갔다. 그 법력이 기관 장치에 의해서 하나로 모이더니 술탑 꼭대기로 솟구쳤다.

술탑 꼭대기에는 술법진의 핵심 역할을 하는 눈 4개가 각각 동서남북 네 방향을 바라보고 있었다.

술탑의 동쪽 눈에는 아잔데가 앉았다.

서쪽 눈은 브란자르의 차지였다.

남쪽 눈은 테케의 것.

마지막으로 북쪽 눈은 오고우가 맡았다.

이들 사천왕들은 모두 선5급의 선인들로 전투 경험이 풍부했다. 그렇기에 사천왕들은 동료 술법사들이 흘려보낸 법력을 능숙하게 받아서 술법진으로 연결했다.

남명 음양종에 거신강림대진이 있고, 금강수라종에 칠채공작진이 존재한다면, 마르쿠제 술탑엔 사천왕진이 명성을 떨쳤다. 사천왕진이란 마르쿠제 술탑이 독자적으로 개발해 낸 대형 술법진이었다.

이 술법진에 동원되는 술법사들의 숫자만 줄잡아도 600명.

다시 말해서 음양종의 거신강림대진에는 미치지 못하나, 칠채공작진보다는 훨씬 더 많은 술법사들을 동원하는 대규모 술법진이 바로 사천왕진이었다.

단, 사천왕진에는 치명적인 단점이 존재했다.

거신강림대진이나 칠채공작진은 언제 어디서나 펼칠 수

있기에 공격과 수비에 널리 사용되었다.

반면 사천왕진은 오로지 마르쿠제 술탑 안에서만 펼칠 수가 있으므로 방어용으로만 사용이 가능했다.

지금까지 마르쿠제 술탑은 본진이 직접 적에게 공격을 받은 적이 없었다. 따라서 사천왕진이 사용되었던 사례가 아예 없었다.

그러니까 지금이 사천왕진을 써먹게 된 첫 번째 경우였다.

Chapter 9

"이놈들 사천왕진의 위력을 똑똑히 보여주마."

아잔데가 사납게 으르렁거렸다. 아잔데는 150명 분의 법력을 하나로 모아서 사천왕진을 가동했다.

두둥!

마르쿠제 술탑의 동쪽 면으로부터 흉악하게 생긴 거인이 튀어나왔다. 이 거인은 몸 전체가 반투명한 푸른색이었으며, 눈이 부리부리하고, 왼손에 칼을 들었다.

브란자르도 150 술법사들의 법력을 모아서 사천왕진의 서쪽 눈을 가동했다.

두둥!

그 즉시 탑의 서쪽 면에서도 거인이 튀어나왔다. 이 거인은 무지갯빛 반투명한 몸을 가졌으며, 끝이 셋으로 갈라진 핼버드 비슷한 무기를 손에 쥐었다.

테케가 사천왕진의 남쪽 눈을 활성화시켰다.

두둥!

탑의 남쪽 면에서도 여지없이 거인이 등장했다. 이 거인은 몸이 붉고 반투명하였으며, 오른손에 기다란 동체의 드래곤을 휘감고 있었다.

마지막으로 오고우는 사천왕진의 북쪽 눈을 열었다.

두둥!

북쪽 면에서 튀어나온 거인은 검고 반투명한 몸뚱어리에 비파라는 악기를 손에 들고 있는 것이 특징이었다.

사천왕진에 의해서 소환된 4명의 거인은 마르쿠제 술탑만큼이나 키가 컸다. 따라서 거인들의 가슴 위쪽은 구름으로 가려서 눈으로 볼 수가 없었다.

"허. 술탑에 저런 기능이 숨겨져 있었다고?"

이탄은 흥미진진하다는 듯이 네 거인들을 관찰했다.

이탄은 원래 새로운 술법이라면 사족을 못 쓰는 편이었다. 그런 이탄 앞에서 이런 신기한 술법진을 보여 주니 이탄의 눈이 반짝반짝 빛날 수밖에.

개인적인 호기심과 별도로, 이탄은 다시 한번 한숨을 내쉬게 되었다. 마르쿠제 술탑의 동서남북에서 튀어나온 거인들은 상당히 강력한 기세를 발산했다.

그 기세에 비하면 싸쿤의 베놈 포그나 화목란의 불꽃 거인 등은 상대적으로 초라했다.

실제로 사천왕진의 네 거인들이 쿵쿵 다가오자 불꽃의 거인이 주춤주춤 뒷걸음질 쳤다. 베놈 포그도 움찔 놀라 흩어질 기미를 보였다. 킴이 불러들인 혼령들도 네 거인들에게 접근하지 못하고 다시 구름 위로 물러났다.

화목란은 당황한 눈빛으로 이탄을 돌아보았다.

싸쿤도 이탄에게 '신인이시여, 어쩌면 좋습니까?' 라는 뜻의 눈빛을 보냈다.

킴도 예외는 아니었다.

결국 이번에는 이탄이 직접 나설 수밖에 없었다.

"어휴."

이탄은 고개를 한 번 내저은 다음, 손끝에서 검록색 편린들을 불러내었다.

이탄의 손끝에서 펼쳐진 다크 그린 흑주술이 나비처럼 훨훨 날아올라 4명의 거인들을 향해서 날아갔다. 이번 검녹색 편린들은 〈화형을 시키는〉이라는 의미의 권능을 품고 있었다.

퍼퍼픽! 화르르륵!

이탄이 방출한 검녹색 편린들은 거인들의 몸체에 깊숙이 틀어박혔다. 이윽고 네 거인들은 검녹색 화염에 휩싸여 촛농처럼 녹아 흐르기 시작했다.

사천왕진으로서 소환한 동서남북의 거인들마저 녹여버릴 만큼 다크 그린의 위력은 대단했다.

문제는 마르쿠제 술탑의 거인들이 엄청난 덩치를 자랑한다는 점이었다. 거인들의 체격이 거의 술탑만큼 크다 보니 완전히 녹기까지는 시간이 제법 걸렸다.

검녹색 화염에 휘감긴 동방의 거인이 비틀비틀 다가와 거대한 칼을 휘둘렀다.

힐다가 기겁을 했다.

"으아아, 안 돼."

힐다는 거인 때문에 기겁한 게 아니라 거인의 칼에서 뚝뚝 떨어지는 검녹색 액체 때문에 가슴이 떨렸다.

"모두 피해라. 저 검녹색 화염은 신인님의 다크 그린이다. 저 불꽃에 스치면 끝장이야."

싸쿤이 악을 썼다.

피사노교의 교도들은 그 즉시 거인을 피해서 후퇴했다.

핼버드를 든 서방의 거인도 온몸에 검녹색 불길을 뒤집어쓴 채 그리사드의 오소리족 사냥꾼들을 향해서 진격했다.

[젠장. 저 검녹색 화염에 노출되면 죽는다. 모두 물러서.]

화목란이 당황하여 명을 내렸다. 그리사드 사냥꾼들은 서방의 거인과 멀찍이 거리를 두고 후퇴했다.

일부 사냥꾼들이 뒤로 물러서면서 서방의 거인에게 크로스 보우를 날렸다.

별 의미는 없는 행동이었다.

한편 남방의 거인은 킴의 유령일족을 향해서 비틀비틀 접근했다.

[헉!]

킴은 부하들에게 후퇴 명령을 내리지도 않고 혼자서 뒤로 내뺐다.

킴이 소환한 혼령들, 그리고 디모스 가문의 유령들은 거인의 몸에 번진 검녹색 화염이 무서운 듯 서둘러 거리를 두었다.

칼만의 악어족과 브라세의 투계족을 향해서는 북방의 거인이 다가왔다. 북방의 거인은 뚝뚝 녹기 시작한 발을 질질 끌면서 한 손으로 비파 줄을 튕겼다.

그때마다 검녹색 액체가 사방으로 튀었다.

[이런 제기랄.]

[미치겠네.]

쇼도와 브루커빈은 욕을 하면서 부하들을 뒤로 물릴 수밖에 없었다.

만약 이 대목에서 이탄이 만자비문의 권능을 거둬주었다면 수인족 술법사들은 굳이 후퇴할 이유가 없었을 것이다.

하지만 이탄은 모르는 척 내버려두었다.

아니, 오히려 이탄 스스로 말머리를 돌렸다. 이탄은 일부러 낭패한 듯한 표정을 보여주었으나, 속으로는 쾌재를 불렀다.

'히히. 역시 이게 먹히는구나.'

이탄이 기꺼이 후퇴를 선택하자 수인족 술법사들도 더욱 빠르게 물러났다. 피사노교의 교도들도 이탄을 따라 멀리 후퇴할 수밖에 없었다.

어마어마하게 덩치가 큰 동서남북의 거인들은 후퇴하는 이탄 일행을 쫓아서 쿵쿵쿵 전진했다.

물론 이 거인들은 시간이 갈수록 점점 더 빠르게 녹아서 없어지는 중이었다. 다만 거인들의 덩치가 워낙 크기에 완전히 녹기까지는 시간이 제법 걸렸다.

결국 수인족 술법사들은 랑무 시 외성벽 밖까지 물러날 수밖에 없었다.

동서남북의 거인들은 이탄 일행을 도시 밖으로 쫓아내는 것이 사명인 듯 끝까지 추격했다. 그런 다음 네 거인들은 무너진 외성벽 잔해 위에 무릎을 꿇고는 털썩 털썩 쓰러졌다.

화르르륵!

거인들의 사체 위에서 검녹색 화염이 기승을 부렸다.

[햐. 모처럼 마르쿠제 술탑을 무너뜨리니 싶었는데, 이렇게 일이 꼬이네.]

브루커빈이 아쉬움을 토로했다. 그래봤자 저 검녹색 화염을 뚫고 다시 진격할 용기는 브루커빈에게 없었다.

이는 다른 수인족 술법사들도 마찬가지였다.

Chapter 10

이탄 일행이 랑무 시 외성벽 밖에서 검녹색 화염이 꺼지기만을 기다리는 동안, 마르쿠제 술탑의 술법사들은 큰 결심을 하였다.

오세벨 장로원주가 비앙카를 설득했다.

"공주님, 이제부터 정신 똑바로 차리셔야 합니다. 술탑 주님께서 정신을 잃으신 지금, 공주님께서 지휘를 하셔야 한단 말입니다."

"장로원주님, 제가 뭘 하면 되겠습니까?"

비앙카는 혼이 쏙 빠진 와중에도 똑 부러지는 태도를 보였다.

오세벨은 흐뭇한 눈빛으로 비앙카를 바라본 다음, 충격적인 간언을 올렸다.

"공주님, 솔직히 말씀드려서 저희들 능력으로는 저 오염된 신 무리들을 막을 수가 없습니다. 특히 새로이 등장한 마왕 놈의 능력은 가히 악몽과도 같습니다. 그자 때문에 술탑주님께서 쓰러지셨고, 많은 동료 수도자들이 목숨을 잃었으며, 급기야는 술탑의 사천왕진마저 허물어지고 말았습니다."

오세벨이 입에 담은 마왕이란 이탄을 의미했다.

"으으윽."

비앙카는 가면을 쓴 이탄의 모습을 머릿속에 떠올리고는 바르르 몸서리를 쳤다.

오세벨은 비앙카의 어깨를 힘주어 잡았다.

"다행히 사천왕진이 마지막 불꽃을 태우면서 시간을 벌어주었습니다. 공주님께서는 이 기회를 놓치지 마시고 제2의 지역으로 피신하셔야 합니다."

"장로원주님, 이곳 술탑을 버리자는 말씀이십니까?"

비앙카가 경악했다. 지금까지 비앙카는 적에게 쫓겨서 술탑을 버리고 도망친다는 생각을 단 한 번도 해본 적이 없었다.

오세벨은 단호하게 고개를 끄덕였다.

"가슴이 아프지만 어쩔 수 없습니다. 비록 지금은 적들이 뒤로 물러났으나 얼마 지나지 않아 다시 이곳으로 쳐들어올 겁니다. 그때 우리에게 저 악마를 막을 힘이 남아있겠습니까? 모두 다 술탑 안에 갇혀서 옥쇄할 뿐입니다. 공주님도, 술탑의 수도자들도, 마르쿠제 술탑주님도, 다 개죽음만 당한단 말씀입니다."

"크흑, 흐흐흑."

비앙카는 억울한 듯 눈물을 글썽였다.

오세벨이 말을 이었다.

"공주님, 그러니까 서둘러 술탑을 버리고 제2의 지역으로 이동하셔야 합니다. 공주님께선 술탑의 술법사들을 이끌고 후일을 도모하십시오. 사천왕과 레베카가 공주님과 술탑주님을 잘 보필할 겁니다."

비앙카는 오세벨의 말에서 무언가를 느꼈는지 눈을 동그랗게 떴다.

"장로원주님, 지금 그 말씀은……?"

오세벨이 희미하게 미소를 지었다.

"저는 이곳에 남아야 합니다. 이 늙은이가 술탑에 남아 최대한 시간을 끌어줘야 적들의 추적을 막을 수 있습니다."

"안 돼요, 장로원주님. 그건 제가 용납할 수 없어요. 만약 장로원주님께서 이곳에 남는다고 고집을 부리시면 저도 남을 거예요."

비앙카가 펄쩍 뛰었다.

오세벨은 주름 진 손으로 비앙카의 손등을 따뜻하게 덮었다.

"공주님. 허허허. 훌륭하십니다. 이 늙은이 걱정도 다 해 주시고, 이제 정말 다 크셨군요. 허허허."

"장로원주님, 아니 할아버지. 제발 그런 말씀 마세요. 제발 할아버지도 저와 함께 가요. 우흐흐흑."

비앙카의 볼을 타고 눈물이 하염없이 흘렀다. 비앙카는 어린 시절 오세벨을 할아버지라 부르며 따랐다.

'그런데 나보고 할아버지를 이곳에 버리고 가라고? 나만 살면 뭐해? 안 가. 나는 절대 못 가.'

비앙카가 마음속으로 떼를 썼다.

하지만 막상 비앙카는 자신의 속마음을 입 밖으로 내뱉지 못하였다. 절체절명의 상황에서 비앙카가 진짜로 고집을 부리면 그녀만 죽는 게 아니었다. 사천왕과 레베카, 그리고 마르쿠제 술탑의 수도자들이 다 함께 옥쇄할 판이었다.

어디 그뿐인가. 마르쿠제의 목숨까지도 위험했다.

"어허허, 공주님. 이 늙은이는 괜찮습니다. 허허허."

오세벨이 비앙카의 어깨를 두드렸다. 인자한 오세벨의 표정 안에는 많은 말들이 담겨 있었다.

비앙카는 끝내 뒷말을 잇지 못하였다. 그녀는 그저 오세벨의 품에 머리를 파묻고 꺽꺽 소리 내어 흐느낄 뿐이었다.

제4화

언노운 월드에 복귀하다

Chapter 1

다음 날인 3월 4일 아침.

이탄과 그의 부하들은 마르쿠제 술탑을 점령하는 데 성공했다.

어이없게도 술탑은 거의 비어 있다시피 했다. 마르쿠제 술탑의 술법사들은 어디론가 자취를 감추었다.

오로지 장로원주 오세벨만이 홀로 술탑에 남아서 저항했다.

"이 오세벨이 쓰러지기 전까지 너희 오염된 신의 자식들은 우리 술탑을 밟지 못할 것이니라."

오세벨은 술탑의 방어를 총괄하는 통제소에 앉아서 비장

하게 중얼거렸다. 오세벨은 끝까지 술탑을 지키다가 장렬하게 전사할 생각이었다.

안타깝게도 오세벨의 소원은 이루어지지 않았다. 단숨에 통제소에 모습을 드러낸 이탄이 오세벨의 목을 졸라 기절시킨 탓이었다.

"끄응."

오세벨은 힘 한 번 써보지 못하고 축 늘어졌다.

[뭐야? 쿵. 이미 다 도망쳐버렸잖아?]

이탄의 뒤를 쫓아 통제소까지 올라온 브루커빈이 텅 빈 술탑 내부을 둘러보면서 콧바람을 세게 내뿜었다.

[흐음. 역시 비어 있었군.]

화목란도 그럴 줄 알았다는 듯이 뇌까렸다.

이탄은 별 다른 표정 변화가 없었다.

사실 이탄은 마르쿠제 술탑에 오세벨만 남았을 것이라는 점을 미리 알고 있었다. 천공안으로 미래를 엿본 덕분이었다.

솔직히 이탄이 어제 적극적으로 검녹색 편린을 사용한 것도 천공안으로 미래를 읽었기에 한 행동이었다.

활활 타오르는 검녹색 화염 때문에 수인족 술법사들은 멀리 물러설 수밖에 없었고, 그 사이에 마르쿠제 술탑의 술법사들은 도망칠 시간을 벌었다. 이탄은 이렇게 전개될 미래를 미리 알고서 다크 그린을 적극적으로 사용했다.

잠시 후, 화목란과 브루커빈에 이어서 쇼도와 킴, 피사노 교의 사도들이 이탄의 곁에 모여들었다.

술탑의 주인이 바뀐 것을 하늘이 슬퍼했기 때문일까?

멀쩡하던 날씨가 변덕을 부리더니 비가 내리기 시작했다. 똑똑 떨어지던 빗방울은 이내 장대비로 변했다.

쏴아아아아—.

이탄의 귓가에 시원하게 빗소리가 울렸다. 봄비답지 않게 빗줄기는 강했다. 하늘은 랑무 시 백성들의 마음처럼 어두웠다. 이탄은 창문을 통해 밖을 내다보다가 사도들 가운데 2명을 지목했다.

"린, 밍니야."

린과 밍니야가 나란히 이탄의 등을 향해 무릎을 꿇었다.

"위대한 신인이시여, 저희에게 분부가 있으십니까?"

"명을 내려주십시오."

이탄은 천천히 등을 돌렸다.

이탄의 눈길은 두 사도 가운데 린에게 머물렀다.

피사노 사브아의 혈족인 린은 근미래 예지 특성을 타고 났다. 이탄도 이 점을 높이 평가하여 초마의식 당시에 린을 선택하여 결합했더랬다.

그 증거로 린의 오른손 엄지 옆에는 조그만 손가락이 돋아 있었다. 이 손가락이야말로 이탄이 자신의 기운을 린에게 주입했다는 증거물이었다.

이탄의 시선을 받은 린이 부르르 몸을 떨었다.

이탄은 아무런 말도 없이 밍니야에게 시선을 옮겼다.

현재 밍니야의 뇌에는 이탄의 분혼이 기생 중이었다. 따라서 밍니야는 이탄의 의지대로만 움직이는 분신이나 마찬가지였다.

따라서 이들 2명은 이탄의 뜻대로 움직이는 자들이었다. 이탄은 딱 이 2명에게 임무를 내렸다.

"린, 너는 미래를 읽을 수는 신탁사도라지?"

이탄의 물음에 린이 고개를 푹 숙여 보였다.

"맞습니다. 신탁사도입니다."

"하면 네가 마르쿠제 잔당들의 추적을 맡아라. 그리고 밍니야는 옆에서 린을 도와."

"위대한 신인의 명을 받들겠나이다."

이탄의 명이 떨어지자마자 두 사람은 즉각 응답했다.

사실 이것은 이탄의 진짜 명령이 아니었다. 비록 이탄이 입으로는 "마르쿠제 술탑 잔당들을 추적하라."는 말을 하였지만, 이탄의 진짜 의중은 "술법사들을 진짜로 찾을 생각 말고 시간만 끌어."라는 것이었다.

린과 밍니야는 이탄의 진짜 뜻이 무엇인지 말을 하지 않아도 알아들었다.

물론 다른 사도들은 이탄의 진짜 의중을 꿈에도 알지 못했다. 힐다와 싸쿤, 푸엉은 약속이라도 한 듯이 고개를 끄덕였다.

'신탁사도인 린에게 적 잔당들의 추적을 맡기는 건 좋은 판단이셔.'

'린이 신탁의 능력을 발휘한다면 얼마 지나지 않아 마르쿠제 술탑 녀석들을 찾을 수 있겠지.'

'역시 신인님께서는 적재적소에 인재를 쓰시는구나.'

힐다, 싸쿤, 푸엉은 마음속 깊이 이탄의 지시에 수긍했다.

한편 이탄은 수인족과 유령일족 술법사들에게도 명을 내렸다.

[린과 밍니야가 적 잔당들의 위치를 파악할 거다. 너희들은 그때 즉시 출동할 수 있도록 출동태세를 갖춰놓아라.]

[알겠습니다.]

화목란이 대표로 대답했다.

수인족과 유령일족은 군소리 없이 이탄의 명을 받들었다.

Chapter 2

피사노교의 교도들은 마르쿠제 술탑의 전층을 다시 한번 꼼꼼히 훑었다.

수인족과 유령일족도 수색을 도왔다.

그들이 아무리 뒤져보아도 술탑 안에 남아 있는 술법사들은 없었다. 이탄은 그제야 승리를 선포했다.

"이 시간부로 마르쿠제 술탑은 우리 손에 들어왔다. 이는 모두가 검은 드래곤의 보우하심이다."

이탄의 승리 선언은 군더더기 없이 간결했다.

"와아아아아, 우리가 이겼다."

"쿠미 신인님, 만세! 만만세!"

피사노교의 교도들이 열렬하게 호응했다.

승리 선언을 마친 뒤, 이탄은 곧바로 마르쿠제 술탑의 보물들을 전리품으로 배분해주었다.

오랜 전통을 가진 곳답게 마르쿠제 술탑의 보물창고에는 진귀한 법보들이 한가득이었다. 이탄은 창고를 허물어 수인족 세 가문과 유령일족에게 나눠주었다.

화목란이 이끄는 그리사드 가문은 최상급 법보 한 점과 상급 법보 여덟 수레를 받았다.

쇼도의 칼만 가문도 최상급 법보 한 점과 상급 법보 여덟 수레를 차지했다.

브루커빈의 브라세 가문이라고 예외일 리 없었다.

수인족들뿐 아니라 킴의 디모스 가문도 공평하게 전리품을 할당받았다.

이 밖에도 이탄은 중급 법보와 하급 법보들도 보물창고에서 꺼내어 수인족에게 골고루 배분했다.

이탄이 나눠준 중급과 하급 법보는 무려 큰 방 여러 개를 꽉 채울 만큼 방대했다. 이탄은 마르쿠제 술탑이 오랜 세월 동안 수집한 법보들 가운데 3분의 1을 허물어 전리품으로 하사한 것이다.

화목란의 얼굴이 확 밝아졌다.

[어머나, 이만큼이나 주신다고요?]

화목란은 이탄의 통 큰 씀씀이에 내심 감탄했다.

솔직히 말해서 마르쿠제 술탑은 이탄이 홀로 무너뜨린 것이나 마찬가지였다. 북명의 가문들은 이탄이 대활약을 펼칠 동안 적의 잔챙이들만 처리했을 뿐이었다. 그 증거로 그리사드 가문의 피해는 거의 없다시피 했다.

한데 이탄은 북명의 보잘것없는 공로를 꽤나 높게 평가해주었다.

'이거 마음에 드는데. 알고 보니 쿠미 신인이 아주 화끈하네.'

화목란은 이탄을 향해 배시시 미소를 지었다.

화목란뿐 아니라 쇼도와 킴, 브루커빈도 입이 귀에 걸렸다.

이탄의 통 큰 씀씀이는 거기서 끝나지 않았다. 이탄은 마르쿠제 술탑의 부적들도 3분의 1이나 뚝 떼어서 북명의 네 가문에 하사했다.

단, 술법서는 예외.

이탄은 술법에 대한 욕심이 남달랐기에 이것만큼은 홀로 독차지했다.

사실 북명의 네 가문들은 이탄에게 법보만 하사받아도 감지덕지할 상황이었다. 거기에 더해서 부적까지 받게 되자 그들은 펄쩍 펄쩍 뛸 만큼 기뻐했다.

[이 부적들도 저희에게 주신단 말씀이십니까?]

[신인님, 진짜입니까?]

쇼도와 브루커빈이 휘둥그레진 눈으로 이탄을 바라보았다.

이탄은 당연하다는 듯이 되물었다.

[너희가 마땅히 받을 만한 공을 세웠으니까 주는 건데, 왜? 받기 싫은가? 그럼 다시 이리 내놔라.]

이탄이 손을 내밀었다.

[싫다니요? 절대 그렇지 않습니다.]

쇼도가 황급히 고개를 좌우로 흔들었다.

[한번 주신 걸 다시 빼앗으시면 안 됩니다.]

브루커빈은 어린아이처럼 떼를 썼다.

원래 북명의 수인족들은 혼명이나 남명에 비해서 유독 부적 제작 능력이 뒤처졌다. 그러니 이처럼 귀한 부적을 잔뜩 확보할 기회란 흔치 않으리라.

쇼도와 브루커빈은 이탄에게 다시 빼앗길세라 부적이 담긴 박스들을 등 뒤로 숨겼다. 킴과 화목란도 같은 행동을 했다. 그 모습이 마치 맛있는 먹이를 빼앗길세라 입에 물고 뒷걸음질 치는 똥강아지들 같았다.

'훗.'

이탄은 피식 터져 나오려는 웃음을 억지로 되삼켰다.

북명원정대가 마르쿠제 술탑을 점령했다는 소식은 곧 피사노교로 전달되었다. 이탄이 직접 쌀라싸에게 승전보를 보냈다.

"헐헐헐. 역시 쿠미 아우님답군. 마르쿠제 그 까다로운 늙은이를 불과 이틀 만에 패퇴시키다니 정말 깜짝 놀랄 만한 성과가 아닌가. 헐헐헐헐."

쌀라싸는 크게 기뻐했다.

쌀라싸는 가장 먼저 이 기쁜 소식을 와힛에게 보고했다.

이어서 그는 다른 신인들에게도 이탄의 승전보를 전해주었다.

신인들 가운데 싸마니야가 가장 기뻐했다.

"쌀라싸 님, 그게 진짜입니까? 정말 제 아들, 아니 제 아우가 마르쿠제 늙은이에게 한 방 먹여주었단 말입니까?"

싸마니야는 이탄이 마르쿠제 술탑을 점령했다는 소식이 믿기지 않는 듯 몇 번이고 쌀라싸에게 되물었다.

"진짜라니까. 내가 왜 여덟째에게 거짓말을 하겠는가. 헐헐헐."

쌀라싸도 질리지 않는지 같은 대답을 되풀이했다. 그것도 그냥 답만 한 게 아니라 기분 좋게 수염까지 쓸어내리며 웃었다.

최근 피사노교의 분위기는 살짝 침체된 상태였다.

최근 교의 제1신인인 와힛이 수십 년 만에 부정 차원에서 돌아오고, 온 세상을 상대로 초대형 전쟁을 일으킬 때까지만 하더라도 피사노교의 모든 교도들은 백 진영을 상대로 압승을 거둘 것을 의심치 않았다.

교도들의 마음속에 자리한 와힛은 마신이나 다름없었기에, 교도들은 와힛이 더러운 백 진영 놈들을 벌레 죽이듯 처참하게 짓밟아버릴 것이라 믿었다.

한데 결과는 예상 밖이었다.

피사노교와 백 진영은 팽팽한 무승부를 이루었다. 와힛과 쌀라싸, 아르비아가 직접 출전한 전투에서 피사노교가 대승을 거두지 못한 것이다.

물론 변명거리는 충분했다.

와힛이 흑 진영에 복귀한 것처럼, 시시퍼 마탑의 탑주인 어스와 아울 검탑의 제1검인 리헤스텐도 무려 수십 년 만에 재등장하였다. 그들이 힘을 합쳐 와힛을 막아내었으니 와힛만의 잘못만은 아니리라.

그럼에도 불구하고 피사노교의 교도들은 불안감에 빠졌다.

'설마 이번에도 아울 검탑과 시시퍼 마탑의 벽을 넘지 못하는 것 아냐?'

'지난 세기 말의 전쟁 때에도 그랬었잖아.'

피사노교의 교도들은 비록 입 밖으로 이런 말을 드러내지는 못하였으나, 마음속에는 한 줄기 불안한 그림자가 드리웠다.

교도들뿐 아니라 사도들 사이에서도 불안한 감정이 스멀스멀 피어올랐다.

쌀라싸를 비롯한 신인들이 사람들의 흔들리는 마음을 모를 리 없었다. 신인들은 신전 기둥 위에 매일같이 모여서 머리를 맞대었다. 교의 사기를 끌어올릴 방안을 고민하기 위함이었다.

딱 그 타이밍에 기쁜 소식이 들렸다. 동차원으로 파견 나간 막내 신인 쿠미가 승전보를 날렸다.

그것도 보통의 승전보가 아니었다. 놀랍게도 막내 신인은 100여 명에 불과한 소수의 인원만으로 교의 삼대 강적 가운데 한 곳인 마르쿠제 술탑을 점령했단다. 비록 쿠미 신인이 적의 수괴인 마르쿠제의 목을 베지는 못하였으나, 마르쿠제를 완전히 패퇴시켰고, 술탑을 통째로 점령했다는 소식이었다.

Chapter 3

"허어, 정말 엄청나군. 마르쿠제, 그 늙은이가 결코 만만하지 않은데 말이야."

제5신인 피사노 캄사가 혀를 내둘렀다.

"도대체 쿠미 아우는 얼마나 많은 대군을 이끌고 간 거죠?"

제7신인 피사노 사브아는 이미 알고 있는 사실을 일부러 확인 차 질문했다.

쌀라싸가 빙그레 웃었다.

"대군은 무슨. 사도5명과 교도 100여 명. 딱 그게 전부라네. 흘흘흘."

"와아, 고작 그 정도라고요? 막내가 그런 소수의 병력만으로 적장을 거꾸러뜨리고 적진을 점령했다고요? 이게 말이 되나요?"

사브아는 믿기 힘들다는 듯이 고개를 내저었다.

"크흐흐. 으흐흐흐."

옆에서 싸마니야가 잇새로 웃음을 흘렸다. 싸마니야는 이탄이 대견하여 어쩔 줄 모르겠다는 티를 대놓고 드러내었다.

"쯧쯧. 팔불출이 따로 없구먼. 쯧쯧쯧."

아르비아가 눈꼴 시다는 듯이 싸마니야에게 핀잔을 주었다.

그러는 아르비아도 입가에서 미소가 가시지 않았다. 아르비아는 이탄의 활약을 내심 좋게 보았다.

쌀라싸가 운을 떼었다.

"아무래도 막내아우를 다시 이곳으로 불러들여야겠네."

캄사가 이마를 살짝 조프렸다.

"쌀라싸 님, 괜찮으시겠습니까? 쿠미 아우를 동차원에서 빼내는 즉시 마르쿠제의 잔당들을 비롯한 남명의 술법사들도 백 진영에 합류할 게 뻔합니다."

"저도 캄사 오라버니의 의견에 동의해요. 막내가 동차원에 남아 있어야 남명 놈들이 막내에게 신경을 쓰느라 이곳 전쟁에 시선을 돌리지 못하지요."

사브아도 캄사의 의견에 힘을 실어주었다.

쌀라싸는 천천히 고개를 가로저었다.

"두 아우님들의 의견에도 일리가 있으이. 흘흘흘. 이 늙은이가 그걸 몰라서 쿠미 아우님을 불러들이겠다는 게 아니야. 사실 냉정하게 숫자만 가지고 판단하면 쿠미 아우님이 동차원에 남아 있는 게 더 도움이 된다네. 그래야 마르쿠제 술탑 놈들과 남명의 사대종파가 언노운 월드의 전쟁에 개입하기 힘들어지니까."

쌀라싸는 여기서 말을 한 번 끊은 뒤, 캄사와 사브아의 눈을 빤히 들여다보았다.

"한데 전쟁은 냉철한 이성만으로 치를 수 있는 게 아니라네. 때로는 불꽃같은 감성이 전쟁을 승리로 이끄는 데 더 도움이 되기도 하지. 두 아우님들도 알다시피 지금 아군의 분위기가 영 좋지가 않아."

"으으음."

캄사가 무겁게 고개를 숙였다.

"그 점은 저도 인정합니다."

사브아도 쌀라싸의 말에 동의했다.

쌀라싸가 힘주어 말을 이었다.

"하여 우리에게는 전쟁의 영웅이 필요하다네. 단숨에 아군의 사기를 끌어올리고 교도들의 심장을 뛰게 만들어줄 영웅 말일세."

"그 영웅이 막내라는 말씀이시군요."

사브아의 말이 떨어지기 무섭게 쌀라싸가 호응했다.

"맞네. 쿠미 아우님이야말로 지난번 아울 검탑 전투에서 수많은 교도들의 목숨을 구한 영웅이 아니었던가. 이번에도 쿠미 아우님이 영웅의 역할을 해줄 게야. 흘흘흘."

이번에는 싸마니야가 질문을 던졌다.

"쌀라싸 님, 혹시 와힛 님께 상의를 드리셨습니까? 쿠미 아우에게 전쟁의 구심점 역할을 맡긴다는 것은 자칫하다가는……."

싸마니야가 조심스럽게 말꼬리를 흐렸다.

이번 전쟁은 사소한 국지전이 아니었다. 흑과 백이 정면으로 맞부딪치는 대전쟁이었다. 이 큰 전쟁에서 흑 진영의 구심점 역할을 맡는다는 게 얼마나 대단한 일인지, 싸마니야는 누구보다도 잘 알았다.

'이는 이탄, 아니 쿠미에게 큰 기회일 수도 있지. 하지만 반대로 까딱 잘못하면 와힛 님의 눈 밖에 나는 수도 있어.'

싸마니야는 혹시라도 이탄이 너무 튀어서 와힛에게 견제

를 받게 될까 봐 우려했다.

쌀라싸가 짓무른 눈으로 싸마니야를 돌아보았다.

"흘흘흘. 여덟째 아우님은 혹시 와힛 님께서 쿠미 아우를 고깝게 여길까 봐 걱정하시는 겐가? 흘흘흘."

쌀라싸의 날카로운 응수에 싸마니야는 심장이 덜컥 내려앉았다.

"그럴 리가 있겠습니까? 저는 그저……."

싸마니야가 황급히 손사래를 치려 했다.

그보다 한 발 앞서 쌀라싸가 싸마니야의 말을 끊었다.

"흘흘. 아우님 걱정 마시게. 와힛 님께서는 막내에게 무척 큰 관심을 가지고 계시지. 나쁜 쪽이 아니라 좋은 쪽으로 말일세."

"아아, 그러시군요. 다행입니다."

싸마니야는 그제야 안심한 듯 가슴을 쓸어내렸다.

쌀라싸가 아우들을 둘러보며 물었다.

"그럼 이제 아우님들의 의견을 듣고 싶군. 어떤가? 막내아우님을 다시 언노운 월드로 불러들이는 안건에 대해서 어찌 생각하시나?"

제4신인인 아르비아가 먼저 손을 들었다.

"저는 오라버니의 의견에 찬성이에요. 동차원 술법사 놈들의 개입을 차단하는 것도 중요하지만, 그 전에 아군의 사기부터 끌어올릴 필요가 있어요."

"저도 찬성합니다."

제9신인이 티스아가 곧장 아르비아의 뒤를 이었다. 티스아는 이탄에 대한 호감도가 높았기에 이탄에게 기회를 만들어주고 싶었다. 이탄이 모든 교도들의 영웅으로 추앙받을 기회 말이다.

"크허험. 저도 찬성합니다. 막내를 불러들이시지요."

제8신인 싸마니야도 당연히 찬성 쪽에 한 표를 던졌다.

이제 남은 사람은 캄사와 사브아뿐.

솔직히 캄사는 이탄의 영향력이 이 이상 확대되는 것이 싫었다. 캄사의 마음 깊은 곳에서는 이탄에 대한 질투심이 부글부글 끓어올랐다.

하지만 분위기가 영 나빴다.

'이런 분위기에서 나 홀로 반대하는 것은 아무런 의미가 없지. 괜히 내 속만 드러날 뿐이라고.'

캄사는 빠르게 생각을 정리하고는 찬성 편에 섰다.

"저도 환영합니다. 막내의 탁월한 능력이라면 아군의 사기 진작에 도움이 될 테지요."

캄사까지 찬성표를 던지자 모두의 시선이 사브아에게 쏠렸다.

사브아가 어깨를 으쓱했다.

"왜 다들 저를 그렇게 보세요? 제가 뭐 반대표라도 던질 줄 아셨나요? 저는 당연히 찬성입니다. 쿠미 신인과는 이미 좋은 인연을 맺기도 했고, 이번 기회에 한 번 더 막내의 얼굴을 보고 싶기도 하네요. 호호."

사브아의 말은 어느 정도 사실이었다. 예전에 사브아는 이탄에게 자신의 애병인 채찍을 기꺼이 내주었다. 아몬의 심혈관으로 만들어진 귀한 채찍을 이탄에게 내주면서 호의적으로 첫 단추를 끼웠던 사람이 바로 사브아였다.

물론 그녀의 진짜 의도는 따로 있었지만 말이다.

짝짝짝!

쌀라싸가 흡족한 표정으로 박수를 쳤다.

"자자자, 아우님들의 의견은 잘 들었네. 하면 내가 와힛 님께 우리의 일치된 의견을 말씀드리고 매듭을 짓겠네. 흘흘흘."

쌀라싸의 말을 끝으로 이날 회의는 종료되었다.

피사노교의 신인들은 신전 내부의 높은 기둥에서 내려와 각자의 영역으로 돌아갔다. 그러는 동안 쌀라싸는 홀로 신전 깊숙한 곳으로 들어가 와힛과 독대를 했다.

Chapter 4

3월 6일 점심 무렵이었다. 쌀라싸가 보낸 편지가 차원을 넘어 동차원의 이탄에게 전달되었다.

편지의 내용은 다음과 같았다.

쿠미 아우님,

아우님이 보내준 놀라운 승전보에 기쁨을 감출 수가 없다네. 다만 이곳 현지에서의 전투가 갈수록 격화되고 있어 걱정이 클 따름이지.

아우님께서 큰 공을 세운 직후라 이런 이야기를 꺼내는 것이 참으로 민망하네만은, 혹시 동차원에 서의 전투가 아주 급하지 않다면 다시 언노운 월드 로 와줄 수 있겠나? 아무래도 아우님의 힘이 필요 할 것 같아서 말일세.

그럼 연락을 주시게나.

아우님이 와준다고 하면 곧바로 차원을 넘어올 방법을 마련하겠네.

— 피사노 쌀라싸 —

이탄은 편지를 읽고는 창가로 다가갔다. 투명한 창문 너머로 랑무 시의 전경이 한눈에 내려다보였다.

지금 이탄이 머무는 곳은 마르쿠제의 집무실이었다. 당연히 전망이 탁 트였고, 내부시설도 훌륭했다.

이탄은 팔짱을 끼고 창문 앞에 서서 생각을 정리했다.

'쌀라싸가 나를 언노운 월드로 다시 부르리라는 것은 이미 짐작하고 있었지. 천공안으로 미래를 읽었으니까.'

이탄은 랑무 시를 떠나 언노운 월드로 가는 게 싫은 건 아니었다. 솔직히 이탄은 몸이 근질근질하던 판이었다. 그러니 전쟁에 끼어드는 것은 오히려 이탄이 바라던 바였다.

다만 한 가지가 이탄의 마음에 걸렸다.

'아무래도 내가 언노운 월드의 대전쟁에 끼어들었다가는 일이 커질 것 같단 말이지.'

최근 이탄은 몇 차례에 걸쳐서 천공안을 열었다. 흑과 백의 대전쟁이 누구의 승리로 끝날 것인지가 궁금해서라도 이탄은 미래를 확인하고자 노력했다.

한데 결과가 보이지가 않았다. 흑과 백 사이에 치열한 대전쟁이 벌어지는 장면까지는 분명히 보이는데, 그 이후가 안개에 갇힌 듯 모호했다.

이유는 하나였다.

"언노운 월드의 대전쟁에 신적 존재가 개입하나 보지? 천공안으로 읽지 못할 미래란 오직 그 이유밖에 없으니까.

끄으응."

이탄의 입에서 앓는 소리가 절로 나왔다.

이탄은 손으로 자신의 이마를 벅벅 문질렀다. 이탄이 아무리 강해졌다고 하더라도 신적 존재와 부딪치는 것은 여전히 부담스러웠다.

부정 차원에서 두 차례나 연달아 이탄과 싸웠던 여섯 눈의 존재.

아울 검탑에서 이탄과 충돌했던 파동으로 이루어진 여신.

며칠 전 마르쿠제 술탑에 등장했던 희끄무레한 신.

바로 이어서 시시퍼 마탑 상공에서 다시 맞붙었던 파동으로 이루어진 여신.

이탄은 이런 존재들과 싸울 때마다 소멸을 각오해야만 했다. 이탄이 비록 간신히 적들을 물리치기는 하였으나, 단한 번도 싸움이 쉽게 끝난 적은 없었다. 이탄은 그때마다 만신창이가 되었다.

심지어 이탄의 상처는 아직 다 회복되지도 않았다.

그렇다고 싸움을 회피할 수도 없을 터.

"푸후."

이탄은 크게 한숨을 내쉬었다.

신격 존재와의 전투는 이탄에게 숙명과도 같은 것이었

다. 이탄이 피한다고 해서 피해질 일이 아니란 소리였다.

"결국 부딪칠 수밖에 없는 일이라면 두 눈 똑바로 뜨고 정면으로 마주할 수밖에. 일단 언노운 월드로 돌아가자. 그 다음엔 또 어떻게 되겠지."

이탄은 언노운 월드로 복귀를 결심했다.

이탄은 강아지령 몽몽을 통해서 언제든지 언노운 월드로 이동이 가능했다. 따라서 이탄이 마음만 먹으면 굳이 쌀라싸의 도움 없이 언노운 월드로 복귀할 수 있었다.

하지만 이탄은 자신의 능력—사실은 몽몽의 능력—을 드러내지 않았다. 피사노교에서 쌀라싸가 손을 써주기만을 기다렸다.

이틀 뒤인 3월 8일.

쌀라싸가 이탄의 복귀를 위해서 차원의 문을 열어주었다. 이탄은 쌀라싸가 열어준 길을 통해서 피사노교의 총단으로 복귀했다.

북명원정대 전원이 이탄을 따라 교로 복귀한 것은 아니었다. 밍니야, 싸쿤, 푸엉은 대부분의 원정대원들과 함께 랑무 시에 남았다.

북명의 수인족 술법사들도 마르쿠제 술탑에 그대로 주둔했다.

피사노교의 포로인 붕룡, 죽룡, 시곤도 마르쿠제 술탑에 남게 되었다. 단, 이들이 처한 환경은 포로답지 않게 편했다.

이탄이 내린 엄명 덕분이었다.

"포로들을 함부로 건드리거나 압박하지 마라. 나중에 그들을 긴히 써먹을 것이니라."

이탄은 싸쿤과 푸엉에게 위와 같은 당부를 남겼다.

당연히 두 사람은 이탄의 명을 충심으로 받들었다.

Chapter 5

북명원정대원들 중에서는 오직 힐다와 린만이 이탄과 동행했다.

이들 2명의 사도들이 이탄과 함께 언노운 월드로 돌아온 이유는 캄사와 사브아의 독촉 덕분이었다.

캄사는 자신의 혈족인 힐다를 언노운 월드로 다시 불러들이기를 원했다.

이건 사브아도 마찬가지. 사브아는 예지 능력을 갖춘 린을 가까이 두고 싶어 했다.

때문에 이탄은 마르쿠제 술탑의 잔당들을 추적하던 린을 다시 불러들여 회군 명단에 집어넣었다.

거기에 더해서 이탄은 마르쿠제 술탑의 감옥에 갇혀 있던 게라스와 모이라이를 구출하여 언노운 월드로 데려왔다.

　게라스와 모이라이는 원래 야스퍼 전사탑의 서열 3위와 4위에 랭크된 거물급 인사였다. 이들은 작년 여름 그레브 시의 노예시장 근처에서 피요르드 후작과 싸우다가 결국 마르쿠제 술탑 사천왕에게 포로로 붙잡혔다.

　그 후 두 사람은 마르쿠제 술탑의 감옥에 갇혀 지내다가 이번 기회에 이탄에게 구출을 받았다.

　게라스와 모이라이는 이탄을 생명의 은인으로 여기고는 극진히 대했다.

　이건 참으로 어이없는 일이었다.

　그레브 시에서 벌어졌던 전투 당시 야스퍼 전사탑의 서열 2위인 모로스를 죽인 장본인이 바로 이탄이 아니던가.

　그러니 따지고 보면 이탄은 야스퍼 전사탑의 원수였다. 또한 게라스와 모이라이가 마르쿠제 술탑의 포로가 된 데도 이탄의 역할이 컸다.

　이탄은 피사노교의 영웅이었다.

　이탄이 동차원으로 넘어가 마르쿠제 술탑을 무너뜨렸다는 소식이 전해지자 모든 교도들이 뜨겁게 환호했다. 살짝 위축되었던 피사노교의 사기도 다시금 하늘을 찌를 듯이 솟구쳤다.

쌀라싸를 비롯한 여러 신인들은 이탄을 위해서 화려한 개선식을 열어주었다.

이 개선식은 이탄 개인을 위한 행사라기보다는 교도들의 사기를 올리기 위한 일종의 축제였다.

개선식이 벌어지는 사흘 내내 모든 사도와 교도들이 흥청망청 먹고 마시고 노래를 부르며 동차원에서 전해진 승전보를 다 함께 기뻐했다.

이탄은 황금으로 이루어진 마차를 타고 피사노교 총단을 순회하면서 사람들로부터 열렬한 환호를 받았다.

힐다와 린도 덩달아 영웅으로 추대되었다.

잔뜩 들뜬 주변 분위기와 달리 이탄의 마음은 착 가라앉았다. 이탄은 낮 동안에는 황금 마차를 타고 순회하면서 축제 분위기를 돋웠다. 밤에는 신인들에게 붙잡혀서 그간의 전투 상황을 설명해야 했다.

여러 신인들은 이탄의 소매를 붙잡고서 놓아주지 않았다. 솔직히 신인들은 이탄에게 궁금한 점이 많았다.

첫째, 이탄이 과연 어떤 방법으로 마르쿠제를 거꾸러뜨렸는지.

둘째, 철옹성이라 불리는 마르쿠제 술탑은 어떻게 점령

했는지.

셋째, 북명의 수인족들을 굴복시키는 데는 아무런 어려움이 없었는지.

이런 것들 말고도 신인들의 질문은 끝이 없이 계속되었다.

반복된 설명에 이탄은 슬슬 지쳐갔다.

하지만 이탄은 지루함을 겉으로 드러낼 만큼 미숙하지 않았다. 이탄은 노회한 상인처럼 노련하게 신인들을 다루었다.

이탄은 와힛과도 면담의 시간을 가졌다.

이탄이 복귀하던 첫날 밤, 이탄은 단독으로 와힛 앞에 불려가 무려 세 시간 동안 면담을 해야만 했다.

사실 이탄이 와힛과 만난 것은 이번이 두 번째였다.

이탄이 부정 차원에 머물 당시 모드레우스 제국의 연회에서 와힛을 만났던 것이 첫 번째.

그리고 이번이 두 번째.

다행히 와힛은 이탄의 정체를 꿰뚫어보지 못했다.

예전에 와힛이 부정 차원에서 이탄을 처음 만날 당시 이탄은 악마종의 모습을 하고 있던 데다가 분위기도 지금과는 많이 달랐다.

덕분에 와힛은 이탄을 초면처럼 대했다.

한편 이탄은 와힛보다도 와힛과 결합한 삼두 악마종에게 더 많은 신경을 기울였다.

'악마종들은 유달리 후각과 감각이 발달했지. 그러니까 와힛보다 그 외의 악마종을 더 조심해야 해.'

이게 이탄의 판단이었다.

이탄이 경계를 풀지 않는 가운데 노란 아나콘다를 닮은 삼두 악마종이 3개의 머리를 길게 뻗어 이탄을 샅샅이 훑었다.

이탄은 눈앞에서 건들거리는 악마종을 보면서 눈매를 가늘게 좁혔다.

겉으로는 이탄이 살짝 긴장한 듯 보였다. 하지만 이것은 겉모습일 뿐 실제 이탄은 긴장감 없이 편하게 상대의 탐색을 허락했다.

당연한 결과이지만, 삼두 악마종은 이탄에게서 아무런 수상한 점을 찾지 못했다.

이탄의 개선식이 끝난 다음 날이었다.

"모두 모여라."

와힛은 피사노교의 신인들을 한 자리에 소집했다.

쌀라싸부터 시작하여 이탄까지 일곱 신인들이 모두 모였다. 배신자(?)인 피사노 싯다만이 와힛의 부름에 응하지 못하였다.

7명의 신인들은 돌계단 여기저기에 편하게 자리를 잡았다. 그런 가운데 와힛이 노란 아나콘다를 타고 미끄러지듯이 등장했다.

이 노란 아나콘다는 다름 아닌 와힛과 결합한 악마종이었다. 와힛의 뒷목에서 튀어나온 악마종이 와힛의 발밑까지 길게 늘어져 탈 것 역할을 하였다.

"와힛 님을 뵙습니다."

쌀라싸가 자리를 털고 일어나 와힛을 향해서 정중하게 머리를 숙였다.

"와힛 님을 뵙습니다."

다른 신인들도 모두 일어나서 와힛에게 인사를 올렸다.

당연히 이탄도 다른 신인들과 행동을 함께 했다.

와힛은 손을 들어 신인들의 인사를 받았다.

신인들이 다시 자리에 앉자 와힛이 카랑카랑한 음성으로 말문을 열었다.

"두 자리가 비었구나."

와힛이 언급한 두 자리란 제2신인인 피사노 이쓰낸, 그리고 제6신인인 피사노 싯다를 의미했다.

"송구합니다."

쌀라싸가 이마에 흐르는 땀을 소매로 훔쳤다. 쌀라싸는 싯다의 배신이 자신의 죄인 것처럼 안절부절못했다.

와힛이 삭막하게 웃었다.

"흐흐흐. 네가 송구할 일은 아니다. 이쓰낸은 지금 홀로 뭔가를 준비 중이니 조만간 모습을 보일 테고, 배신자 녀석이야 다시 붙잡아 죗값을 받아내면 그만이지."

"네, 와힛 님."

쌀라싸가 다시 한번 정중하게 머리를 조아렸다.

Chapter 6

와힛이 거만하게 턱을 치켜들었다.

"자, 이제 그럼 본격적으로 회의를 해보자꾸나. 지금 백진영 놈들이 긴박한 움직임을 보인다지?"

질문에 대한 답은 싸마니야가 했다.

"와힛 님의 말씀이 맞습니다. 시시퍼 마탑 놈들과 아울검탑의 잔당들, 그리고 백 진영의 냄새 나는 떨거지들이 지금 대륙 서남부로 은밀하게 대군을 이동 중이라는 첩보입니다. 아마도 놈들은 서남부 반도의 야스퍼 전사탑과 고요의 사원을 주요 타겟으로 삼은 것 같습니다."

싸마니야는 간략한 설명과 함께 두 손을 좌우로 펼쳤다. 샤랑 소리와 함께 싸마니야의 손 사이에서 홀로그램 지도

가 하나 떠올랐다.

싸마니야는 손가락을 벌려서 지도의 서남쪽 지역을 확대했다.

이곳에는 3개의 반도가 나란히 위치했으며, 그 중 왼쪽에서 두 번째와 세 번째 반도에 붉은 점이 2개 찍혀 있었다.

두 점들 가운데 하나는 고요의 사원을, 그리고 다른 하나는 야스퍼 전사탑을 의미했다.

"다들 이 부분을 집중해서 봐주십시오."

싸마니야는 손가락으로 붉은 점 인근의 하얀 점들을 가리켰다.

지금 하얀 점들은 대륙 서남단의 붉은 점들을 향해서 실시간으로 슬금슬금 접근 중이었다. 이 하얀 점이 의미하는 바는 다름 아닌 백 진영 병력이었다.

와힛이 싸마니야에게 물었다.

"그 하얀 점들이 백 진영 놈들이란 말이지? 그래서, 우리가 무엇을 하면 좋겠나?"

싸마니야는 대답 대신 쌀라싸를 바라보았다.

"와힛 님, 여기서부터는 제가 말씀을 드리겠습니다."

쌀라싸가 자리에서 일어나서 지도 앞으로 다가왔다.

쌀라싸는 와힛을 비롯한 여러 신인들을 스캔하듯이 둘러

본 다음, 작전계획을 입에 담았다. 신인들은 상체를 앞으로 기울여 쌀라싸의 설명에 빠져들었다.

한편 신인들과 결합한 악마종들도 잔뜩 흥분했다.

[킥킥킥. 피냄새. 피비린내가 물씬 풍기는구나. 키키키킥.]

[으흐흐. 재미있어지겠어.]

악마종들은 경쟁이라도 하듯이 입맛을 다셨다.

그날 쌀라싸는 피사노교의 전력을 셋으로 나누었다.

1군에는 쌀라싸와 싸마니야, 그리고 그들의 혈족들이 배정되었다.

아르비아, 티스아와 그들의 혈족들이 2군을 맡았다.

캄사, 사브아, 이탄은 3군이었다.

이상 총 3개의 군단 가운데 1군은 대륙 서남단의 두 번째 반도로 미리 내려가서 함정을 파고 매복하기로 했다.

2군은 후방에서 적의 보급로를 공략하는 것이 주된 임무였다. 더불어서 도망치는 적들의 퇴로를 차단하는 임무도 2군에게 맡겨졌다.

마지막으로 3군은 대륙 서남단의 반도의 첫 번째 반도에 미리 진을 치고 기다리다가 적에게 패배하는 역할을 맡았다.

"저 더러운 놈들에게 패배하란 말씀입니까?"

캄사의 목소리가 퉁명스레 튀어나왔다.

캄사가 화를 낼 만도 했다. 자존심이 강한 캄사에게 패배
는 더할 나위 없이 수치스러운 일이리라.

'그런데 나더러 그런 수치스런 역할을 맡으라고?'

솔직히 캄사는 쌀라싸가 세운 작전이 마음에 들지 않았
다.

쌀라싸가 푸근한 웃음으로 캄사를 달랬다.

"흘흘흘. 다섯째 아우님이 지금 무슨 생각을 하고 있는지
짐작한다네. 하지만 백 진영 놈들도 바보가 아니라고. 그놈
들이 대규모로 병력을 움직였는데 우리 피사노교가 아무런
행동도 보이지 않는다? 그럼 놈들이 어떻게 생각하겠는가?
아마도 우리가 어디선가 매복을 할 것이라 여기겠지."

캄사는 마지못해 쌀라싸의 말에 동의했다.

"뭐, 그거야 저도 알고 있습니다. 백 진영 놈들을 안심시
키려면 3군이 적당한 장소에서 진을 치고 있다가 놈들에게
밀리는 척해줘야 할 것 아닙니까. 그럼 놈들은 신이 나서
우리를 뒤쫓을 테고요."

"그렇지. 그렇게 놈들이 승리에 눈이 뒤집혀서 아우님들
을 뒤쫓을 때 비로소 우리의 매복 작전이 효과를 발휘할 게
야. 흘흘흘."

쌀라싸가 손으로 수염을 쓰다듬으며 웃었다.

캄사는 여전히 불만이 풀리지 않았다.

'쳇. 쌀라싸 님, 제가 어디 그걸 모르겠습니까? 다만 이 캄사가 왜 미끼 역할이나 맡아야 하나 이 말이지요.'

캄사는 속이 잔뜩 뒤틀렸다.

그러나 캄사는 불만을 입 밖으로 내뱉지는 않았다. 오히려 그는 마음을 고쳐먹고는 전향적으로 이번 작전을 받아들였다.

"후우, 알겠습니다. 제 역할이 그것이라면 최선을 다해서 백 진영 놈들을 함정으로 끌어들여 보겠습니다."

"그거 고마운 말씀이네. 헐헐헐."

쌀라싸는 캄사에게 감사를 표한 다음, 사브아와 이탄을 돌아보았다.

'캄사는 이렇다더군. 하면 너희들은 어떻게 할 테냐?'

이런 질문이 쌀라싸의 눈에 쓰여 있었다.

사브아도 순순히 쌀라싸의 작전을 받아들였다.

"쌀라싸 오라버니, 저도 최선을 다하겠습니다. 초반부터 저희 2군이 너무 대놓고 밀리면 적들도 수상하게 여길 테지요. 그러니까 저는 백 진영 놈들과 적당히 공방을 주고받다가 조금씩 기운이 떨어지는 척 연기를 할 생각입니다. 그러다 어느 순간부터 와락 무너져서 도망을 쳐야겠지요. 그래야 백 진영 놈들이 이때다 싶어서 후다닥 2군의 뒤를 쫓아 올 것 아닙니까."

"흘흘흘. 역시 일곱째는 머리가 비상하구먼. 내가 바라는 바가 딱 그걸세. 흘흘흘흘."

쌀라싸는 사브아를 향해서 엄지를 치켜세웠다.

이번에는 쌀라싸의 음침한 시선이 이탄에게 향했다.

이탄은 이럴 때 어떻게 행동해야 하는지를 잘 알았다.

"쌀라싸 님, 저는 경험이 많지 않아 실수를 저지를까 걱정됩니다. 그래서 무조건 다섯째 형님과 일곱째 누님께서 시키는 대로 따를 생각입니다."

이탄의 말이 쌀라싸와 캄사를 흡족하게 만들었다.

"흘흘흘. 이거 우리 교단의 영웅께서 너무 겸손하구먼. 흘흘. 그 나이에는 조금 더 자신 있게 행동해도 될 텐데 말이야."

말은 이렇게 하였으나 쌀라싸의 표정은 그리 나빠 보이지 않았다.

Chapter 7

이탄이 속으로 생각했다.

'역시 내 생각이 맞았어. 쌀라싸처럼 위계질서에 철저한 노친네는 젊은이가 나대는 것을 은근히 싫어하지.'

예상대로 쌀라싸는 이탄의 겸손한 태도를 높이 평가했다.

이것은 캄사도 마찬가지였다.

'흥. 막내 꼬맹이가 아주 제멋대로는 아니구먼.'

캄사는 새삼스러운 눈으로 이탄을 보았다.

그렇다고 해서 캄사의 경계심이 누그러진 것은 또 아니었다. 캄사는 여전히 이탄에게 비늘을 곤두세우고 있었다.

한편 사브아의 태도는 애매모호했다.

이탄은 생글생글 미소를 짓는 사브아를 향해서 '역시 이 아줌마의 속은 알 수가 없다니까.' 라고 평가했다.

어쨌거나 이제 일곱 신인들의 역할은 모두 결정되었다.

오직 와힛만이 작전에서 빠졌다. 심지어 와힛은 1, 2, 3군 가운데 어디에 낄 것인지도 밝히지 않았다.

일곱 신인들은 와힛의 역할이 궁금했으나, 깊게 파고들지는 못했다. 왜냐하면 와힛은 신인들도 함부로 관여할 수 없는 성역이기 때문이다.

'와힛 님께서는 1군과 함께 매복을 하실 요량이신가? 아니면 2군과 동행하여 적의 퇴로를 차단하시려나?'

'설마 3군에서 적을 유인하는 역할은 아니시겠지?'

'어쩌면 와힛 님은 1, 2, 3군에 속하지 않고 단독으로 작전을 하실지도 몰라. 우리에게 밝히지 않은 4군이 있는 거지.'

신인들은 그저 마음속으로 이런저런 추측만 남발했다.

3월 중순이 되자 언노운 월드 백 세력들이 대륙 서남단을 향해서 노도와 같이 밀고 내려왔다.

백 진영의 1차 목표는 첫 번째 반도에 자리한 야스퍼 전사탑이었다. 이어서 백 진영의 2차 목표는 두 번째 반도에 위치한 고요의 사원으로 정해졌다.

야스퍼 전사탑과 고요의 사원도 그냥 앉아서 죽을 리 없었다. 흑 진영의 두 세력은 백 진영의 대대적인 공세에 맞서기 위해서 병력을 잔뜩 끌어모았다. 그리곤 그 병력들을 야스퍼 전사탑 동북쪽의 라임 협곡으로 보냈다.

이들은 당연히 피사노교에도 지원을 요청했다.

피사노교에서도 지원에 응답하여 라임 협곡으로 병력을 투입했다.

일반적으로 협곡이라고 하면 절벽 사이에 끼어 있는 좁은 계곡을 의미한다. 하지만 라임 협곡은 조금 달랐다.

물론 이 일대 지형이 두 절벽 사이에 끼어 있는 것은 맞았다. 다만 절벽과 절벽 사이의 거리가 무려 수 킬로미터가 넘기에 일반적인 협곡과는 확연히 다를 수밖에 없었다. 얼핏 보면 이곳은 협곡이 아니라 평야처럼 보이기도 했다.

그럼에도 불구하고 이곳이 협곡인 이유는, 이 넓은 폭의 계곡 바닥이 무려 수십 킬로미터가 넘도록 길게 이어지기 때문이었다.

따라서 라임 협곡은, 안에 들어가서 보면 협곡이 아니라 탁 트인 평야 같지만, 하늘 높은 곳에서 내려다보면 좁은 계곡의 느낌이 강하게 풍겼다.

야스퍼 전사탑은 바로 이 라임 협곡 입구에 모든 병력을 투입했다. 한쪽 팔뚝에 삼각방패를 착용하고, 반대편 손에는 짧은 단창을 움켜쥔 전사들 수만 명이 협곡 안쪽에 진을 쳤다. 야스퍼 전사들은 딱딱하게 굳은 표정으로 협곡 밖을 노려보았다. 수만 명의 전사들이 내뿜는 투기가 협곡 일대에 자욱하게 퍼졌다.

한편 야스퍼 전사들의 뒤쪽에는 고요의 사원에서 차출된 수도승들이 자리했다. 수만 명의 수도승들은 맨땅에 조용히 앉아서 웅얼웅얼 경전을 외웠다.

고요의 사원의 수도승들은 머리를 깔끔하게 빡빡 민 것이 특징이었다. 또한 수도승들은 회색 수도복을 걸치고 있기에 무척 검소해 보였다. 다만 수도승들의 정수리에 새겨진 뱀눈은 수수하지 않고 요사스런 분위기를 자아내었다.

협곡 입구를 틀어막은 것이 야스퍼 전사들이고, 고요의 사원이 그 뒤를 떠받치고 있다면, 다시 또 그 뒤에는 3개의 무리가 버티고 섰다.

겉보기에는 3개의 그룹으로 분리된 것처럼 보이지만, 사실 이들 세 무리의 복장은 동일했다.

이들의 정체는 다름 아닌 피사노교의 교도들이었다.

3개의 무리 가운데 중앙에는 캄사의 혈족과 캄사에게 속한 교도들이 자리를 잡았다.

협곡 오른편에는 사브아의 혈족과 교도들이 위치했다.

이들 두 무리에 비해서 상대적으로 협곡 왼쪽의 병력은 빈약해 보였다.

이 왼쪽이 바로 이탄의 본진이었다. 이탄은 아직까지 혈족이 없기에 상대적으로 캄사나 사브아에 비해서 열세일 수밖에 없었다.

비록 숫자에서는 밀리지만 이탄군의 사기까지 뒤처지는 것은 아니었다. 이탄의 휘하로 배정된 교도들은 자신감에 가득 찼다. 다들 눈빛이 이글이글 타올랐다.

이처럼 이탄군의 기세가 등등한 것은 모두 이탄의 명성 덕분이었다. 이탄군에 배치된 교도들은 교의 영웅인 이탄을 힐끗거리며 무척 뿌듯해했다.

그러는 가운데 힐다가 미끄러지듯이 이탄군을 향해 날아

왔다. 힐다는 이탄 앞에 내려서더니 냉큼 한쪽 무릎을 꿇었다.

"위대한 신인이시여, 캄사 님께서 청하십니다."

북명에서 벌어졌던 전투 이후로 이탄을 대하는 힐다의 태도는 더할 나위 없이 공손했다. 심지어 힐다와 결합한 여악마종도 이탄을 어려워했다.

"캄사 님께서 나를 부르신다고? 알았다. 곧 가지."

이탄은 순순히 캄사의 부름에 응했다.

Chapter 8

이탄이 힐다의 뒤를 따라 캄사의 군막에 도착할 무렵, 그곳에는 야스퍼 전사탑과 고요의 사원 수뇌부들이 이미 집결해 있었다.

"제가 회의에 늦었나 보군요. 송구합니다."

이탄은 캄사를 향해서 정중히 고개를 숙였다.

캄사가 머리를 가로저었다.

"아니. 늦지 않았네. 사브아 아우가 아직 도착하지 않았으니 조금만 더 기다리지."

캄사의 말이 떨어지기 무섭게 군막 밖에서 사브아의 목

소리가 들렸다.

"다섯 째 오라버니, 저 도착했어요."

사브아는 하얀 손으로 군막을 들추고 들어왔다.

짝짝짝.

"자, 다 모였으니 이제 회의를 시작하지."

사브아가 도착하자 캄사는 곧바로 손뼉을 쳐서 회의의 시작을 알렸다.

본격적인 회의에 앞서서 흑 진영의 거두들은 스스로를 소개하는 시간부터 가졌다. 가장 먼저 입을 연 사람은 까만 피부에 음침해 보이는 노인이었다.

"에레보스라고 불러주시오. 부끄럽지만 야스퍼 전사탑의 탑주를 맡고 있소이다. 여러 영웅들, 특히 피사노교의 신인들을 이렇게 뵙게 되어 영광이외다."

노인은 자리에서 일어나 한 명 한 명 눈을 맞추며 목례를 했다.

'흐음. 이자가 야스퍼 전사탑의 1인자구나.'

이탄은 에레보스를 유심히 살폈다.

"게라스라고 합니다. 여러 동료 영웅들을 뵙게 되어서 영광입니다."

에레보스에 이어서 게라스가 자리에서 일어나 인사를 했다. 게라스는 야스퍼 전사탑의 서열 3위로, 회 색 로브를 입었고 이마에 노란 문자를 새긴 노인이었다.

'그레브 시에서 벌어진 전투 당시 게라스는 기다란 장창을 능숙하게 사용했었지.'

이탄은 잠시 과거의 한 장면을 더듬었다. 당시 게라스의 창술이 어찌나 뛰어났던지 이탄의 장인인 피요르드 후작도 진땀깨나 흘렸다.

게라스에 이어서 야스퍼 전사탑 서열 4위인 모이라이가 벌떡 일어섰다.

"저는 야스퍼 전사탑의 모이라이입니다. 잘 부탁드립니다."

모이라이는 덩치가 크고 근육이 울퉁불퉁했다. 특히 모이라이의 턱에 수북한 밤색 수염은 밤송이를 연상케 했다.

모이라이의 뒤를 이어서 젊고 음침해 보이는 사내가 일어섰다.

"케레이라고 불러주십시오. 이처럼 여러 영웅들을 뵙게 되어 영광입니다."

케레이는 야스퍼 전사탑의 서열 5위에 해당했다.

탑주인 에레보스부터 시작하여 서열 5위인 케레이에 이르기까지, 야스퍼 전사탑에서는 서열 2위인 모로스를 제외하면 전원이 다 회의에 참석했다. 모로스는 이미 작년 여름에 이탄에게 죽었기에 이곳에 올 수가 없었다.

야스퍼 전사탑의 뒤를 이어서 고요의 사원이 자기소개를 할 차례가 되었다. 회색 수도복을 걸친 뚱뚱한 노인은 "끄응차." 소리와 함께 의자 손잡이를 잡고 일어섰다.

"어허허허. 저는 슐라이어라고 합니다. 부족하지만 사원의 원주 자리를 맡고 있습죠."

푸근해 보이는 이 뚱보 노인이 바로 고요의 사원의 1인자인 슐라이어였다.

다음으로 비쩍 마르고 성격이 괴팍해 보이는 노인이 자리에서 일어섰다.

"슐라이어 님을 모시고 있는 히데거라고 합니다. 반갑습니다."

히데거는 고요의 사원 서열 3위였다.

슐라이어가 밝은 미소와 함께 한 마디 설명을 덧붙였다.

"제 아우인 아도르노는 지금 후방에 남아 있습죠. 이 점 양해 부탁드립니다."

슐라이어가 언급한 아도르노는 고요의 사원의 서열 2위였다.

야스퍼 전사탑과 고요의 사원이 스스로를 낮춰서 먼저 자기소개를 했다. 다음은 피사노교의 차례였다.

캄사가 이탄에게 시선을 돌렸다.

이탄이 의자에서 일어났다.

"쿠미라고 합니다."

이탄은 혹 진영의 거두들을 둘러보면서 가벼운 목례로 인사했다.

"크흠."

뭐가 마음에 들지 않았는지 캄사가 콧방귀를 뀌었다. 그러면서도 캄사는 딱히 이탄에게 지적을 하지는 않았다.

"오오, 피사노교에 뛰어난 영웅이 등장했다는 소문은 들었습죠. 이거 이렇게 직접 뵈니 이 슐라이어의 가슴이 다 뜁니다 그려. 허허허."

슐라이어가 이탄을 박수로 환영했다.

야스퍼 전사탑의 수뇌부들은 이탄에게 정중한 목례를 보냈다. 이탄이 마르쿠제 술탑의 감옥에서 게라스와 모이라이를 구해준 것에 대한 감사 인사였다.

이탄이 자리에 앉고 나자 사람들의 시선이 사브아에게 집중되었다.

사브아는 이탄과 달리 자리에서 일어나지 않았다.

"피사노 사브아다."

거만하고 딱딱한 이 한 마디가 사브아가 내뱉은 인사의 전부였다.

'이런.'

이탄은 그제야 자신의 실수를 깨달았다.

피사노교와 다른 흑 세력들은 하늘과 땅 차이라 피사노교의 신인들은 흑 진영의 수뇌부들을 아랫사람처럼 대했다.

'조금 전에 내가 자리에서 일어나서 인사를 했을 때 캄사가 왜 콧방귀를 뀌었는지 이제야 알겠구나. 쳇. 그럴 거면 캄사가 먼저 본을 보여주든가. 왜 나에게 먼저 인사를 시키고 지랄이야?'

이탄은 은근히 부아가 치밀었다.

사브아에 이어서 캄사의 차례였다.

황당하게도 캄사는 자기소개조차 하지 않았다.

"인사는 이쯤하면 되었고, 이제부터 본론으로 들어가지."

캄사의 이 멘트에는, 두 가지 목적이 담겨 있었다.

첫째는 다른 흑 세력들을 한 수 아래로 깔아뭉개면서 길들이기를 하는 것이었다.

캄사의 두 번째 목적은 이탄을 꾹 눌러주려는 의도였다.

오늘 회의에 참석한 모든 이들이 캄사의 의도를 알아차렸다. 다들 힐끗힐끗 이탄의 표정을 살폈다.

심지어 캄사와 사브아도 이탄을 곁눈질했다.

이탄은 아무렇지도 않게 이 모욕적인 상황을 받아들였다. 순진하게 눈만 깜빡거리는 이탄의 표정은 이게 모욕인지도 깨닫지 못하는 것처럼 보였다.

'후훗.'

캄사가 피식 웃었다.

기분이 좋아진 캄사는 좌우로 미끈하게 뻗은 콧수염의 끝을 엄지와 검지로 잡아 팽팽하게 잡아당겼다가 다시 톡 놓았다.

'쿠미 녀석은 아직 어린애구먼. 이 녀석아, 이제 분위기 파악이 좀 되었나? 실력이 좀 있다고 마구 설치면 곤란해. 세상에는 엄연히 위계질서라는 게 있는 게야.'

캄사는 이탄이 분위기에 눌려서 주눅이 들었다고 여겼다.

사실은 아니었다. 이탄은 한쪽 귀로 캄사의 말을 들으면서 다른 한편으로는 천공안으로 캄사의 미래를 내다보는 중이었다.

가까운 미래, 그러니까 이번 전투 중에 캄사는 죽을 운명이었다. 그것도 적이 아니라 이탄의 손에 죽게 생겼다.

이탄이 한쪽 입꼬리를 살짝 비틀었다.

'크크큭. 그렇게 누가 함부로 깝죽거리래? 캄사 늙은이, 시건방을 떨다가 스스로의 수명을 단축시켰구먼.'

이탄의 동공에는 섬뜩한 빛이 어렸다가 빠르게 자취를 감추었다.

제5화
라임 협곡 공방전 I

Chapter 1

회의가 끝나고 사람들이 캄사의 군막에서 우르르 나왔다.

야스퍼 전사탑과 고요의 사원 수뇌부들은 자신들의 진영으로 곧장 돌아갔다.

자리를 뜨기 전, 게라스와 모이라이는 이탄에게 다시 한번 감사인사를 올리는 것을 잊지 않았다.

이탄은 순진한 얼굴로 두 사람의 인사를 받았다.

다들 각자의 자리로 돌아가고 나자 사브아가 이탄에게 다가와 옆구리를 툭 쳤다.

"쿠미 아우, 그동안 잘 지냈어? 우리 전에 실키 가문에서 보고 처음이지? 이렇게 단둘이 대화하는 것 말이야."

"아 네. 사브아 누님."

이탄은 반가운 눈인사로 사브아를 맞았다.

사브아가 손으로 입을 가리고 고혹적으로 웃었다.

"호호호. 누님이라는 소리가 척척 나오네? 능글맞기도 하여라."

"듣기 거북하십니까? 호칭을 바꿀까요?"

이탄은 짐짓 울상을 지었다.

사브아는 머리를 가로저어 구불구불한 머리카락을 찰랑찰랑 흔들었다.

"안 돼. 호칭을 바꾸지 마. 앞으로도 나에게 꼭 누님이라고 불러줘야 해. 그렇지 않으면 나 화낼 거야."

"하하하. 명심하겠습니다."

사브아의 신신당부에 이탄이 겸연쩍게 뒤통수를 긁었다.

사브아는 손가락으로 이탄의 코끝을 톡 건드렸다.

"전에 실키 가문을 방문했을 때도 참 순진해 보였는데 말이야. 이럴 때 보면 막내는 싸마니야와 전혀 닮지 않은 것 같아."

"설마 그럴 리가 있겠습니까? 싸마니야 님은 생물학적으로는 제 아버님인걸요."

이탄은 입술에 침도 바르지 않고 거짓말을 술술 했다.

사브아가 이탄의 귓가에 입술을 대고 속삭였다.

"그니까 말이야. 불 같은 성격의 싸마니야를 좀 닮아보라고. 조금 전처럼 순댕이처럼 당하지 말고."

사브아는 이 말을 남기고는 훨훨 날아서 이탄의 시야에서 사라졌다.

이탄은 그런 사브아의 뒷모습을 잠시 동안 눈에 담았다. 이탄의 표정은 애매모호하여 지금 그가 무슨 생각을 하고 있는지 짐작이 가지 않았다.

이탄의 영혼 속에서 아나테마가 까마귀처럼 거친 소리를 내질렀다.

[끼요오옵. 저 여자가 미쳤나? 어디서 그런 되도 않은 망발을 지껄이지?]

'그게 무슨 뜻이오?'

[저 여자가 조금 전에 망발을 했잖아. 도대체 누구를 순댕이라고 부르는 게야? 네 녀석이 어딜 봐서 순댕이냐? 사악하다거나, 음흉하다거나, 지옥 밑바닥의 악마 같다는 표현이 찰떡같이 어울리는 게 네 녀석이잖아. 이 아나테마 님마저 전율케 만드는 존재가 바로 너라고. 그런데 어딜 봐서 너더러 순댕이래? 끼요옵. 저 여자가 단단히 미친 게야. 아니면 눈이 삔 게 틀림없어. 끼요오옥.]

아나테마는 잔뜩 흥분했다.

이탄이 피식 웃었다.

'영감.'

[응? 왜?]

'순댕이라는 말이 무슨 뜻인지는 아쇼?'

아나테마가 고개를 갸우뚱했다.

[순하고 멍청하다는 뜻 아닌가? 고대 악마사원에서는 분명히 그런 뜻으로 쓰였는데?]

이탄이 검지를 좌우로 까딱였다.

'고대에는 그랬는지도 모르지.'

[그럼 지금은?]

'지금은 아니오. 순댕이란, 멍청한 척 위장을 하고 있다가 순식간에 달려들어서 상대의 갈비뼈를 잡아 뽑고, 그 갈비뼈로 상대의 눈알을 파내주며, 상대의 내장을 뽑아서 다시 상대방의 목구멍 속에 처넣어 주는 자를 일컫는 표현이라오.'

[크헙? 그 단어가 언제 그렇게 바뀌었대? 하긴, 네가 순할 리가 없지. 그렇다면 네 녀석은 순댕이가 맞다. 끼요옵.]

아나테마는 그제야 수긍하는 눈초리였다.

이탄이 캄사의 군막을 돌아보며 하얗게 웃었다.

분명히 입은 웃고 있는데 이탄의 눈에는 웃음기가 전혀 없었다. 오히려 이탄의 눈은 서슬 퍼렇게 빛나고 있었다.

백 진영의 대군이 라임 협곡 입구에 도착한 것은 3월 17일의 일이었다. 흙먼지를 뿌옇게 일으키면서 달려온 백 진영의 군세는 끝이 보이지 않을 정도로 대단했다. 사람들의 시선이 닿는 모든 곳, 그러니까 남쪽 지평선부터 북쪽 산등성이까지 모든 지역에 백 진영의 깃발이 나부꼈다.

야스퍼 전사탑의 전사들은 적의 아득한 군세를 두 눈으로 확인하고는 비로소 이것이 흑과 백의 대전쟁임을 실감했다.

"으으음."

창대를 움켜쥔 전사들의 손이 축축하게 젖었다.

평온하게 주문만 읊던 고요의 사원 수도승들도 바짝 긴장한 모양이었다. 수도승들의 빡빡머리에 땀방울이 송글송글 맺혔다.

백 진영은 곧바로 라임 협곡으로 쳐들어오지 않았다. 그들은 협곡 앞 2 킬러미터 지점에서 진군을 멈추고는 진을 치기 시작했다.

라임 협곡 입구 맞은편에 대규모 토목공사가 시작되었다.

뚝딱뚝딱 통나무를 엮어서 만든 목책이 올라갔다. 목책 앞에는 뾰족한 함정들도 설치되었다.

임시 목책이라고 해서 우습게 볼 수는 없었다.

고작 2, 3 미터 높이의 급조한 목책이지만, 이 목책 위에 강화마법진이 새겨진 순간, 이것은 단순한 나무 벽이 아니었다. 일견 허술해 보이는 목책은 쇠벽돌을 쌓아서 만든 철벽보다 더 단단한 방벽이 되었다.

함정들도 마찬가지였다. 백 진영의 마법사들은 함정 하나하나에 공을 들여 트랩(Trap: 덫) 마법을 설치했다.

목책 중간에는 100 미터 간격으로 나무 망루가 설치되었다. 높이 6 미터의 망루 위에는 3인 1조로 경계병이 올라가서 흑 진영의 동태를 살폈다.

백 진영이 이렇게 대놓고 목책을 세우면 한 번쯤 건드려 볼만도 하건만, 의외로 피사노 감사는 선발대를 내보내지 않았다.

덕분에 백 진영은 무려 수십 킬로미터에 걸친 긴 목책을 아무런 방해 없이 완성할 수 있었다.

그 상태에서 저녁이 되었다.

목책 안쪽 막사에서는 김이 모락모락 올라갔다. 백 진영의 대군은 적을 코앞에 두고 유유자적 저녁 식사를 준비하는 여유를 부렸다.

이건 마치 전쟁터가 아니라 캠핑장에 놀러온 듯한 분위기였다.

Chapter 2

캄사가 적의 동태를 보고 받았다.

"놈들이 느긋하게 저녁 식사를 한다고? 그것도 우리의 코앞에서? 큼."

캄사가 보인 반응은 이게 전부였다. 캄사는 부하들에게 공격 명령을 내리지 않았을 뿐 아니라 적진을 염탐할 탐색대도 파병하지 않았다. 캄사는 백 진영이 먼저 라임 협곡 안으로 쳐들어오기만을 기다렸다.

그러는 동안 이탄은 감각을 넓게 퍼뜨려서 백 진영 전체를 훑었다.

츠츠츠츠츠—.

무려 수천 킬로미터가 넘는 범위가 이탄의 감지영역 안에 들어왔다.

이탄의 감각은 단순히 라임 협곡 앞에 진을 치고 있는 백 진영을 훑는 데 그치지 않았다. 이탄은 적의 후방에서 열심히 달려오고 있는 병참부대까지 모조리 훑었다.

특히 이탄은 다음 세 가지 점을 집중적으로 탐색했다.

첫째, 혹시 백 진영에 신급 존재가 숨어 있지는 않은가?

과거 아울 검탑에서도 생각지도 못한 타이밍에 인과율의 여신이 등장하여 이탄으로 하여금 소스라치게 놀라게 만들었다.

'이번에도 그러지 말라는 법은 없지.'

물론 이탄은 감각으로 적진을 훑기에 앞서서 천공안으로 미래도 살펴보았다.

다만 신급 존재들은 천공안의 권능으로도 포착이 불가능하다는 점이 마음에 걸렸다. 이탄은 만일의 사태를 대비하여 적진을 꼼꼼히 훑고 또 스캔했다.

이탄이 그렇게 몇 차례나 반복하여 적진을 탐색했건만 눈에 띄는 수상한 점은 발견되지 않았다.

그렇다고 안심하기는 일렀다.

'만약에 신급 존재라면 내 감각에 걸리지 않을 수도 있어. 그러니까 항상 긴장을 늦추지 말아야 해.'

이탄은 스스로에게 이렇게 다짐했다.

신급 존재에 이어서 이탄이 두 번째로 신경 쓰는 것은 백진영의 초강자들이었다.

이를 테면 시시퍼 마탑주인 어스나 부탑주인 라웅고.

혹은 아울 검탑의 검주 리헤스텐을 포함한 1, 2, 3검.

이탄은 이런 자들을 집중적으로 찾아보았다.

이탄이 무려 수천 킬로미터나 되는 방대한 영역을 훑었건만 눈에 띈 사람은 고작 2명뿐이었다.

일단 평범한 병사들 틈에 앉아서 꾸벅꾸벅 졸고 있는 늙은이가 이탄의 광역 스캔에 포착되었다.

주변의 백 진영 병사들은 늙은이를 퇴역병 출신의 평범한 잡일꾼으로 취급하는 듯했다. 군에서 평생을 보내다가 퇴역한 이후로는 군마를 돌보게 된 잡일꾼 말이다.

한데 노인은 한낱 잡일꾼 따위가 아니었다. 이탄의 예리한 감각은 노인의 몸속에서 꿈틀거리는 역동적인 힘을 놓치지 않았다.

그 힘은 오롯한 검의 형태를 갖추고 있었다.

"호오? 몸속에 이 정도 파워를 담고 있다고? 그것도 검의 형태로? 그렇다면 아울 검탑의 전설이라 불리는 아울1, 2, 3검 중 한 명일 가능성이 다분하네."

과연 셋 중에 누구일 것인가.

이탄은 강한 호기심을 드러내었다. 이탄은 상대의 무력을 스캔하는 데 그치지 않고 외모도 자세히 뜯어보았다.

생김새로 보건대 아울1검인 리헤스텐은 아니었다.

그렇다고 아울2검인 검노(劍奴) 우드워커도 아닌 것 같았다. 이탄이 찾아낸 노인은 체격이 왜소했기 때문이다.

"우드워커는 건장한 체격이라고 들었거든. 그렇다면 저 노인이 바로 검치(劍癡) 방케르겠구나. 하하하."

이탄은 환한 미소를 지었다.

이탄이 기뻐하는 이유는 하나였다. 과거 사브아는 이탄

에게 아몬의 심혈관을 내주는 대가로 한 가지를 요구조건을 걸었다. 지난 세기 말, 그녀가 방케르에게 빼앗겼던 애병을 되찾아오라는 요구였다.

이탄은 천성적으로 남에게 빚을 지는 것을 싫어했다.

"드디어 그때 진 빚을 갚을 수 있겠구나."

이탄의 입가에 걸린 미소가 한층 진해졌다.

검치 방케르에 이어서 이탄이 두 번째로 찾아낸 초인은 다름 아닌 마법사였다.

"안경을 쓴 여성 마법사 같은데?"

이탄이 찾아낸 여마법사는 라웅고보다는 마나양이 부족하였으나, 범상치 않은 기운을 흘렸다.

"내가 볼 때 쎄숨 스승보다 더 위야. 아마도 시시퍼 마탑의 부탑주쯤 되려나?"

백 진영에서 이토록 대단한 수준의 마법사라면 시시퍼 마탑 소속이 분명했다. 그것도 부탑주급은 되어 보였다.

다른 한편으로 이탄은 상대 여마법사로부터 무척 기묘한 느낌을 받았다. 한데 그 기묘한 느낌이 어디서 비롯된 것인지가 뚜렷하지 않았다.

"뭐지? 뭔가 잡힐 듯 가물가물한데?"

이탄은 연신 고개를 갸웃거렸다.

하지만 도저히 감을 잡을 수 없었다. 일단 이탄은 상대 여

마법사를 요주의 인물로 지정하고는 감각을 고정해 놓았다.

신급 존재, 그리고 인간족 초인들에 이어서 이탄이 마지막으로 집중해서 스캔한 대상은, 이탄과 인연을 맺은 사람들이었다.

예를 들어서 모레툼 교단의 333호.

시시퍼 마탑의 헤스티아 영애.

아울 검탑의 프레야.

프레아의 부친인 피요르드 후작 등등.

이탄은 이런 사람들을 다치게 하고 싶지 않았다. 지금 이탄은 필요에 따라 흑 진영의 편을 들 뿐, 굳이 백 진영과 척을 질 이유가 없었다.

그래서 이탄은 다치면 안 될 사람들에게 감각 한 가닥씩을 살짝 붙여놓았다.

"이렇게 해놓으면 저들이 위태로워질 때 내가 미리 감지하고 도와줄 수 있지."

굳이 이런 배려를 해놓지 않더라도 프레야나 헤스티아 등이 다칠 것 같지는 않았다. 최소한 이탄이 천공안으로 읽은 미래에는 그러했다.

"신격 존재나 마격 존재가 끼어들지 않는 한 천공안이 보여준 미래가 바뀔 일은 없으니까 별 탈은 생기지 않을 거야."

이탄은 나직이 중얼거렸다.

사실 이탄이 흑의 편에 서서 전쟁에 참전한 이유도, 천공안으로 미래를 읽었을 때 그편이 더 유리했기 때문이었다. 이탄은 이번 전쟁의 혼란을 틈타서 평소에 체크해 두었던 자들의 목을 따버릴 요량이었다.

"이를 테면 피사노 감사라든가, 몇몇 눈에 거슬리는 추기경들이라든가. 이런 방해꾼들의 목을 따줘야겠지."

저물어가는 석양 속에서 이탄의 눈이 섬뜩한 빛을 발했다.

Chapter 3

이탄이 마음속으로 살생부를 정리하는 사이, 태양이 완전히 저물었다. 붉은 빛에 물들었던 서쪽하늘은 아예 캄캄하게 변했다. 라임 협곡 상공엔 먹구름이 잔뜩 끼어서 달도 별도 보이지 않았다.

선두에서 보초를 서던 야스퍼 전사 한 명이 동료에게 물었다.

"밤이 되었으니까 본격적으로 교전이 시작되겠지?"

"에이, 설마. 깜깜한 어둠 속에서 전면전을 펼치지는 않을 거야. 하지만 소규모 병력을 운용하여 적진을 툭툭 건드려 보기는 할 테지."

야스퍼 전사뿐 아니라 흑과 백 대부분의 무사들이 코앞으로 다가온 전쟁을 이야기했다.

의외로 양측의 총사령관들은 엉덩이가 무거웠다. 그들은 섣불리 상대를 도발하지 않았다. 그저 진을 탄탄하게 유지한 채 상대편에서 먼저 선공을 취하기만을 기다렸다.

팽팽한 긴장 속에서 자정이 지났다. 불과 2 킬로미터를 사이에 두고 흑과 백의 병력은 상대편을 죽일 듯이 노려보았다.

터질 듯한 긴장감을 참다못해 몇몇 거물급들이 움직였다.

야스퍼 전사탑의 서열 4위인 모이라이는 라임 협곡 입구 바로 안쪽에서 어슬렁어슬렁 배회했다.

모이라이는 덩치가 크고 수염이 덥수룩하게 돋은 탓에 사나운 흑곰처럼 보였다. 그 모이라이가 백 진영을 노려보며 야수처럼 숨을 몰아쉬었다.

"훅훅. 짜증나게 말이야. 들어오려면 후딱 들어오든가. 훅, 후훅."

모이라이는 백 진영 놈들이 협곡 안으로 쳐들어오지 않고 뭉그적거리는 게 불만이었다. 마음 같아서는 협곡 밖으로 확 뛰쳐나가 백 진영 놈들에게 한 방 내질러주고 싶은 게 모이라이의 솔직한 심정이었다.

하지만 캄사의 엄명이 모이라이를 옭아매었다.

"후후훅. 이거 답답하구면."

모이라이는 속으로만 분노를 삼켰다.

모이라이가 내뿜는 투기에 자극을 받은 탓인지 야스퍼 전사탑의 서열 3위인 게라스도 협곡 입구까지 나왔다.

게라스는 기다란 창을 손에 쥐고 핑그르르 돌렸다. 그러면서 게라스는 횃불 뒤에 웅크리고 있는 적진을 노려보았다.

"나도 손이 근질근질하군. 생각 같아서는 적진에 뛰어들어 더러운 백 진영 놈들의 대갈통에 바람구멍을 내주고 싶어."

게라스도 모이라이에 못지않은 투기를 내뿜었다.

두 강자에게서 뿜어지는 투명한 기세가 날카롭게 뻗어서 협곡 상공을 가득 채웠다.

한편 백 진영에도 성격이 급한 자들이 있게 마련이었다. 그런 자들은 지루한 대치 상태를 참지 못했다.

시시퍼 마탑의 쎄숨 지파장 같은 사람이 좋은 예였다. 원래부터 쎄숨은 흑 진영 사람들을 원수처럼 미워했다. 또한 쎄숨은 성격도 급했다.

그런 쎄숨에게 적들을 코앞에 두고 참으라고 하는 것은 고문이나 마찬가지였다.

"하아, 미치겠구나."

쎄숨은 망루에서 적진을 노려보다 말고 한탄을 내뱉었다.

캄캄한 밤이건만 쎄숨의 눈에는 적진의 상황이 생생하게 보였다. 특히 협곡 입구까지 나와서 얼쩡거리는 곰 같은 녀석과 창을 든 자가 쎄숨의 눈에 거슬렸다.

"생각 같아서는 저놈들을 발밑에 금속 창을 소환하여 놈들의 야들야들한 배때기를 뚫어주고 싶은데 말이지."

쎄숨이 으스스하게 뇌까렸다.

실제로도 쎄숨은 몇 번이고 마법을 발휘하려다가 꾹 참았다. 마탑의 부탑주 가운데 한 명이자 라인 계열 메이지들의 우상인 쿠샴의 당부 때문이었다.

쎄숨은 어제 저녁 회의를 머릿속으로 되새겼다. 그 회의를 주재한 사람은 다름 아닌 쿠샴이었다.

시시퍼 마탑 내에서 쿠샴의 공식적인 서열은 4위.

탑주인 어스와 라웅고 부탑주, 릴 부탑주에 이은 의전서열 네 번째가 바로 쿠샴의 공식적인 위치였다.

하지만 이건 의전서열일 뿐이고, 무력 면에서 쿠샴 부탑주는 서열 3위인 릴보다 오히려 더 강했다.

솔직히 쿠샴이 얼마나 강한지 쎄숨은 가늠조차 할 수 없었다.

'최소한 그녀는 릴 부탑주를 뛰어넘었어. 어쩌면 라웅고 부탑주에 근접했을 지도 모르지. 비록 나이가 어려서 지금은 서열 4위에 불과하지만, 장차 쿠샴은 어스 탑주님이나 라웅고 부탑주에 버금가는 거물이 될 게야.'

쎄숨은 쿠샴에 대해서 이런 평가를 내렸다.

쿠샴은 단지 무력만 강한 게 아니었다. 그녀는 현명하고 판단이 빨랐다. 특히 대군을 지휘하는 쿠샴의 능력은 어스나 라웅고, 릴보다도 훨씬 더 앞섰다.

그런 쿠샴이 어제 저녁 식사 전에 마탑의 지파장들을 한자리에 모아놓고는 신신당부했다.

"이건 전쟁입니다. 그리고 전쟁에서 승리하려면 여러 지파장들이 저의 군령을 절대적으로 믿고 따라줘야 합니다. 제가 명을 내리기까지 모두 제자리를 지키세요. 괜한 복수심에 경거망동하는 마법사가 있다면, 지위고하를 막론하고 가만히 두지 않겠습니다."

쿠샴의 조곤조곤한 말에는 강한 힘이 실려 있었다. 쿠샴은 지파장 한 명 한 명과 눈을 마주쳤다.

유리알 안경을 손가락으로 쓱 밀어 올리는 쿠샴의 외모는 젊다 못해 앳되어 보이기까지 했지만, 지파장들은 감히 쿠샴을 가볍게 보지 못했다. 다들 "명심하겠습니다, 부탑주님."이라고 대답했다.

특히 쿠샴은 쎄슘과 오래 눈을 마주쳤다.

'쎄슘 지파장님이 가장 걱정입니다.'

쿠샴의 눈은 마치 이렇게 주장하는 듯했다.

'커허험.'

쎄슘은 괜히 속이 뜨끔했다.

솔직히 쎄슘은 쿠샴으로부터 직접적인 경고를 듣기 전까지만 하더라도 기회를 봐서 적진에 한번 분탕질을 쳐볼 생각이었다.

'내가 직접 라임 협곡에 들어가는 것은 안 되겠지만, 원거리에서 마법 몇 방을 날리는 정도는 괜찮지 않을까?'

이게 솔직한 쎄슘의 속마음이었다.

한데 쿠샴은 귀신처럼 쎄슘의 속을 꿰뚫어 보고는 미리 경고를 날렸다.

'쳇. 어쩔 수 없네.'

결국 쎄슘은 근질거리는 손을 꾹 눌러 참아야 했다.

게라스, 모이라이, 쎄슘 등이 흥분을 참지 못하고 군단의 제1선에서 서성거리는 동안에도 이탄의 스캔은 계속되었다.

이탄은 벌써 여러 명의 지인들을 찾아내었다.

'아이고야. 다 왔네. 다 왔어.'

이탄은 손바닥으로 자신의 이마를 탁 쳤다.

라임 협곡을 향해 우르르 몰려온 백 진영에는 이탄이 아는 사람들이 여러 명이었다.

당장 이탄의 부인인 프레야도 포함되었다.

그나마 다행인 것은, 프레야가 아울 검탑의 도제생들과 함께 병력 후방에서 주둔 중이라는 점이었다.

"전투가 시작되면 선두가 먼저 깨지겠지. 그나마 후방이라 낫다."

이탄은 나직이 중얼거렸다.

프레야에 이어서 이탄이 찾아낸 두 번째 지인은 장인어른인 피요르드 후작이었다. 아울 99검답게 피요르드는 다른 아울 검탑의 검수들과 함께 백 진영의 선봉에 자리했다.

Chapter 4

이탄이 찾아낸 세 번째 지인은 모레툼 교단의 레오니 추기경과 그녀의 최측근들이었다.

이탄은 레오니 추기경 덕분에 추심기사단에 가입했고, 그곳에서 더 데이 별동대의 대장이 되었다.

이탄이 레오니와 아주 친한 사이는 아니라고 하더라도, 그녀를 허무하게 죽도록 놔두기는 싫었다.

또한 레오니 추기경의 곁에는 애꾸눈인 하비에르 조장과 에더, 베르거 쌍둥이들이 함께했다.

이탄은 이 세 사람과도 인연이 깊었다. 특히 에더, 베르거 형제는 이탄이 지휘하는 더 데이 별동대 소속이기도 했다.

한편 시시퍼 마탑의 마법사들 중에도 이탄과 친한 사람들이 발견되었다.

이탄과 별로 정이 들지는 않았지만, 어쨌거나 이탄의 마법 스승인 쎄숨 지파장.

쎄숨의 애제자이자 이탄에게는 사매가 되는 씨에나 마법사.

이탄이 트루게이스 시에서 인연을 맺었던 헤스티아 영애.

당장 이 세 사람만 하더라도 이탄이 챙겨야 하는데, 거기에 더해서 씨에나의 제자들이자 마탑의 도제생인 브로네, 렐사, 치엔도 눈에 밟혔다.

물론 이탄은 씨에나의 제자들까지 챙길 만큼 오지랖이 넓지는 않았다.

"너희들은 어떻게든 각자 잘 살아남아라. 행운을 빈다."

이탄은 브로네, 렐사, 치엔을 향해서 행운을 빌어주었다.

자정이 넘은 깊은 밤이었다. 백 진영 중앙의 커다란 군막에 7명의 사람이 모였다. 이 7명의 면면은 화려하기 이를 데 없었다.

시시퍼 마탑의 서열 3위인 릴 부탑주.

시시퍼 마탑의 서열 4위인 쿠샴 부탑주.

아울 검탑의 서열 5위인 아울5검.

역시 아울 검탑 출신인 아울6검.

모레툼 교단의 레오니 추기경.

노아의 신전의 생존자 대표인 가이르.

수의 사원을 대표하는 나바리아.

이상 7명이야말로 이번 라임 협곡 전쟁을 주도하는 백 진영의 대표자들이었다.

우선 릴과 쿠샴은 어스와 라웅고가 부재 중인 상황에서 시시퍼 마탑의 최고 권력자라 부를 만했다.

아울5검과 6검도 아울 검탑을 지휘하는 최고 수뇌부들이었다.

이 가운데 아울5검은 라웅고와 마찬가지로 반은 드래곤, 반은 인간족인 용인(龍人)이었다. 지난번 피사노교가 아울 검탑을 공격할 당시, 아울5검은 그 자리에 없었다.

"만약 아울5검이 자리를 지키고 있었더라면 아울 검탑의 피해가 훨씬 적었을 텐데."

지난 전투에서 팔다리가 녹아서 반강제로 은퇴한 아울4검은 이런 탄식을 하였다. 그만큼 아울5검의 검술 실력은 독보적이었다.

아울5검과 6검에 이어서 레오니 추기경의 이름값도 만만치 않았다.

모레툼 교단의 비크 교황이 탄핵되어 쫓겨난 지금, 차기 교황 1순위로 거론되는 거물이 바로 레오니였다. 레오니는 모레툼 교단의 삼대무력 가운데 하나인 추심기사단의 단장이기도 했다.

한편 레오니 옆자리에 앉은 가이르는 40대로 보이는 금발의 미중년이었다.

가이르는 흑 진영에게 멸망을 당했다가 최근여 겨우 복원을 한 노아의 신전 출신이었다.

치료에 특화된 곳답게 노아의 신전 출신들은 힐러로 명성이 자자했다. 특히 가이르는 노아의 신전 차기 전주로 꼽힐 만큼 실력이 뛰어난 힐러였다. 또한 가이르도 라웅고나 아울5검과 마찬가지로 드래곤의 피가 흐르는 용인이었다.

가이르는 노아의 신전이 멸망할 때 운 좋게 살아남은 이후로, 몇 안 되는 동료들을 규합하여 복수의 칼을 갈아왔다.

그런 가이르가 이번 전쟁에 적극적으로 참여하는 것은 어찌 보면 당연한 일이었다.

한편 가이르 옆에 다소곳이 앉아 있는 푸근해 보이는 여인은 나바리아라고 했다.

그런데 이 자리에 참석한 다른 사람들은 나바리아에 대해서 잘 몰랐다. 왜냐하면 나바리아가 소속된 수의 사원의 백 진영이 아닌 중립 세력인 까닭이었다.

그럼에도 나바리아가 이번 전쟁에 뛰어들고, 이렇게 최고 수뇌부 회의까지 참석하게 된 배경에는 레오니 추기경과 아울5검, 그리고 가이르의 전폭적인 추천이 있어서였다.

표면적으로 나바리아는 레오니를 키워준 유모였다. 나바리아는 레오니를 친딸처럼 여겼으며, 자신의 아들인 하비에르를 곁에 붙여줄 만큼 그녀를 아꼈다.

나바리아가 이번 전쟁에 뛰어든 것도 모두 레오니를 위해서였다. 최소한 레오니는 그렇게 알고 있었다.

하지만 나바리아의 참전 이유가 단순히 레오니 때문만은 아니었다.

아무도 모르는 사실이지만, 나바리아는 인과율의 여신을 섬기는 무녀였다.

라웅고 부탑주와 아울5검, 가이르와 같은 레온 가문의 용인들도 인과율의 여신을 절대적으로 섬겼다.

그러니까 나바리아가 백 진영의 편에 서서 대전쟁에 끼어든 이유는 인과율의 여신이 내린 계시 때문이었다.

또한 아울5검과 가이르가 나바리아를 적극 추천하게 된 것도 모두 인과율의 여신이 배후에 도사리고 있었다.

7명의 최고 수뇌부들 가운데 레오니 추기경이 먼저 운을 떼었다.

"언제 개전을 할 건가요?"

레오니의 시선이 쿠샴에게 향했다. 이 7명 중에서 진짜로 전쟁을 주도하는 핵심인사가 누구인지 보여주는 행동이었다.

그렇다.

이번 전쟁을 조율하는 총책임자는 다름 아닌 쿠샴이었다.

쿠샴은 유리알 안경을 손가락으로 스윽 밀어올린 뒤, 설명을 시작했다.

"앞으로 네 시간 뒷면 비가 내리기 시작할 거예요. 다섯 시간 뒤에는 빗발이 더욱 거세질 테고요. 제가 각을 재봤는데, 딱 그 타이밍에 전진하는 게 좋겠어요."

"다섯 시간이면 얼마 안 남았군."

우둑, 우두둑.

아울5검이 목을 좌우로 한 번씩 꺾었다. 순간적으로 아울5검의 동공이 파충류의 그것처럼 갸름하게 변했다.

쿠샴은 아울5검과 6검을 똑바로 쳐다보며 말했다.

"과거 대전쟁에서 그러했듯이 이번에도 아울 검탑에서 선봉을 맡아주셨으면 해요. 아무래도 검수들이 전방에 서야 효과적이니까요."

"기꺼이."

아울5검은 아울 검탑을 대표하여 쿠샴의 부탁을 승낙했다.

쿠샴이 한 마디를 덧붙였다.

"아울 검탑이 우선 제거해야 할 적은 고요의 사원 수도 승들이에요. 그들부터 제거해야 아군이 싸우기 편해지거든요."

"알고 있소."

아울5검은 쿠샴의 말뜻을 대번에 이해했다.

Chapter 5

쿠샴의 시선은 이제 검탑의 검수들을 떠나서 가이르에게 돌아갔다.

"가이르 공."

"말씀하시구려."

"공께선 힐러들을 이끌고 아울 검탑의 뒤를 받쳐주세요. 적의 파상공세 속에서 선봉이 무너지지 않아야 하니까 힐러들의 역할이 중요해요."

"알겠소."

가이르는 푸른 눈을 들어 대답했다.

다음으로 쿠샴은 레오니 추기경을 쳐다보았다.

"아울 검탑이 먼저 나서서 고요의 사원을 공격하고, 노아의 신전 힐러들이 검수들의 뒤를 받칠 거예요. 이 1차전으로 아군에게 유리한 구도를 만들고 나면 그 다음엔 전면전이 벌어질 확률이 높아요."

"으음."

레오니가 고개를 끄덕이면서 쿠샴의 계획을 경청했다.

쿠샴이 말을 이었다.

"이때 아울 검탑이 앞장서서 싸울 테고, 힐러들이 지원하겠죠. 우리 시시퍼 마탑의 마법사들도 원거리에서 마법을 난사할 테고요. 그렇게 전쟁 초반에 전력을 확 투입하여 적들의 예봉을 꺾고 나면, 그 다음은 모레툼 교단 차례에요. 추기경께서 모레툼 교단의 기사들을 전쟁터에 집어넣어 주세요."

아울 검탑이나 시시퍼 마탑은 최강의 화력을 자랑하지

만, 대신 숫자가 적었다. 그에 비해서 추심 기사단은 헤아릴 수 없이 많은 병력을 자랑했다.

'대전쟁에서 이기려면 화력이 가장 중요하지만, 그에 못지않게 머릿수도 필요해.'

쿠샴은 이런 계획 아래 레오니에게 추심기사단의 동원을 부탁했다.

"알겠어요. 기꺼이 피를 흘리죠."

레오니는 흔쾌히 대답했다.

마지막으로 쿠샴은 안경 너머로 나바리아를 응시했다.

"중립 세력인 수의 사원이 우리의 손을 잡아주어서 얼마나 감사한지 몰라요."

"별 말씀을."

나바리아가 사뿐히 고개를 숙였다.

쿠샴의 말이 이어졌다.

"나바리아 님께서는 저와 함께 마법진을 깔고 전체적인 전장을 조율하시죠. 제 특기인 라인계 마법과 수의 사원의 비술은 서로 통하는 바가 있으니까요."

수의 사원은 베일에 싸인 곳이었다. 흑 진영의 피사노교도, 그리고 백 진영의 삼대 탑도 수의 사원이 어떤 비술을 가지고 있으며 얼마나 강한지 제대로 파악하지 못했다.

한데 쿠샴은 수의 사원의 비밀을 꿰뚫어 보고 있는 듯했다.

'이것 봐라?'

나바리아는 잠시 흠칫하는가 싶더니, 이내 온화한 미소를 입가에 만들어 내었다.

"그러죠. 최선을 다해 부탑주님을 도울게요."

"감사합니다."

쿠샴은 나바리아를 향해 생긋 웃었다.

팽팽한 긴장 속에서 밤이 지났다. 두꺼운 암막커튼이 열리는 것처럼 어둠은 물러나고 저 멀리서 새벽 동이 터왔다.

아쉽게도 사람들은 붉은 태양을 보지 못하였다. 하늘에 짙게 낀 먹구름이 사람들의 시야에서 태양을 앗아간 탓이었다.

더군다나 구름 위에 낮게 떠 있는 거대한 행성(부정 차원의 모드레우스 행성) 때문에라도 하늘은 어두울 수밖에 없었다.

후두둑, 후두둑.

짙은 먹장구름으로부터 빗방울이 떨어지기 시작했다.

새벽비가 대지를 촉촉이 적시는 가운데 라임 협곡 입구에서는 계외(界外) 기운이 꿈틀거렸다.

일반적으로 모든 생명체는 세계의 안에서 살아가므로 세계 내부의 기운만 사용하게 마련이었다.

예를 들어 검수들이 다루는 오러도 세계 내부에 속하는 기운이었다. 마법사들이 펼치는 마법 또한 세계의 내부에서 작동하는 힘이었다.

한데 세상에는 드물게 세계의 바깥쪽, 즉 계외를 계내(界內)로 끌어들여 신비로운 이적을 발휘하는 마법사들도 존재했다.

이른바 라인계 메이지가 그 주인공들이었다.

불이나 물, 바람과 같은 원소마법에 비해서 라인계 마법은 난해하다고 여겨지는 경우가 많았다.

그런 사람들이 이해하기 쉬운 가장 간단한 라인계 마법이 바로 꿈과 관련된 것들이었다. 꿈의 세계를 계내로 끌어들여 타인을 조종하는 것이야말로 라인계 마법의 가장 쉬운 예제일 것이다.

물론 꿈을 컨트롤하는 것이 라인계 마법의 전부는 아니었다. 라인계 마법은 정말 무궁무진했다.

쿠샴은 그 난해한 라인계 마법을 가장 강력하게 펼칠 수 있는 대마법사였다. 쿠샴이야말로 모든 라인계 메이지들의 우상이었다.

바로 그 쿠샴이 전쟁의 전면에 나서서 이적을 일으켰다.

쿠샴은 백 진영 목책 뒤에 설치된 단상 위에 우뚝 서서 두 손을 하늘로 치켜들었다. 하늘에서 떨어지는 비가 쿠샴의 얼굴과 옷을 흠뻑 적셨다.

쿠샴은 몸이 젖는 것도 아랑곳 않고 온힘을 다해 마법을 캐스팅했다.

"오오오."

"쿠샴 부탑주님의 마법을 내 눈으로 직접 보게 되다니, 운도 좋구나."

시시퍼 마탑의 마법사들은 황홀한 눈길로 쿠샴을 우러러 보았다.

마법사들이 아닌 검수나 기사들도 침을 꿀꺽 삼켰다.

지금 쿠샴의 주변으로는 마나가 은은하게 요동치는 중이었다. 그런데 다른 마법사들이 마법을 펼칠 때와는 분위기가 영 딴판이었다.

보통 화염계 마법사들이 불의 마법을 캐스팅하면 마법사 주변으로 뜨거운 화기가 치밀게 마련이었다.

빙계 마법사들이 얼음 마법을 준비하면 마법사 주변에 냉랭한 한기가 감도는 것이 마땅했다.

전격계 마법사들에게는 번쩍거리는 전하가, 수계 마법사 주변엔 농밀한 수분이 모여드는 것이 일반적인 현상이었다.

워메이지들도 예외는 아니었다. 탱커계 워 메이지가 마법을 캐스팅하면 탄탄한 철벽같은 기운이 마법사의 주변을 감싸곤 했다.

힐러계 워 메이지의 경우에는 치유의 빛이 영롱하게 감도는 경우가 많았다.

쿠샴의 경우는 달랐다. 쿠샴의 캐스팅이 최고조에 달했건 만, 의외로 그녀 주변에 퍼지는 마나의 양은 생각보다 많지 않았다. 쿠샴 주변에 특별한 기운이 응집되는 것도 아니었다.

'저게 대체 뭐지?'

'시시퍼 마탑의 부탑주가 직접 마법을 펼치면 어마어마 한 마나가 요동칠 거라 예상했는데, 그게 아니네?'

사람들이 이런 의구심을 품을 때였다.

쿠샴이 드디어 계외를 계내로 끌어들였다. 세계의 경계, 즉 라인(Line)이 함몰되면서 아울 검탑 검수들 전원이 갑자 기 사라졌다.

아울5검과 6검을 비롯한 검탑의 검수들은 세계의 경계 를 따라 쭉 뻗어나가더니 어느새 라임 협곡 안쪽에 진을 치 고 있던 수도승들의 머리 위에 나타났다.

Chapter 6

얼핏 판단하기에 쿠샴이 펼친 것은 순간이동 마법처럼 보였다. 마탑의 마법사라면 누구든 펼칠 수 있는 단거리 순 간이동 마법 말이다.

'어라? 저 정도 마법쯤은 시시퍼 마탑의 도제생도 펼칠

수 있는 것 아냐?'

'별 것 없어 보이는데?'

추심 기사들 가운데 일부는 이런 의문을 품었다.

착각이었다.

지금 라임 협곡 일대에는 순간이동을 방해하는 각장 왜곡 마법들이 잔뜩 깔려 있는 상태였다.

제 아무리 공간이동 마법에 능숙한 대마법사라고 하더라도 그 왜곡을 뚫고 적진 한복판에 무사히 아군 병력을 밀어넣기란 불가능했다.

이런 이적을 가능케 만들어주는 것은 두 가지뿐.

마법이 아닌 인과율, 즉 언령의 힘으로 모든 왜곡을 무시한 채 공간이동을 하는 경우.

다른 하나는 계내와 계외의 경계를 허물어 세계의 바깥으로 살짝 우회하여 적진 한복판에 파고드는 경우.

오직 이 두 가지만 가능했다.

쿠샴은 이 가운데 두 번째 방법으로 아울 검탑의 최정예 검수들을 적진 한복판으로 옮겼다. 그것도 근접전에 취약한 수도승들을 최우선 타겟으로 삼았다.

시시퍼 마탑의 마법사들은 지금 쿠샴이 펼친 마법이 얼마나 대단한 것인지 한 눈에 알아보았다.

"와아아아, 과연 쿠샴 부탑주님이시다."

"적들이 거의 열 겹의 왜곡 마법진을 깔아놓았는데 그걸 그냥 뚫어버리시네."

수많은 마법사들이 박수를 치고 환호했다. 그들은 쿠샴에게 열광적인 찬사를 보냈다.

레오니 추기경과 나바리아, 가이르도 쿠샴이 펼친 이적에 감탄했다.

"시시퍼 마탑의 마법은 역시 깊이를 헤아릴 수 없구나."

레오니는 순수하게 쿠샴의 실력에 감탄했다.

"과연 시시퍼 마탑이로다."

나바리아도 고개를 주억거렸다.

한편 고요의 사원 수도승들은 날벼락을 맞았다.

"마, 말도 안 돼."

"아아악! 적들이 갑자기 나타났다."

수도승들은 평소처럼 땅바닥에 고요히 앉아 있다가 갑자기 사방으로 흩어졌다.

그런 수도승들을 향해서 아울5검이 검을 길게 휘둘렀다.

크아아아앙―.

아울5검의 검날에서 은은하게 드래곤의 포효가 울려 퍼졌다. 핏빛 광채가 선명하게 터져 나왔다.

다음 순간, 고요의 사원 수도승들 수백 명이 한 방에 목이 잘려 나뒹굴었다.

어디 그뿐인가. 아울6검의 머리 위에는 검기로 이루어진 꽃이 피어났다. 그 꽃잎이 촤라락 펼쳐지면서 온 사방으로 검기가 난무했다.

수도승 100여 명이 또 죽어나갔다.

이건 말 그대로 날벼락이었다.

고요의 사원 수도승들은 백 진영의 적들이 갑자기 그들의 머리 위에 나타날 것이라고는 전혀 상상도 하지 못했다.

그럴 만도 한 것이, 지금 수도승들의 앞에는 야스퍼 전사탑이 탄탄하게 버티고 있는 중이었다. 만약에 백 세력들이 고요의 사원 수도승들을 공격하려면 먼저 야스퍼 전사들부터 뚫어야 했다.

또한 이 근처로는 절대로 공간 점프가 불가능했다. 무려 열 겹도 넘는 왜곡 마법진이 설치된 덕분이었다.

거기에 더해서 피사노교에서도 라임 협곡 입구에 여러 종류의 트랩 마법을 둘러놓았다. 또한 피사노교는 수도승들 주변에 블러드 쉴드까지 설치해주었다.

"우리가 지켜줄 테니 고요의 사원은 주특기를 살려서 원거리에서 백 세력을 괴롭혀 주시오."

이게 피사노교의 주문이었다.

고요의 사원 수도승들은 피사노교의 주문에 따라서 방어에는 일체 신경을 쓰지 않았다. 그들은 오로지 공격 준비에만 전념했다.

한데 웬걸?

아울 검탑 검수들은 새벽이 되기 무섭게 수도승들 사이에 등장했다. 검수들은 양떼 사이에 뛰어든 늑대처럼 사방을 휘저으며 오러검을 뿌렸다.

고요의 사원 수도승들은 속수무책으로 당할 수밖에 없었다. 온 사방에서 수도승들의 비명이 들렸다. 삽시간에 협곡 내부가 아수라장으로 돌변했다.

아울 검탑의 검수들이 갑자기 라임 협곡에 등장한 순간, 이탄은 조용히 감고 있던 눈을 살짝 떴다.

아니, 엄밀하게 말해서 이탄은 검수들이 나타나기 전, 그러니까 쿠샴이 라인계 마법을 캐스팅하던 그 순간부터 눈을 뜨고 변화를 포착했다.

이탄은 비록 라인계열 마법사는 아니지만, 계외의 힘이 인과율의 틈새를 파고들던 바로 그 순간부터 이를 감지할 만한 실력자였다.

"재미있는 일을 벌이는군."

이탄이 입꼬리를 살짝 끌어올렸다.

Chapter 7

같은 시각.

피사노 캄사와 피사노 사브아도 군막을 박차고 나왔다.

"이런 빌어먹을."

캄사는 한 방 얻어맞았다는 표정으로 얼굴을 구겼다.

캄사가 손짓을 하자 양탄자가 날아왔다. 캄사는 붉은 색깔의 마법양탄자에 올라타더니 전력을 다해 협곡 입구 쪽으로 비행했다.

캄사는 머리 위에 붉은 터번을 둘렀으며, 등에는 붉은색 망토를 걸쳤다. 또한 캄사는 손목에 은빛 팔찌를, 목에는 붉은 루비가 박힌 은목걸이를 착용했다.

캄사가 출전하자 그의 혈족들도 각자의 양탄자에 올라타 캄사의 뒤를 따랐다.

사브아도 혈족들을 재촉했다.

"우리도 가자."

"넵, 사브아 님."

사브아의 혈족들은 서둘러 전투가 벌어진 곳으로 날아갔다.

이처럼 후방에서 피사노교가 달려오는 사이, 전방에서는 야스퍼 전사탑이 고요의 사원을 도왔다. 전사탑의 3인자인 게라스가 직접 병력을 이끌고 후방으로 내려온 것이다.

피사노교와 야스퍼 전사탑은 아울 검탑의 검수들을 앞뒤에서 에워싼 뒤, 샌드위치 꼴로 협공하려 들었다.

그때 쿠샴이 한 번 더 마법을 발휘했다. 계외의 힘이 계내로 파고들면서 또 한 무리의 사람들이 나타났다.

이번에 등장한 자들은 가이르가 이끄는 노아의 신전 힐러들이었다.

노아의 신전은 상처 치료에 뛰어난 힐러들로 유명했다.

그렇다고 해서 노아의 신전이 단순히 상처 치료에만 특화된 것은 아니었다. 이곳의 신관들은 치료마법뿐 아니라 각종 버프마법에도 능했다.

가이르가 직접 이 사실을 증명했다.

가이르는 협곡 안에 등장한 것과 동시에 두 팔을 활짝 벌렸다.

푸확!

가이르의 가슴께에서 방출된 빛이 포물선을 그리며 주변 여덟 방위로 날아갔다. 여덟 줄기 빛은 아울 검탑 검수들의 머리 위에 찬란하게 떨어져 내렸다.

* 공격력 10퍼센트 강화.
* 민첩성 10퍼센트 강화.

* 피로감소 시간 5퍼센트 단축.

　이상 세 가지 버프가 아울 검탑 검수들에게 적용되었다.

　후웅!

　아울 검탑 검수들의 몸 둘레에 갑자기 하얀 빛이 망울졌다. 그 즉시 버프가 일어났다.

　새하얀 빛망울에 휘감긴 검수들은 평소보다 10퍼센트는 강화된 공격력으로 적들을 도륙했다. 검수들의 속도도 평소보다 10퍼센트는 더 빨라졌다.

　고요의 사원 수도승들이 아무리 발버둥 쳐도 아울 검탑 검수들의 무서운 공격을 피하기 힘들었다.

　아울5검의 검이 또다시 드래곤의 포효를 피워 올렸다.

　아울6검의 머리 위에 형성된 검기의 꽃은 온 사방으로 수천 가닥의 검기를 뿌려댔다. 쏟아지는 검기에 상해 수많은 수도승들이 목숨을 잃었다.

　꼽추인 아울7검은 두 자루의 휘어진 검 손잡이를 찰칵 맞물린 다음, 환처럼 변한 검을 머리 위로 띄웠다.

　위이이이잉.

　둥그런 검환으로부터 예리한 검기가 줄기줄기 뿜어졌다. 고요의 사원 수도승들은 진저리를 치면서 도망 다녀야 했다.

아울8검은 '지키는 검'이라는 별명에 걸맞게 넓적한 검 날로 검막을 만들었다. 아울8검의 검막이 아울 검탑 검수 들 주변을 둥글게 에워쌌다.

아울9검인 마제르는 검으로 공간을 뒤틀면서 라임 협곡 안에 설치된 왜곡 마법진들을 파훼했다.

아울10검은 길고 뾰족한 협검으로 수도승들의 뒤통수에 구멍을 내주었다.

그 밖에도 수많은 검수들이 맹활약을 펼쳤다. 이대로 조 금만 더 시간이 흐르면 고요의 사원 수도승들은 전멸할 것 같았다.

바로 그때 캄사가 현장에 도착했다.

"이런 찢어죽일 놈들."

캄사는 마법양탄자 위에서 악귀처럼 얼굴을 일그러뜨렸 다. 캄사의 손가락이 아울6검을 지목했다.

츳츳츳츳―.

비록 사람들의 눈에는 보이지 않았으나, 캄사의 손가락 주변에서는 꽈배기 모양의 회색 문자가 어른거렸다.

〈뒤틀리는〉

흐릿한 회색 문자의 의미는 위와 같았다.

그리하여 이것은 공간을 뒤트는 비문이었다.

그리하여 이것은 공간뿐 아니라 마나의 흐름, 오러의 흐름까지 모두 뒤틀고 비틀어버리는 권능이었다.

캄사는 자신이 펼칠 수 있는 최강의 권능을 다짜고짜 사용했다. 만자비문의 인과율이 해일처럼 아울6검을 덮쳤다.

작년 10월, 피사노교가 아울 검탑을 공격할 당시만 하더라도 캄사의 권능이 이처럼 강력하지는 않았다. 부정 차원의 인과율인 만자비문의 권능은 정상 세계에서 제약을 받기 때문이었다.

지금은 상황이 달라졌다. 언노운 월드의 모든 지역에서 사람들이 고개만 들면 반구 형태의 해괴하고 거대한 행성이 손에 잡힐 듯이 가까이 보였다.

이 행성은 정상 세계가 아닌 부정 차원에 존재해야 할 대상물이었다. 바로 그 모드레우스 행성이 언노운 월드의 하늘에 떡 하니 등장한 이유는, 와힛이 오랫동안 계획한 차원간 어프로칭 현상 탓이었다.

바로 그 어프로칭 때문에 언노운 월드가 그만 부정 차원과 연결되어 버렸다. 그러면서 자연스럽게 언 언노운 월드 전역이 부정 차원의 인과율, 즉 만자비문의 영향력 아래 놓이게 되었다.

효과는 즉각 나타났다.

콰득, 콰득, 콰드득.

아울6검이 머리 위에 띄워 놓은 검기의 꽃이 캄사의 만자비문 한 방에 완전히 뒤틀렸다. 검기의 꽃이 흩어지면서 그 타격이 고스란히 아울6검에게 전달되었다.

마침 아울6검은 검기의 꽃에서 방출된 수천 가닥의 검기로 적 수도승들을 도륙하던 중이었다.

"끄억."

맹활약을 펼치던 아울6검이 외마디 비명과 함께 고꾸라졌다. 검붉은 선혈은 아울6검의 턱을 타고 대량으로 흘러내렸다.

아울6검을 저격한 캄사가 손가락의 방향을 아울5검에게 돌렸다.

촤라락!

순간 아울5검의 몸 둘레에 반투명한 날개가 돋아났다.

아름답게 펄럭거리는 한 쌍의 날개는 드래곤의 피를 타고난 용인들만 사용할 수 있는 천연 방어막이었다. 수천 가닥의 번개도, 뜨거운 용암도, 날카로운 오러도, 용인 특유의 반투명한 날개를 뚫지는 못하였다.

한데 만자비문은 달랐다.

콰득.

아울5검의 날개가 단숨에 뒤틀렸다.

Chapter 8

콰득, 콰득, 콰득.

가장 먼저 아울5검의 날개 뼈부터 부러졌다. 바로 이어서 날개에 박힌 비늘들이 후두둑 쪼개졌다.

"크흡."

아울5검이 헛바람을 집어삼켰다. 아울5검은 고요의 사원 수도승들을 상대하다 말고 황급히 몸 주변에 검막을 둘렀다.

그 검막마저 캄사의 손짓 한 방에 뒤틀렸다.

아울5검은 오러가 맺힌 검을 갈지(之)자 모양으로 휘두르면서 수십 미터 옆으로 몸을 피했다.

만자비문의 권능이 아울5검을 악착같이 따라잡았다.

그 탓에 아울5검이 도망치는 도주로를 따라서 주변 모든 것들이 꽈배기처럼 뒤틀렸다. 그 가운데는 아울 검탑의 검수도 있었지만, 흑 진영의 수도승들도 다수였다.

한데 피사노 캄사는 아군이라고 봐주지 않았다. 캄사는 고요의 사원 수도승들마저 거침없이 갈아버리며 아울5검을 집요하게 뒤쫓았다.

"흐압—."

아울5검이 맹렬하게 검을 떨쳐내었다.

그보다 한발 앞서 아울5검의 검날이 뒤틀렸다. 아울5검의 오른팔도 우두둑 소리를 내면서 비틀렸다.

아울5검이 비명과 함께 나뒹굴려는 찰나, 가이르가 개입했다. 가이르는 아울5검의 오른팔을 향해서 강력한 치유의 빛을 뿜어내었다.

성스럽게 느껴지는 하얀 빛에 노출된 즉시, 가닥가닥 분쇄되었던 아울5검의 오른팔이 되살아났다. 잔뜩 뒤틀려 깨졌던 검날도 저절로 복구되었다.

놀랍게도 가이르의 치유 능력은 생명체뿐 아니라 무생물인 검에게까지 적용되었다. 조금 전 가이르가 발휘한 빛이 단순한 힐링 마법이 아니라 복원 마법이라는 의미였다.

"크흥. 그 정도로 나를 막을 수 있을 것 같으냐?"

캄사가 같잖다는 듯이 가이르를 노려보았다.

캄사는 마법양탄자를 몰아 가이르에게 달려드는 한편, 검지와 중지를 모아서 다시 한번 만자비문의 힘을 발휘했다. 〈뒤틀리는〉이라는 의미의 만자비문이 가이르와 아울5검을 한꺼번에 덮쳤다.

"제기랄."

가이르가 전력을 다해 날개를 펼쳤다. 아울5검과 마찬가지로 가이르도 용인이었다.

아울5검도 정신을 바짝 차리고는 몸 주변에 반투명한 날개를 둘렀다.

하지만 캄사의 권능은 두 겹의 날개로도 막을 수 없었다.

콰드득.

뼈가 분쇄되는 듯한 소리와 함께 두 용인의 날개가 한꺼번에 으스러졌다.

"크악."

가이르가 먼저 나자빠졌다.

아울5검도 거칠게 바닥에 뒹굴었다.

물론 그 전에 아울5검의 애병부터 먼저 박살 났다.

그때 이미 캄사는 두 용인의 코앞까지 들이닥친 상태였다.

"시건방진 것들. 단숨에 모가지를 비틀어주마."

캄사는 만자비문의 권능을 한 번 더 발휘했다.

츠츠츠츳.

캄사의 손끝에 회색 문자가 모여들었다.

캄사가 노린 부위는 상대의 목이었다. 그는 아울5검과 가이르의 목에 만자비문의 권능을 적중시켜 720도쯤 뒤틀어버릴 요량이었다.

제아무리 용인이라도 목이 두 바퀴나 비틀리면 끊어질 수밖에 없었다.

안타깝게도 두 용인은 캄사가 어느 부위를 노리는지 알지 못했다. 용인들은 캄사의 손끝에서 회색의 문자가 일어나는 모습을 볼 수도 없었다.

아울5검과 가이르가 꼼짝 못 하고 당하려는 찰나였다. 시시퍼 마탑의 쿠샴이 한 번 더 이적을 일으켰다.

쿠샴이 쳐놓은 결계가 라임 협곡 내부를 몇 개의 서로 다른 권역으로 나눠놓았다. 그렇게 나눠진 권역 사이는 계외로 채워졌다.

예를 들어서 캄사와 백 진영 선봉대는 서로 다른 권역으로 나뉘어 들어갔다.

분명 눈으로 보면 캄사와 아울5검이 불과 수십 미터를 사이에 두고 가까이 붙어 있는 것 같았지만, 실제로 이들은 완전히 다른 세계로 분리되었다.

라인계 마법의 효과는 곧 드러났다.

캄사가 발동한 만자비문의 권능은 아울5검에게 닿지 않았다. 가이르에게도 해를 끼치지 못했다.

"엉?"

캄사가 깜짝 놀랐다.

캄사의 마법양탄자가 무서운 속도로 아울5검에게 달려

들었다. 캄사는 양탄자 위에서 다시 한번 손가락을 뻗어 만
자비문의 권능을 발휘했다.

이번에도 회색 문자는 아울5검에게 닿지 않았다. 심지어
캄사 본인도 아울5검에게 가까이 다가갈 수가 없었다.

분명히 캄사는 아울5검을 향해서 달려들었건만, 아무리
애를 써도 거리가 좁혀지지 않았다.

"설마…… 공간의 권능인가?"

캄사가 눈매를 가늘게 좁혔다.

"백 진영 놈들 중에 공간의 마법사가 숨어 있었나 보군.
흥! 이 따위 잔수작 따위, 금방 깨주마."

캄사의 주변으로 음차원의 마나가 요동쳤다. 캄사는 마
나를 잔뜩 끌어올렸다가 쾅! 터뜨렸다.

작은 동산 하나를 허물어뜨릴 만한 파괴력이 캄사의 몸
에서 터져 나왔다. 어지간한 공간 왜곡 마법쯤은 단숨에 날
려버리기에 충분한 폭발력이었다.

이 정도 폭발이면 아울 검탑 검수들이 난입한 일대의 지
형을 완전히 뒤집어 버리기에 충분했다.

한데 멀쩡했다. 캄사가 내지른 일격은 아울 검탑 검수들
에게 전혀 닿지 않았다. 대신 엉뚱하게도 캄사의 혈족들이
폭발에 휘말려 피투성이가 되었다.

이건 당연한 결과였다. 쿠샴이 친 결계는 만자비문의 권

능으로도 넘어서지 못했다. 그러니 한낱 마나의 폭발에 허물어질 리 없었다.

하면 쿠샴이 만자비문을 뛰어넘는 초월자란 말인가?

그건 또 아니었다. 단지 만자비문에 대한 캄사의 이해도가 부족하여 쿠샴의 결계를 넘어서지 못했을 뿐이었다.

이탄이라면 달랐을 것이다.

아니, 이탄까지 갈 것도 없었다. 당장 와힛만 하더라도 쿠샴의 결계를 깨뜨리고 아울5검에게 치명타를 날렸을지 모른다.

라임 협곡 공방전 II

Chapter 1

어쨌거나 캄사는 쿠샴의 벽을 넘지 못했다.

대신 쿠샴도 결계를 계속 유지하기 벅찬지 이마에서 구슬땀을 흘렸다.

"크으윽."

쿠샴이 어금니를 꽉 물었다.

[서둘러 수도승들을 해치워요. 전면전이 시작되었을 때 아군에게 가장 큰 피해를 입힐 수 있는 상대가 바로 그 고요의 사원 수도승들이라고요. 놈들에게 최대한 많은 피해를 입혀야 해요. 제가 피사노교의 악마들을 막아줄 수 있는 시간은 얼마 남지 않았어요.]

쿠샴이 보낸 뇌파가 아울 검탑 검수들의 뇌에 전달되었다.

[알겠소.]

아울5검이 손바닥을 위로 들었다. 아울5검의 손바닥에서 2미터 높이로 오러가 솟구쳐 검의 형상을 갖추었다. 아울5검은 부서진 검 대신 오러만으로 이루어진 오러검을 만들어내었다.

다른 검수들도 각오를 다졌다.

불과 몇 분 뒤, 쿠샴은 녹초가 되어 바닥에 주저앉았다. 쿠샴이 유지하던 결계도 위력이 다해 저절로 흩어졌다.

몇 개의 권역으로 나뉘었던 공간이 다시 하나가 되었다.

아울 검탑의 검수들은 결계가 사라지기 전까지 전력을 다해 고요의 사원 수도승들을 해치웠다.

후방에서 달려온 피사노교도, 전방에서 뛰쳐 내려온 야스퍼 전사탑도 수도승들을 돕지 못했다. 그들이 아무리 애를 써도 결계를 넘어 접근할 수가 없었다. 분명히 눈앞에 빤히 보이는데도 그 한 발을 넘어가는 게 불가능했다.

흑 진영의 거물들이 발을 동동 구르며 지켜보는 가운데 무려 15,000명이 넘는 수도승들이 목숨을 잃었다.

"크왁."

분노한 감사가 머리에 쓴 터번을 벗어던졌다. 아울 검탑 검수들을 노려보는 캄사의 눈은 불덩이처럼 벌겋게 달아올랐다.

때마침 쿠샴의 결계가 힘을 다했다. 쿠샴의 마법에 의해 여러 조각으로 나뉘었던 구역이 다시 하나로 합쳐졌다.

"아울 검탑 놈들, 단 한 명도 남겨놓지 않고 다 분쇄해버릴 테다. 크왕!"

캄사는 상처 입은 야수처럼 달려들었다.

바로 그 타이밍에 쿠샴이 재차 마법을 발휘했다. 이번에 쿠샴이 사용한 것은 계내와 계외의 경계를 허물어 아군을 적진에서 빼내는 마법이었다.

번쩍!

아울 검탑의 검수들과 노아의 신전 힐러들이 협곡 안에서 씻은 듯이 사라졌다. 그들은 눈 깜짝할 사이에 백 진영 목책 안으로 되돌아왔다.

"이런 빌어먹을."

캄사가 주먹을 부르르 떨었다. 결국 캄사는 닭 쫓던 개 신세가 될 수밖에 없었다.

새벽에 벌어진 첫 전투는 흑 진영이 큰 피해를 입었다. 고요의 사원 전력이 4분의 1도 넘게 삭감되는 것은 정말 큰 타격이었다.

고요의 사원 수도승들은 비록 근거리 전투에는 약하지만 원거리 공방전이 벌어지면 말도 못하게 강한 위력을 발휘하는 까닭이었다.

이 한 방의 타격이 캄사의 뚜껑을 열어버렸다.

캄사는 원래 라임 협곡 밖으로 나갈 생각이 없었다. 그는 협곡 안에 여러 가지 덫을 설치한 뒤, 백 진영 놈들이 안으로 쳐들어오기만을 기다렸다.

이것은 쌀라싸가 캄사에게 신신당부했던 내용이기도 했다. 전쟁이 시작되기 전, 쌀라싸는 캄사에게 "아우님, 라임 협곡 밖에서 싸우지 마시게. 어떤 일이 있어도 안에서만 싸워야 해."라고 주의를 주었다.

설령 쌀라싸의 당부가 없다 하더라도, 캄사는 협곡 밖으로 병력을 전개시킬 마음이 전혀 없었다.

조금 전까지만 하더라도 말이다.

한데 캄사의 마음이 바뀌었다. 캄사는 피사노교의 신인들 중에서도 유독 자존심이 센 인물이었다.

그런 캄사가 조금 전 쿠샴과 아울 검탑 놈들에게 손 한 번 쓰지 못하고 놀림을 당했다. 그것도 부하들과 흑 진영 동료들이 지켜보는 앞에서 톡톡히 개망신을 당한 셈이었다.

"이 치욕을 갚아줘야지. 그렇지 않으면 내가 얼굴을 들고 살 수가 없어."

캄사가 입술을 푸들푸들 떨었다.

"힐다, 카두, 어디 있나?"

캄사의 고개가 뒤로 홱 돌아갔다.

"캄사 님, 부르셨습니까?"

"저희 여기 있습니다."

캄사의 여러 혈족들 가운데 힐다와 카두가 한 발 앞으로 나와 열중쉬어 자세를 취했다.

힐다는 부정 차원의 여악마종과 결합한 이후로 캄사가 가장 아끼는 혈족이 되었다.

카두는 그 이전부터 캄사의 오른팔 역할을 했다.

사실 카두는 오래 전 시시퍼 마탑의 도제생으로 침투했다가 이탄에게 죽은 카날의 친형이었다.

외모만 보면 카두는 카날과 쌍둥이처럼 비슷하게 생겼다. 카두의 외모적 특징들, 이를 테면 반짝거리는 대머리와 근육질 체격, 툭 튀어나온 뻐드렁니를 보면 영락없는 카날이었다.

캄사는 힐다과 카두에게 라임 협곡 밖을 가리켰다.

"너희들이 나의 체면을 세워줘야겠다. 저 더러운 백 진영 놈들에게 똑똑히 알려줘라. 놈들이 감히 누구를 건드렸는지 깨닫게 해주란 말이다."

"옙."

힐다와 카두가 한 목소리로 대답했다.

반사적으로 대답은 했으나 힐다와 카두의 안색은 어두웠다. 라임 협곡 입구를 틀어막고 진을 친 백 진영의 위세는 보는 것만으로도 숨이 막힐 정도였다.

'쳇. 고작 우리 사도들이 나서서 한 방 먹일 수 있을 만큼 백 진영 놈들이 만만했으면 감사 님께서 왜 협곡 안에만 웅크리고 있었겠어? 진즉에 협곡 밖으로 뛰쳐나가 놈들을 혼쭐내줬겠지.'

힐다가 마음속으로 투덜거렸다.

'이거 내키지 않는 임무를 맡게 되었구먼.'

카두도 어금니를 꾹 물었다.

하지만 두 사람은 감사 앞에서 싫은 내색을 할 수 없었다. 감사가 내린 엄명을 미룰 수도 없었다.

Chapter 2

힐다와 카두는 혈족들 가운데 몇 명을 골라냈다.

선택을 받은 혈족들은 하나같이 똥 씹은 표정을 지었다. 그들도 아는 것이다. 이번 임무가 나가서 죽으라는 말과 똑

같다는 사실을.

캄사의 혈족들이 얼굴을 잔뜩 구기고 있을 때였다. 또 한 차례의 이변이 발생했다.

쿠샴이 양팔을 벌려 라임 협곡에 결계를 쳤다. 멀쩡하던 공간이 여러 개의 공간으로 다시 나뉘었다.

그것도 협곡 깊은 곳에 결계가 등장했다. 피사노교의 본진이 주둔 중인 핵심부가 쿠샴의 목표였다.

쿠샴의 마법은 여기서 끝나지 않았다.

쿠샴은 허공에서 손을 바쁘게 움직였다. 그녀가 손짓을 할 때마다 결계에 의해 나뉜 각 구역들이 우르릉! 우르릉! 이동했다.

깎아지른 절벽 꼭대기가 갑자기 피사노교 교도들의 발밑으로 이동했다.

협곡 바닥이 하늘로 상승해 올라갔다.

시커먼 비구름은 엉뚱하게도 절벽 중앙에 나타났다.

이건 마치 풍경화 퍼즐을 엉망진창으로 헝클어뜨린 모습과 비슷했다. 위쪽에 있어야 할 풍경이 아래로 내려오고, 아래에 있어야 할 풍경 한 조각이 오른쪽 구석에 처박힌 듯한 모양새가 되었다.

"어떻게 이런!"

"말도 안 돼."

피사노교의 교도들이 기겁했다. 교도들이 생각하기에는 교의 위대한 신인들도 이 정도 이적은 일으킬 수 없을 것 같았다.

그런 엄청난 일을 적 마법사는 거뜬히 해내었다.

피사노교의 교도들이 당황할 일은 거기서 끝나지 않았다.

교도들의 머리 위에서 계내와 계외의 경계가 흐릿하게 허물어졌다. 그 경계를 타고 아울 검탑의 검수들이 다시 한 번 등장했다.

바로 뒤를 이어서 노아의 신전 힐러들도 나타났다.

이게 끝이면 말을 안 한다.

검을 꽉 쥐고 무섭게 달려드는 아울 검탑 검수들의 머리 위에서 시뻘건 불덩이가 펑펑 날아왔다.

이것은 시시퍼 마탑 마법사들이 날리는 파이어 볼(Fire Ball) 공격이었다.

원래는 백 진영의 마법사들이 원거리에서 공격을 퍼부으면 라임 협곡 상공에 설치된 방어마법진이 저절로 작동하여 막아주어야 마땅했다. 피사노교의 교도들은 다들 그렇게 믿고 있었다.

한데 적의 공격은 교도들의 예상을 뛰어넘었다.

시시퍼 마탑의 마법사들은 라임 협곡을 향해서 원거리 공격을 퍼부은 게 아니었다. 대신 마법사들은 엉뚱한 하늘을 향해서 파이어 볼을 날렸다. 체인 라이트닝(Chain Lightning: 뇌전의 사슬)과 같은 전격계 공격도 퍼부었다.

그렇게 빈 허공을 향해 날아간 마법이 흐릿해진 경계를 타고 이동하여 라임 협곡 안쪽 피사노교 교도들의 머리 위에서 불쑥 나타났다.

이건 마치 교도들의 머리 위에 통로가 하나 생긴 듯한 현상이었다.

통로의 입구는 라임 협곡 밖 백 진영의 상공.

통로의 출구는 라임 협곡 내부 피사노교의 머리 위.

시시퍼 마탑의 마법사들이 눈에 보이지 않는 통로의 입구를 향해서 마법을 난사하면, 그 마법이 통로의 출구에서 쏟아져 나와 피사노교 교도들을 공격했다.

전혀 예상치 못한 쿠샴의 이능력에 피사노교가 큰 피해를 입었다.

퍼퍼퍼펑!

화이어 볼이 협곡 바닥을 때렸다. 다수의 교도들이 온몸이 불덩이가 되어 폭발하듯 날아갔다.

빠카카카캉! 빠직, 빠지직.

체인 라이트닝이 교도들의 군막 위로 떨어졌다. 막사에서 뛰쳐나오던 교도들은 벼락에 감전되어 새까맣게 타죽었다.

그 와중에 피사노교의 교도들은 강한 어지럼증까지 느껴야 했다. 협곡의 하늘이 발밑으로 내려와 있고, 저 멀리 절벽 중앙에 먹구름이 걸려 있는 환경을 보자 교도들은 이게 꿈인지 생시인지 구별이 가지 않았다.

그런 와중에 아울 검탑의 검수들까지 달려들었다.

"저 사악한 악마들을 단숨에 쓸어버려라."

아울5검이 크게 외쳤다.

아울5검이 손을 쭉 뻗자 그의 손끝에서 일어난 오러검이 급격히 팽창하더니 드래곤의 형상을 갖추었다.

크아앙—.

온몸이 오러로 이루어진 드래곤은 아스라한 포효를 남기며 짓쳐들어와 피사노교 교도들 수백 명을 난자해버렸다.

아울6검도 머리 위에 세 송이의 꽃을 띄웠다. 검기로 이루어진 꽃으로부터 무수히 많은 오러검이 날아와 피사노교 교도들을 도륙했나.

아울7검은 두 자루 검을 맞물려 둥그런 환으로 만들었다. 아울7검이 전방으로 환을 뿌리자 원반 형태의 검기가 크게 확장되며 적들의 허리를 끊어버렸다.

아울9검의 활약도 두드러졌다. 아울9검 마제르는 무력만 따지면 아울5검에 버금가는 인물이었다. 피사노교에서도 아울9검을 상대하려면 신인이 나서야 했다. 아울9검이 검을 휘두를 때마다 공간이 썽둥썽둥 잘렸다. 그 궤적에 걸리는 것들은 사람이건 무기건 흑마법이건 가리지 않고 무조건 두 동강 났다.

피사노 캄사가 멀리서 그 장면을 보았다.

"이런 제기랄. 또 당했구나."

캄사의 눈이 불덩이처럼 백열되었다. 캄사는 마법양탄자를 몰아서 재빨리 본진으로 되돌아왔다.

갑작스레 벌어진 난장판 덕분에 힐다와 카두에게 내려진 캄사의 명령은 자동으로 취소되었다.

'휴, 다행이다.'

힐다와 카두를 비롯한 캄사의 혈족들은 재빨리 캄사의 뒤를 따랐다. 그들은 내심 가슴을 쓸어내렸다.

한편 쿠샴이 전개한 대대적인 공격은 사브아와 이탄을 자극했다.

사브아는 구불구불한 머리카락으로 손가락으로 배배 꼬다 말고 빙그레 미소를 지었다.

"호홋. 놈들이 재미있는 짓을 벌이는군."

다음 순간, 사브아는 제자리에서 사라졌다가 결계 앞에 나타났다.

Chapter 3

원래 사브아가 머물던 장소는 라임 협곡 오른편이었다. 그녀가 위치했던 곳과 지금 한창 공격을 받고 있는 곳은 구역이 달랐다. 따라서 사브아가 교도들을 돕기 위해서는 우선 쿠샴이 친 결계부터 깨뜨려야 했다.

사브아의 양손이 X자로 엇갈리며 날아갔다. 사브아의 손바닥이 결계를 후려쳤다.

결계라는 것은 손으로 만질 수가 없었다. 물리적 타격은 물론이고 마법 타격도 불가능한 것이 바로 결계였다.

결계를 상대할 수 있는 것은 똑같은 결계뿐.

이것이 모든 라인 메이지들이 가지고 있는 상식이었다.

한데 사브아는 그 상식에 정면으로 도전했다. 사브아의 손끝에 어린 꽈배기 모양의 회색 문자들이 쿠샴의 결계를 강하게 후려쳤다.

투앙!

퍼즐 조각처럼 흩어져 있던 모든 구역들이 동시에 진동했다. 구역과 구역을 나누는 결계가 우르르 흔들렸다.

"한 방에는 안 되나?"

사브아가 고개를 한 번 갸웃했다. 사브아는 다시 한번 만자비문의 힘을 끌어올린 다음, 양손을 X자로 엇갈려 결계를 강타했다.

투앙!

쿠샴이 나눠놓은 모든 구역들이 또다시 진동했다. 결계 곳곳이 사브아의 공격을 견디지 못하고 터져나갈 기미를 보였다.

사브아가 오른쪽에서 결계를 공격하는 동안, 이탄은 결계의 왼쪽에 나타났다.

만약 이탄이 무한공의 언령을 꺼내든다면, 쿠샴이 친 결계 따위는 단숨에 흩어져버릴 것이다.

만약 이탄이 만자비문의 힘을 조그만 발휘하더라도 쿠샴의 결계는 버틸 수가 없으리라.

인과율이란 그런 것이다. 세상의 근간을 이루는 힘이자 세상의 모든 것을 결정하는 원리가 바로 인과율이다.

한데 이탄은 언령을 사용하지 않았다. 이탄은 만자비문의 힘도 자제했다.

대신 이탄은 음차원의 마나를 오른손에 잔뜩 집약했다. 그런 다음 주먹을 번쩍 들어 쿠샴의 결계를 후려쳤다.

꽝!

사브아가 회색 문자로 결계를 두드렸을 때보다 더 폭발적인 소음이 울렸다. 이탄의 주먹에 응집된 마나는 계내를 넘어 계외까지 뒤틀어 버릴 만큼 압도적이었다.

이것은 작은 불꽃은 벽을 넘어 빛을 전달할 수 없지만, 만약 그 불꽃이 태양처럼 에너지가 넘친다면 벽을 뚫고 그 너머까지 빛을 보낼 수 있는 것과 비슷한 원리였다.

'압도적인 힘 앞에서 버틸 수 있는 것은 없지.'

이탄은 가장 무식한 방법으로 결계를 타격했다.

이 한 방에 결계 한쪽이 와르르 허물어졌다.

"꺅!"

결계가 강제로 부서지자 쿠샴이 피를 토했다. 쿠샴은 제자리에 털썩 주저앉아 팔다리를 부르르 경련했다.

"부탑주님."

"괜찮으십니까?"

시시퍼 마탑의 마법사들이 쿠샴에게 황급히 달려왔다.

쿠샴은 손을 내저으면서 나바리아를 찾았다.

"나바리아 님, 도움이 필요합니다."

水의 사원의 나바리아야말로 지금 쿠샴을 도울 수 있는 유일한 존재였다.

"알았어요."

나바리아가 표홀히 날아와 쿠샴 옆에 내려섰다. 나바리아는 물결치듯 두 손을 부드럽게 휘저었다.

나바리아의 손짓을 따라 1, 2, 3, 4, 5…… 등등 다양한 숫자들이 나타나 황금빛으로 빛났다. $\pm$, $\times$, $\div$, $\langle$, $=$, ∂,

∛, ∬, ∡, ÷, ≧…… 등등 다양한 수학기호들이 그 뒤를 따라 물고기처럼 허공을 유영했다.

수의 사원은 수학으로 세상 모든 것을 분석하려는 집단이었다. 그들은 세상의 근원조차 숫자를 통해 파악하려 시도했다.

이 가운데는 도메인(Domain: 범위)이라는 어려운 개념도 포함되었다.

사실 도메인은 라인 메이지가 다루는 계내와 상당히 흡사했다. 도메인의 외곽, 즉 바운더리(Boundary)는 곧 계내와 계외를 구분 짓는 결계의 개념이었다.

라인 메이지가 결계로 구역을 나눈다면, 수의 사원 수학자들은 도메인 설정을 통해서 구역을 만든 뒤, 트랜스폼(Transform: 변형, 전환)이란 수학적 기법을 이용해서 각 구역들을 자유롭게 왜곡시키곤 했다.

나바리아는 바로 그 고차원적인 개념을 꺼내들었다.

철컹, 철컹, 철컹, 철컹.

사브아의 의해서 거의 다 허물어졌던 결계가 나바리아의 도메인 때문에 다시 구분 지어졌다.

이탄이 찢어버린 결계도 나바리아의 도메인에 의하여 다시 나뉘었다.

나바리아의 마법은 거기서 끝나지 않았다. 나바리아는

트랜스폼이란 수학적 기법을 통해 피사노교 교도들이 머물고 있는 구역을 다른 곳으로 확 옮겨버렸다.

덕분에 사브아와 이탄은 각자 세 구역이나 밖으로 밀려났다.

조금 전까지만 하더라도 사브아와 이탄은 결계를 하나만 부수면 교도들을 구할 수 있었다. 하지만 지금은 3개의 결계를 추가로 깨뜨려야 목적지에 도착이 가능했다.

"이런."

사브아가 아랫입술을 깨물었다.

사브아가 회색 문자를 잔뜩 끌어올려 결계를 허물어뜨리는 와중에도 피사노교의 교도들은 아울 검탑 검수들에 의해 처참하게 죽어나갔다. 신인이나 사도의 도움 없이 일반 교도들만으로 아울 검탑을 상대하기란 불가능했다.

그나마 교도들은 수가 많았다.

"어차피 도망칠 길이 없다. 차라리 저 아울 검탑 놈들과 용감하게 맞서 싸우자."

"검탑 놈들을 죽여라."

무려 수십만 명에 달하는 교도들이 들고 일어나 아울 검탑의 검수들을 상대했다. 피사노교의 교도들은 검기에 가슴이 쪼개지고 팔다리가 날아가도 아랑곳 않고 악귀처럼 적에게 달려들었다.

그렇게 수십만 교도들이 무차별적으로 공격을 퍼붓다 보니 일부 흑마법들이 아울 검탑 검수들에게 타격을 입혔다.

하지만 그뿐.

"힐!"

가이르가 치유의 빛을 뿜어서 다친 검수들을 치료해주었다.

노아의 신전 출신 힐러들도 마찬가지였다. 힐러들은 흑세력에 의해 자신들의 신전이 무너진 원한을 잊지 않았다. 그들은 분풀이라도 하듯이 열과 성을 다해 치료마법과 버프마법에 전념했다.

"힐! 힐! 힐! 힐!"

온 사방에서 힐러들의 영창 소리가 들렸다.

순백의 빛이 마구 터져 나오면서 아울 검탑의 검수들의 상처를 치료했다. 공격력도 한층 강화시켰다.

이대로 그냥 내버려두면 피사노교의 피해가 말도 못하게 커질 터, 결국엔 이탄이 나설 수밖에 없었다.

Chapter 4

"피사노교의 패망은 내가 바라던 바가 아니지. 하아, 어쩔 수가 없네."

이탄이 팔을 걷어붙였다.

최근 이탄은 은화 반 닢 기사단을 손에 넣음으로써 비크 교황에게 진 빚의 일부를 받아내었다.

이와 마찬가지로 이탄은 장차 피사노교도 수중에 넣을 요량이었다. 그래야 수지타산이 맞는다는 게 이탄의 생각이었다.

"단, 전쟁에 개입은 하되 힘 조절을 잘해야 해."

이탄은 언제 갑자기 등장할지 모를 신격 존재, 혹은 마격 존재에게 신경을 기울였다. 그때를 위해 언령이나 만자비문, 그리고 적양갑주의 권능은 최대한 자제해야 하리라.

이탄은 술법도 함부로 쓸 수 없었다. 동차원 남명의 제자라는 정체가 발각나면 곤란하기 때문이었다.

결국 지금 이탄이 사용할 수 있는 무력은 흑주술이나 흑마법뿐.

이탄은 (진)마력순환로 속에서 음차원의 마나를 퍼 올렸다. 그런 다음 이탄은 자신의 주먹에 불길하게 타오르는 음차원의 마나를 두른 뒤, 그것으로 결계를 내리쳤다.

꽝!

결계가 단숨에 박살났다. 결계에 의해서 둘로 나뉘었던 구역이 다시 하나로 합쳐졌다.

이탄은 그 구역을 지나 다음 결계에 주먹을 내리꽂았다.

꽝!

이번에도 금속이 터지는 굉음이 울렸다. 쿠샴의 결계가 또 다시 부서졌다. 나바리아가 만들어낸 도메인도 함께 허물어졌다.

그 충격이 고스란히 쿠샴과 나바리아에게 전달되었다.

"크헉."

쿠샴은 코에서 검은 피를 후두둑 흘렸다.

"으으윽."

나바리아도 손으로 이마를 짚고 휘청거렸다.

그 사이 이탄은 세 번째 결계를 부수고 네 번째 결계 앞에서 주먹을 번쩍 치켜들었다. 이탄은 어느새 뼈로 이루어진 사령마까지 소환하여 타고 있었다. 이탄과 사령마 주변으로 검푸른 안개가 스멀스멀 확산했다.

나선형으로 뻗어나가는 검푸른 안개에 노출될 때마다 쿠샴의 결계가 부식되기 시작했다. 이것은 사령마의 특기인 죽음의 장, 즉 데쓰 필드(Death Field)가 결계에도 영향을 미친다는 뜻이었다.

하긴, 어쩌면 이건 당연한 현상이었다. 데쓰 필드는 이 세계와 사후 세계의 경계를 모호하게 만들어서 죽은 자를 일으켜 세우는 특징을 지녔다. 이처럼 데쓰 필드는 서로 다

른 세계를 하나로 연결하는 흑마법이다 보니 자연스럽게
쿠샴의 결계에도 영향을 끼칠 수밖에 없는 것이다.

약화된 결계 위에 이탄의 주먹이 떨어졌다.

꽝!

또 하나의 결계가 유리창처럼 산산이 부서져 내렸다.

이것은 이탄이 깨뜨린 네 번째 결계이자, 피사노교 교도
들이 갇혀 있는 구역으로 들어가는 최후의 관문이었다.

이탄을 태운 사령마는 검푸른 연기로 변했다가 피사노교
교도들 앞에 다시 나타났다. 마침 아울6검이 날린 수천 가
닥의 검기가 교도들의 목을 따러 날아오는 중이었다.

이탄이 그 앞에 우뚝 서서 손을 위로 들었다.

이탄의 앞에 벽처럼 일어난 핏빛 보호막, 즉 블러드 쉴드
가 아울6검이 날린 검기를 거뜬히 막아내었다. 수천 가닥
의 날카로운 검기는 늪에 빠진 독사처럼 잠시 꿈틀거리다
가 잠잠해졌다.

"와아아, 쿠미 신인님이시다."

"신인님께서 오셨으니 이제 우린 살았어."

피사노교 교도들이 감격했다. 교도들은 사령마 위 이탄
의 등짝을 올려다보며 두 손을 꼭 모았다. 일부 교도들은
눈물까지 글썽거렸다.

아울6검이 눈을 부릅떴다.

"네놈은!"

아울6검은 단번에 상대를 알아보았다. 비록 이탄이 가면을 쓰고 있어 얼굴까지 확인하지는 못하였으나, 아울6검은 이탄이 풍기는 기세와 사령마만 보고도 상대의 정체를 파악할 수 있었다.

지난 전쟁에서 아울 검탑을 무너뜨렸던 원흉.

원수 중의 원수.

"이노옴, 죽어랏."

아울6검은 전력을 다해 3개의 꽃을 터뜨렸다. 검기의 꽃에서 쏟아져 나온 수만 가닥의 오러검이 오직 이탄에게 집중되었다.

이탄은 블러드 쉴드를 치밀하게 겹쳐서 아울6검의 공격을 무력화시켰다. 다른 한편으로 이탄은 손을 부드럽게 내밀어 검녹색 편린을 쏘았다.

퓨퓨퓨퓻—.

이탄의 손끝에서 방출된 다크 그린이 수만 가닥의 검기를 녹이면서 뚫고 들어가 아울6검의 목숨을 노렸다.

순간적으로 아울6검의 안색이 창백하게 질렸다.

그때 아울5검이 6검의 앞을 막아섰다.

"이 악마놈아, 내가 상대해주마."

아울5검이 휘두른 오러검이 커다란 드래곤의 형상을 이

루며 이탄에게 짓쳐들어왔다.

아울5검만 나선 것이 아니었다.

꼽추 노인인 아울7검은 둥그런 환으로 피사노교 교도들을 도륙하다 말고 환의 방향을 이탄에게 바꿨다.

아울8검은 공간의 권능이 담긴 검막을 동료들 앞에 둘러주었다. 이 검막이야말로 아울 검탑의 모든 검수들이 부러워하는 절대 방어의 개념을 담고 있었다.

한편 아울9검인 마제르도 공간의 힘을 검에 부여한 다음, 그것으로 이탄을 베었다.

아울10검은 뾰족한 검을 등 뒤로 숨긴 뒤, 공기 속에 녹아들었다. 아울10검은 기회를 엿보다가 이탄을 기습할 계획이었다.

Chapter 5

아울 검탑 최상위권 검수들이 앞다투어 이탄에게 달려들었다.

이탄은 그 모습을 보고도 눈 하나 깜짝하지 않았다.

이탄이 손을 휘젓자 허공에 고스트 핸드(Ghost Hand: 유령 손)이 나타났다. 으스스한 고스트 핸드는 곧장 아울 검탑 검수들에게 날아가 상대의 마나를 소진시켰다.

이탄은 다크 그린도 계속해서 쏘아냈다. 검녹색 편린이 나비처럼 부드럽게 날아가 아울8검의 검막 표면에 퍽퍽 꽂혔다.

그때마다 검녹색 화염이 기승을 부렸다. 아울8검의 검막이 사정없이 녹아내렸다.

만약 아울8검의 검막이 공간의 힘을 품고 있지 않았더라면, 그래서 검녹색 화염을 다른 공간으로 끊임없이 보내지 못했더라면, 아마도 검막은 단숨에 사라졌을 것이다. 그만큼 다크 그린의 파괴력은 무서웠다.

좀 더 엄밀하게 말하자면, 다크 그린이 아니라 그 안에 담긴 만자비문의 힘이 무서움의 근원이었다.

이탄은 만자비문을 자제하기로 마음먹었으나, 다크 그린에 가미된 비문, 즉 〈화형을 시키는〉은 그냥 내버려두었다. '이 정도 미약한 비문의 힘까지 고지식하게 막아놓을 필요는 없겠지.' 라는 생각에서였다.

이탄은 고스트 핸드와 다크 그린에 이어서 블러드 트리도 소환했다.

대지를 뚫고 솟구친 수백 그루의 핏빛 나무가 아울 검탑 검수들의 피를 맹렬하게 증발시켰다. 검수들은 이탄을 공격하는 와중에 증발하는 피도 막아야 했다.

아울5검부터 아울10검까지, 검탑의 최상위 6명이 힘을 합치고도 이탄을 꺾지 못했다. 꺾기는커녕 검수들이 오히려 뒤로 밀렸다.

마침내 아울8검의 검막이 뚫렸다.

"크악."

아울8검이 비명과 함께 자신의 왼팔을 움켜잡았다. 그의 왼팔에는 검녹색 불똥이 살짝 튀었는데, 어느새 그 불똥이 아울8검의 살을 녹이고 뼈로 파고들어 검녹색 연기를 피워 올렸다.

"힐!"

그 즉시 가이르가 아울8검의 팔을 치료해주었다. 새하얀 빛이 아울8검의 팔뚝과 몸 전체를 감쌌다.

소용없었다. 검녹색 화염은 아울8검의 팔이 치료되는 속도보다도 훨씬 더 빠르게 번져가며 상대의 팔뚝 전체를 집어삼켰다. 이대로 시간이 조금만 더 흐르면 팔뿐 아니라 아울8검의 몸뚱어리 전체가 녹아버릴 태세였다.

"크윽, 제기랄."

결국 아울8검은 자신의 어깨 부위를 스스로 끊었다. 땅바닥에 떨어진 아울8검의 왼팔이 펄떡거리다가 한 줌의 물로 녹았다.

아울8검의 팔을 하나 잃는 동안, 아울5검과 6검은 이탄의 다크 그린에 연신 뒤로 밀렸다. 아울5검이 만들어낸 드래곤 형상의 오로도, 아울6검이 피워 올린 검기의 꽃도 다크 그린의 상대는 되지 못했다. 아울5검과 6검이 할 수 있는 일이라고는 간신히 버티는 정도에 불과했다.

아울9검 마제르는 공간의 검으로 블러드 트리를 계속해서 베어냈다.

이탄이 지속적으로 소환한 덕분에 이제 블러드 트리는 점점 더 수가 불어나 수천 그루에 육박했다.

징그럽게 생긴 핏빛 나무가 나뭇가지를 흔들며 괴이한 소음을 흘렸다. 그럴 때마다 트리 주변의 검수들은 온몸의 피가 증발했다. 검수들의 살이 썩고 근육이 축소하여 몸이 미이라처럼 바싹 말랐다.

아울10검은 이 모든 상황을 꾹 참고서 이탄을 저격할 기회만 엿보았다.

그러다 이탄이 펑! 연기로 변했다. 검푸른 연기가 허공에서 다시 뭉쳤을 때 이미 아울10검의 목은 이탄의 손에 붙잡힌 뒤였다.

"꾸웩."

이탄은 나무젓가락 꺾듯이 아울10검의 목을 부러뜨렸다.

죽기 전, 아울10검의 뾰족한 검이 이탄의 가슴을 찔렀다. 물론 그 검은 이탄의 가슴에 닿자마자 터져버렸지만 말이다.

지난번 아울 검탑 전투 당시 아울13검이 이탄에게 죽었는데, 그 뒤를 이어서 아울10검이 두 번째 희생자가 되었다.

"크으윽, 이런 괴물 같은 놈."

아울5검이 정신없이 뒤로 밀렸다.

아울5검의 등에는 아울6검이 기절한 채 업혀 있었다. 아울6검은 양팔이 모두 잘려나간 모습이었다.

아울6검의 팔을 자른 장본인은 다름 아닌 아울5검.

아울5검이 원해서 팔을 자른 게 아니었다. 다크 그린에 휩싸인 아울6검을 살리려면 어쩔 수가 없었다.

아울6검의 어깨 부위에서 피가 후두둑 떨어졌다.

이 정도 상처쯤은 노아의 신전 힐러들이라면 충분히 치료해줄 만도 하건만, 지금은 그럴 여건이 되지 않았다.

심지어 가이르조차도 아울6검을 치료해줄 여력이 없었다.

"힐, 힐, 힐, 힐. 제기랄. 힐, 힐, 힐. 씨팔."

가이르는 검녹색 화염에 휩싸여 철철 녹아버린 본인의 다리를 붙잡고 연신 힐을 퍼붓는 중이었다.

노아의 신전 최고 힐러이자 용인인 가이르가 이렇게 마구잡이로 힐을 퍼부으면 죽은 자도 되살아날 법했다.

한데 아니었다. 새하얀 빛이 연신 떨어지는 데도 불구하고 가이르의 다리는 되살아날 줄 몰랐다. 오히려 점점 더 빠르게 녹아내렸다.

"흐으으. *끄악.*"

결국 가이르는 결단을 내렸다. 스스로의 손으로 자신의 두 다리를 잘라낸 것이다.

따그닥, 따그닥, 따그닥.

이탄의 사령마가 천천히 전진했다. 이탄은 사령마 위에서 손을 휘저어 수십 개의 검녹색 편린을 날렸다.

그때마다 아울 검탑 검수들은 기겁을 하며 흩어졌다.

조금 전까지만 하더라도 검수들은 힘을 합쳐 이탄을 몰아붙였다. 방어력 최강인 아울8검이 검막으로 동료들을 보호해주는 동안, 나머지 검수들은 공격에만 집중했다.

문제는 아울8검의 죽음으로부터 시작되었다.

조금 전 다크 그린에 의해서 검막의 일부에 구멍이 뚫렸다. 아울8검은 팔을 하나 잃은 상태에서도 재빨리 구멍을 메꾸려고 시도했다.

바로 그 순간이었다.

쭈왕—.

이탄의 두 눈에서 노란색 광선이 일직선으로 방출되었다. 이탄이 고대 악마사원 유적지에서 얻은 나라카의 눈이 발동한 것이다.

노란 광선은 검막에 생긴 구멍을 지나 아울8검의 목을 그대로 뚫어버렸다.

"끄왁."

아울8검이 뒤로 넘어갔다.

가이르가 기겁을 하며 아울8검을 치료하려는 찰나, 어느새 날아온 검녹색 편린이 아울8검의 몸 전체를 불살라 버렸다.

아울8검이 쓰러지고 나자 그 다음은 설명할 필요도 없었다.

아울6검이 다크 그린에 당해서 두 팔을 잃었다.

아울9검은 점점 더 불어나는 블러드 트리 군락에 갇혀서 오도 가도 못했다.

아울10검은 이미 죽은 지 꽤 되었다.

Chapter 6

아울12검이 이탄의 등 뒤를 기습적으로 노려보았으나, 이건 불에 뛰어든 불나방이나 다름없었다. 아울12검은 이탄에게 붙잡혀 몸이 좌우로 잡아 뜯겼다.

그렇게 아울 검탑 검수들이 궁지에 몰린 순간, 쿠샴이 다시 기력을 찾았다.

"안 돼. 이러다 아울 검탑이 전멸하겠어. 크아악."

쿠샴은 마나가 고갈된 상태에서도 기를 쓰고 에너지를 모았다. 그런 다음 쿠샴은 최후의 한 방울까지 쥐어짠 마나로 계외와 계내의 경계를 허물었다.

그 효과가 곧 드러났다.

아울 검탑 검수들과 노아의 신전 힐러들이 다시 목책 안으로 복귀했다. 대신 하늘에서 퍼붓던 시시퍼 마탑 마법사들의 엄호 공격도 중단되었다.

"으으읏."

위기의 순간 기적적으로 본진으로 복귀한 후, 아울 검탑 검수들은 괴물과도 같은 이탄을 떠올리며 진저리를 쳤다.

한편 피사노교의 교도들의 입에서도 "이제야 겨우 살았구나."라는 안도의 말이 저절로 튀어나왔다.

어쨌거나 쿠샴과 나바리아의 마법도 취소되었다. 그러자 퍼즐 조각처럼 여기 저기 배치되었던 공간이 다시 정상 상태로 돌아왔다.

쿠르릉 소리와 함께 하늘은 다시금 교도들의 머리 위로 올라갔다. 쿠르릉 소리와 함께 땅은 바닥으로 내려왔다. 절벽 중간에 박혀서 비를 뿌리던 먹장구름도 다시 상공에 자리를 잡았다.

모든 것이 제자리를 찾을 즈음, 쿠샴은 감각으로 이탄을 훑으면서 부르르 몸서리를 쳤다.

"으으으. 저자가 누구인데 저리도 무섭단 말인가?"

바로 그 타이밍에 이탄도 쿠샴과 나바리아를 스캔했다.

아찔한 감각이 쿠샴을 덮쳤다.

"으헉?"

쿠샴이 몸서리를 쳤다.

"으으. 으으."

나바리아도 겁에 잔뜩 질려서 간헐적인 신음을 토했다.

한편 이탄도 잠시 행동을 멈칫했다.

'으응? 이것 봐라?'

우선 이탄은 쿠샴의 몸속에 숨어서 도사리고 있는 강력한 힘을 발견하고는 묘한 표정을 지었다.

이어서 이탄은 나바리아의 체내에 소용돌이치는 파동의 기운을 느끼고는 한 번 더 그녀를 살펴보았다.

"어라? 저 파동은 그 괴상한 여신의 느낌과 비슷한데? 물론 신격 존재에 비할 바는 아니지만, 저 노파가 풍기는 기운이 그때 그 여신의 것과 흡사해."

이탄이 언급한 여신이란 인과율의 여신을 의미했다.

당연히 나바리아에게서 인과율의 여신의 냄새가 풍길 수밖에.

인과율의 여신은 추종자나 신도를 두지 않는 신이었으나, 일부 부리는 자들을 곁에 두고 사용했다.

예를 들어서 나바리아를 비롯한 수의 사원의 수뇌부들.

레온 가문의 용인들.

북명의 루코른 곰족.

이들이야말로 인과율의 여신과 가장 밀접한 도구들이었다. 그러니 이탄이 나바리아에게서 인과율의 여신의 느낌을 발견한 것은 당연한 일이었다.

쿠샴이 원래 세웠던 계획대로라면, 지금쯤 아울 검탑의 검수들이 피사노 교도들에게 치명타를 입혔어야 했다.

그런 다음 쿠샴은 모레툼 교단의 추심기사단을 대거 적진으로 밀어 넣어 라임 협곡을 점령할 요량이었다.

한데 이탄의 등장으로 인해 쿠샴의 계획이 틀어졌다.

그렇다면 이제 피사노교가 반격할 차례였다.

캄사는 아군을 구하기 위해 달려오던 중 이탄이 펼친 대활약을 목격했다.

"쿠미 신인 만세!"

"역시 신인께서는 위대하시다."

"만세, 만만세!"

피사노 교도들은 앞을 다투어 이탄에게 환호를 보냈다.

교도들의 대부분은 캄사에게 배정된 자들이되, 그들의 열렬한 환호는 오직 이탄에게로 향했다.

'젠장.'

캄사는 마음이 복잡했다.

우선 캄사는 모든 교도들의 추앙을 받는 이탄이 질투 났다.

두 번째로 캄사는 이탄이 두려웠다.

아울 검탑 전투 당시, 캄사는 이탄의 활약을 제대로 보지 못했다. 그래서 캄사는 이탄에 대한 소문이 과장되었을 것이라 여기며 마음의 위안을 삼았다.

한데 아니었다.

'이건 소문보다 더하지 않은가. 쌀라싸 님보다 더한 괴물이 저 녀석이었어.'

캄사는 이탄이 아울 검탑의 최상위권 검수들을 일방적으로 가지고 노는 모습을 보면서 침을 꿀꺽 삼켜야 했다.

질투.

두려움.

두 가지 상반된 감정이 캄사의 마음속에서 휘몰아쳤다.

그 와중에도 캄사는 우왕좌왕하지 않고 최선의 판단을 내렸다.

"이때가 기회다. 모처럼 막내가 만들어낸 찬스를 놓쳐서는 안 돼. 모두 진격하라. 협곡 안으로 적을 끌어들이겠다는 점에만 집착할 일이 아니니라. 모두 협곡 밖으로 달려 나가서 더러운 백 진영 놈들을 도륙하라."

캄사의 우렁찬 음성이 라임 협곡 전체를 떨어울렸다.

캄사의 지휘는 거기서 끝나지 않았다.

"사브아, 쿠미. 너희들도 함께 진격하자."

캄사는 이 짧은 시간 안에 묘수를 짜내었다. 이 한 마디로 인해 캄사는 자연스럽게 이탄을 자신의 아래로 두었다.

'비록 막내가 괴물이라고 하지만, 어쨌거나 이번 전쟁의 지휘권은 내가 가지고 있다. 나는 저 괴물을 잘 써먹어서 나름의 공을 세우면 돼.'

놀랍게도 캄사는 찰나의 시간 안에 최선의 판단을 내렸다.

사브아가 피식 웃었다.

'캄사 오라버니도 제법이네. 질투에 눈이 멀어 막내에게 한 마디 했다가 막내의 손에 찢겨 죽을까 생각했더니, 제법 판단이 빨라.'

한편 이탄은 아무런 눈빛 변화가 없었다. 이탄이 천공안으로 읽은 바에 따르면, 아직 캄사는 죽을 때가 아니었다.

라임 협곡 공방전 III

Chapter 1

칸사가 전군에 공격 명령을 내렸다.

"우와아아아—, 진격하라."

지금까지 아무런 활약도 보이지 못했던 야스퍼 전사탑의 전사들이 우렁찬 함성과 함께 협곡 밖으로 뛰쳐나갔다.

팔뚝에 삼각 방패를 착용하고 한 손에 창을 든 전사들은 지축을 울리며 야생마처럼 뛰쳐나가 백 진영의 목책에 온몸을 부딪쳤다.

콰앙!

목책 앞에서 마법 트랩들이 폭발했다.

야스퍼 전사들은 삼각 방패를 서로 연결하여 폭발을 견

더내었다.

그 사이 게라스가 먼저 백 진영의 목책에 도착했다. 게라스의 이마에 박힌 노란 문자가 강렬한 빛을 토했다.

지이잉—.

게라스는 눈에서 뿜어낸 빔으로 자신의 창을 강화한 다음, 그 창을 벼락처럼 내던졌다.

게라스의 이마에 박힌 문자로부터 18마리의 노란 악령들이 뛰쳐나와 창에 올라탔다. 악령들은 게라스의 창을 조종하여 목책을 힘껏 들이받았다.

귀청을 찢는 폭음과 함께 목책이 박살 났다. 목책 위에 새겨져 있던 마법 문자들이 형편없이 날아갔다. 시시퍼 마탑의 방어마법진이 깨졌다.

게라스는 창을 회수한 다음, 적진으로 빠르게 뛰어들었다.

게라스에 이어서 모이라이도 목책을 타넘었다. 게라스가 기다란 장창을 사용하는 것과 달리 모이라이는 짧은 단창을 즐겨 썼다.

백 진영에서는 추심 기사단이 달려 나와 게라스와 모이라이의 난입을 막았다.

하지만 일개 기사들만으로 야스퍼 전사탑 서열 3, 4위인 게라스와 모이라이를 막을 수 있을 리 없었다.

전방에서 게라스가 장창을 휘둘러 적과 거리를 만들면, 그 사이에 모이라이가 단창을 뿌려서 추심 기사들을 압박했다.

그러는 동안 야스퍼 전사탑의 서열 5위이자 젊은 피인 케레이까지 전장에 합류했다.

야스퍼 전사탑이 선봉을 맡은 동안, 고요의 사원이 본격적인 후방 지원에 나섰다.

고요의 사원을 지배하는 슐라이어는 그렇지 않아도 노화가 끓어오르던 중이었다. 조금 전 아울 검탑의 검수들이 갑자기 수도승들의 머리 위에 나타나 무려 15,000명에 달하는 수도승들의 목을 벤 탓이었다.

풍채가 좋은 슐라이어가 카랑카랑한 음성으로 명을 내렸다.

"백 진영 놈들에 대한 공격을 시작하라."

슐라이어의 말이 떨어지기 무섭게 수만 명에 달하는 수도승의 정수리로부터 노란 알처럼 생긴 광채가 솟구쳤다.

고요의 사원 수도승들은 빡빡머리 한복판에 뱀눈 문신을 새기고 있는데, 이 문신으로부터 광채가 튀어나온 것이다.

수만 가닥의 광채는 이내 하나로 합쳐졌다. 슐라이어의 정수리에서 쏘아진 광채가 마지막으로 합류하자 그 광채로부터 커다란 뇌조가 부화했다.

예전에 이탄이 은화 반 닢 기사단의 퀘스트를 수행할 당시, 고요의 사원 수도승들은 단합된 힘으로 뇌조를 소환했었다.

이번에도 마찬가지.

수도승들은 그때와 마찬가지로 뇌조를 한 마리 부화시켰다.

다만 이 뇌조는 과거의 뇌조보다 수백 배는 더 덩치가 컸다. 풍기는 기세도 장난이 아니었다.

뇌조는 커다란 울음과 함께 구름 속으로 날아오르더니, 이내 구름과 하나가 되었다.

쩌적, 쩌저적.

시커먼 색이던 먹구름은 어느새 노란색 뇌전 덩어리로 변했다. 그 뇌전이 백 진영의 상공으로 몰려가 수만 가닥의 노란색 벼락을 떨어뜨렸다.

꽈릉! 꽈릉! 꽈릉! 꽈르릉!

어마어마한 뇌전의 향연이 대지를 뜨겁게 달구었다.

"모두 나서라. 진영 전체에 쉴드를 쳐야 한다."

쎄숨 지파장이 악을 썼다.

시시퍼 마탑의 마법사들은 마나를 끌어올려 쉴드를 둘렀다.

이건 마법사 개인을 위한 소형 쉴드의 수준을 뛰어넘었

다. 이건 여러 마법사들이 힘을 합쳐 만든 초대형 방어막이었다.

강력한 방어막이 백 진영 전체를 감쌌다.

마법사들의 힘만으로는 부족하여 마탑의 도제생들도 쉴드 설치에 힘을 보탰다.

그 위로 노란 뇌전이 소낙비처럼 떨어졌다.

"큭."

마탑의 마법사들은 금방이라도 부서질 듯한 쉴드를 보강하느라 바빠서 흑 진영을 살필 여력이 없었다.

그 사이 야스퍼 전사들이 목책을 뚫고 백 진영 내부로 진입했다.

레오니 추기경이 목청을 높였다.

"마법사들을 보호해야 한다. 추심 기사들은 모두 나서서 적들을 막아라."

"가자. 형제들이여."

레오니의 말이 떨어지기 무섭게 애꾸눈 하비에르가 전선으로 뛰쳐나갔다. 하비에르는 레오니의 심복이자 나바리아의 아들이었다.

에더, 베르거 형제가 하비에르 조장의 뒤를 받쳤다.

"와아아아아―."

남색 복장에 마스크로 코 밑을 가린 추심 기사 수백만 명이 우렁찬 함성과 함께 전방으로 돌진했다.

개개인의 무력은 야스퍼 전사들이 추심 기사들보다 더 뛰어났다.

지휘관들의 무력도 야스퍼 전사탑이 몇 수 위였다.

단, 병력의 양은 추심 기사단이 압도적으로 우월했다. 게다가 추심 기사들은 집단 전투에 특화되어 있어 상대하기 까다로웠다.

게라스가 노란 장창으로 수십 명을 학살해도, 다음 순간 새로운 추심 기사들이 나타나 게로스의 발목을 잡았다.

모이라이와 케레이도 수백, 수천이 넘는 추심 기사들에게 둘러싸여 쉽게 전진을 하지 못했다.

대신 추심 기사단의 피해도 점점 누적되었다. 야스퍼 전사들이 삼각 방패를 빙글빙글 돌려 방어하다가 한 번씩 창을 내지를 때면, 그들을 막던 추심 기사들은 이마가 박살나 뒤로 쓰러졌다.

반면 추심 기사단의 공격은 상대적으로 잘 먹히지 않았다.

그러던 한순간, 백 진영에 불리하던 전세가 확 바뀌었다. 아울 검탑의 검수들이 최전방으로 나서면서부터였다.

아울 검탑은 조금 전 라임 협곡 내부에서 이탄에게 크게 당한 터라 당장 전투에 나설 형편이 못 되었다.

그렇다고 추심 기사단이 밀리는 꼴을 보고만 있을 수는 없었다. 추심 기사단이 뚫리고 시시퍼 마탑의 마법사들이 타격을 입으면 상황은 더 어려워질 터였다.

비교적 몸 상태가 멀쩡한 검수들이 적극적으로 전투에 개입했다.

Chapter 2

아울7검이 추심 기사들의 머리 위를 휘릭 타넘더니, 검환을 확 뿌렸다.

위이이잉— 소리를 내면서 날아간 검환이 야스퍼 전사들의 방패 수십 개를 가로로 쪼갰다. 방패 뒤에 숨어 있던 전사들의 가슴도 쩍 갈라졌다.

꼽추인 아울7검은 단 일격으로 야스퍼 전사 수십 명을 동강낸 다음, 성난 사자처럼 야스퍼 전사들 사이로 뛰어들었다.

그러자 야스퍼 전사탑에서도 탑주가 직접 나섰다.

에레보스 탑주는 피부가 검은 흑인이었다. 시커먼 피부와 대비되어 에레보스의 하얀 곱슬머리와 하얀 수염이 유독 눈에 두드러졌다. 에레보스의 이마에 새겨진 노란 문신도 인상적이었다.

에레보스는 노란 문신으로부터 악령을 불러내었다. 그런 다음 그는 두 자루 창에 악령을 덧씌워 아울7검과 맞섰다.

에레보스가 창을 휘두를 때마다 주변으로 시커먼 안개가 퍼졌다. 지독한 암흑 속에서 노란 악령이 언뜻 언뜻 모습을 드러내었다.

악령이 씨익 미소를 지을 때마다 벼락처럼 에레보스의 창이 날아들었다. 에레보스가 만들어낸 창의 궤적은 괴이할 정도로 상식을 벗어나 있어 막기가 쉽지 않았다.

아울7검쯤 되니까 에레보스의 창대를 검으로 쳐낼 수 있는 것이지, 하위권 검수들이었으면 이미 골로 갔을 것이다.

하지만 조금 더 시간이 흐르자 아울7검도 에레보스의 변칙 공격에 익숙해졌다. 그때부터 아울7검은 일방적으로 에레보스를 몰아쳤다.

아울7검이 에레보스를 맞아 신나게 검환을 날리는 동안, 야스퍼 전사탑의 서열 3위인 게라스에게는 아울77검인 웨이투가 달라붙었다.

웨이투는 머리카락을 산발하고 한쪽 눈이 먼 애꾸였다. 때문에 웨이투의 외모는 추심 기사단의 하비에르와 비슷해 보였다.

단, 무력만큼은 웨이투가 하비에르보다 훨씬 더 강했다.

사실 웨이투는 다음 세대 아울 검탑을 이끌어갈 후배로 손꼽힐 만큼 상위권 검수들로부터 실력을 인정받고 있었다.

그 뛰어난 실력이 곧 만천하에 드러났다.

게라스가 얼굴을 찡그렸다.

'제기랄. 예전에 남부의 그레브 시에서 피요르드 후작과 겨뤄본 적이 있는데, 이자는 피요르드 후작보다 몇 배는 더 강하구나.'

게라스는 가슴이 철렁했다.

그때 또 다시 웨이투의 검이 날아왔다.

게라스가 양손으로 창을 잡아 상대의 공격을 가까스로 막았으나, 충격으로 인해 손바닥이 다 까졌다.

"크윽. 지독하다."

게라스는 피투성이가 된 손을 부르르 떨었다.

게라스 혼자서는 감당이 되지 않자 모이라이와 케레이가 게라스를 도왔다. 그때부터 야스퍼 전사탑의 세 강자와 아울77검 웨이투 사이의 혈투가 시작되었다.

웨이투로부터 남쪽으로 150미터쯤 떨어진 곳에서는 피요르드 후작이 오러를 마구 뿌리며 야스퍼 전사 열댓 명을 몰아붙이는 중이었다.

아울 검탑 검수들이 나서자 전세가 다시 백 진영 쪽으로 기울었다. 기세 좋게 목책을 넘었던 야스퍼 전사들은 다시 목책 밖으로 밀려났다.

바로 그 타이밍에 피사노교의 본진이 들이닥쳤다.

이번에도 힐다가 앞장섰다.

[키히히힛.]

힐다와 결합한 여악마종은 기괴한 웃음과 함께 검보랏빛 구체를 만들었다.

"가랏—."

힐다가 구체를 적진으로 집어던져 아울 검탑 검수들을 공격했다.

여악마종이 만들어낸 검보랏빛 구체는 검수들의 검막을 스르륵 오염시키더니, 이내 검막 안으로 파고들어 검수들을 직접 타격했다.

힐다에 이어서 카두도 등장했다. 카두는 자신의 주특기인 마나 드레인(Mana Drain: 마나 고갈) 마법으로 아울 검탑 검수들의 기운을 빼앗았다.

사도들에 이어서 피사노교의 교도 수십, 수백만 명이 협곡 안에서 쏟아져 나왔다.

그 모습에 아울 검탑 검수들의 안색이 하얗게 질렸다.

"빌어먹을. 피사노교의 악마들이다."

"전력을 다해서 놈들을 막아라. 여기서 밀리면 끝장이야."

아울 검탑에서는 피사노교를 막기 위해 더 많은 검수들을 전방으로 보냈다. 검수들은 조금 전 협곡·안에서 입은 상처를 억지로 억누른 다음, 검을 들고 앞으로 나섰다.

검수들뿐 아니었다.

"우리도 나가자."

검탑의 도제생들도 굳은 각오로 전쟁에 참여했다. 도제생들 중에는 이탄의 부인인 프레야의 모습도 보였다.

"우와아아아, 형제들이여, 피사노교의 악마들을 도륙하자."

아울 검탑의 검수들과 모레툼 교단의 기사들이 함성과 함께 내달렸다.

"크아아아아, 더러운 백 진영 놈들을 박살 내자."

피사노교의 사도와 교도들이 쓰러진 목책을 타넘어 백 진영으로 달려들었다.

콰앙!

격렬한 충돌이 무려 수십 킬로미터에 걸쳐서 발생했다. 흑과 백 양측은 무려 수십 킬로미터가 넘는 기다란 전선을 형성하며 치열하게 맞부딪쳤다.

전선의 중앙에는 어느새 캄사가 나타났다.

사브아는 전선의 오른쪽 윙(Wing: 날개)을 맡았다.

이탄은 전선의 왼쪽 윙을 전담했다.

피사노교의 세 신인들은 그 존재만으로도 전장에 엄청난 영향력을 발휘했다. 이들 3명의 신인 덕분에 피사노교의 사기는 하늘을 찌를 듯 치솟았다.

반면 백 진영은 심리적인 압박을 받아야 했다.

"안 돼. 어떻게든 적들을 막아야 해."

결국 쿠샴이 또 나섰다.

쿠샴은 조금 전 이탄 때문에 큰 타격을 받았다.

'크윽. 아직까지 마나가 안정되지 않았지만, 어쩌겠어. 지금 한가하게 마나만 다스리고 있을 때가 아니야.'

쿠샴은 마나가 뒤틀리는 고통을 꾹 참고는 피사노교의 신인들 주변에 결계를 쳐서 가둬보려고 애썼다.

그보다 한 발 앞서 이탄이 전선을 빠르게 끌어올렸다.

Chapter 3

이탄이 사령마를 타고 죽음의 장, 즉 데쓰 필드를 뿌리면서 전진하자 전선의 왼쪽 윙이 사정없이 뒤로 밀렸다.

홀로 수백만 대군을 밀어내는 이탄의 모습은 가히 일인

군단이라 불릴 만했다.

이건 그냥 하는 빈말이 아니었다. 이탄은 실제로도 군단의 역할을 해냈다. 데쓰 필드에 뒤덮인 영역 내에서 음차원의 마나가 샘솟듯이 넘쳐났다. 반대로 정상적인 마나는 하수구에서 물이 빠지듯 쪼르륵 고갈되었다.

그러면서 데쓰 필드에 뒤덮인 영역 내에서 나뒹굴던 모든 시체들이 언데드가 되어 되살아났다.

쿠우우, 쿠오오오.

비틀비틀 일어난 언데드들은 백 진영을 향해서 성난 파도와 같이 밀려들었다.

"제기랄, 또 저 마왕이로구나."

"아울 검탑을 무너뜨렸던 그 원수 놈이 다시 나타난 거야."

아울 검탑의 검수들은 이탄을 보면서 이빨을 박박 갈았다. 그렇게 이탄을 욕하는 이들 중에는 프레야도 포함되었다.

물론 프레야는 피사노교의 열 번째 신인 쿠미가 자신의 남편일 거라고는 상상도 하지 못했다.

백 진영이 뒤로 밀린 만큼 피사노교는 빠르게 전진했다. 덕분에 전체 전선 중에서 왼쪽 윙이 유독 앞서갔다.

사브아가 이마에 손을 얹고 수십 킬로미터 저편을 둘러

보았다.

"호호호. 역시 막내는 대단하네. 누이인 내가 막내에게 뒤처질 수는 없지. 자아, 그럼 나도 한 번 가볼까?"

츠츠츠츠츳—.

사브아의 손끝에서 만자비문의 권능이 발휘되었다. 비록 이것은 이탄이 펼치는 것처럼 제대로 된 비문은 아니었으나, 어쨌거나 사브아도 부정 차원 인과율 가운데 하나를 다루는 것은 엄연한 사실이었다.

〈우아하게 고통스러운〉

이게 바로 사브아가 깨우친 인과율이었다.

사브아가 인과율의 힘을 불러온 순간, 그녀의 앞을 가로막았던 모든 추심 기사들의 뱃속에 씨앗이 하나씩 심어졌다.

투둑.

이내 그 씨앗들이 싹을 틔웠다.

투둑, 투둑, 투두둑.

싹이 자라서 줄기가 되었다.

투두둑, 우두둑, 우두두둑, 우두두두둑.

억센 줄기는 기사들의 내장과 복부를 뚫고 몸 밖으로 튀어나왔다. 피를 잔뜩 머금은 줄기로부터 선혈처럼 붉은 가시가 돋았다.

"끄아악, 이게 뭐야?"

"살려 줘. 살려 줘."

추심 기사들은 제자리에 쓰러져 데굴데굴 굴렀다.

주변의 동료 기사들이 신성력을 퍼부었다.

그래도 가시 돋친 줄기는 전혀 약해지지 않았다. 오히려 더 길게 자라나 넝쿨을 이루었다.

"힐러가 필요해. 힐러."

누군가 고래고래 소리를 질렀다. 노아의 신전 힐러들이 추심 기사들을 치료하기 위해서 우르르 달려들었다.

후왕! 후왕! 후왕!

힐러들이 내뿜은 휘황찬란한 빛이 기사들의 몸을 뚫고 들어가 가시 돋친 줄기를 직접 강타했다.

한데 빛만 번쩍거릴 뿐 전혀 치료가 되지 않았다.

사브아가 소환한 넝쿨은 숙주로부터 게걸스레 피를 탐한 다음, 점점 더 무섭게 자라나 주변의 추심 기사들까지 휘감았다.

일부 힐러들도 넝쿨에 끌려들어 갔다.

"안 되겠다. 우리가 나서자."

사태가 심각해지자 아울 검탑의 검수들이 기괴한 넝쿨에

달려들었다. 검수들은 오러가 맺힌 검으로 사악한 넝쿨을 썽둥썽둥 베었다.

한데 웬걸?

여러 가닥으로 잘린 넝쿨이 저절로 다시 붙었다. 무성하게 자란 넝쿨이 숙주들의 목 부위를 뚫고 튀어나왔다.

그러자 더욱 끔찍한 일이 벌어졌다. 목을 뜷고 나온 넝쿨이 길게 자라면서 마치 기사들의 목이 쭈우욱 늘어나는 것처럼 보였다. 그 넝쿨 위에 얹힌 기사들의 머리통은 한 떨기 꽃으로 변했다.

이건 화려한 장미꽃이었다.

온 사방이 화려하고 우아한 장미꽃밭으로 변해버렸다. 추심 기사 수천 명의 목은 이제 2, 3 미터 길이로 늘어나버렸다. 웃자란 목—사실은 목이 아니라 가시덩굴이지만— 위에 기사의 머리통이 오뚝하게 얹혀 있었다.

기사들의 머리에선 피가 철철 흘러내렸다. 뜨거운 선혈을 생으로 흡수한 장미꽃잎은 만개하듯 화려하게 피어났다.

"흐어어어."

기사들의 머리통이 어여쁜 꽃잎 속에서 고통스러운 절규를 내뱉었다.

이런 머리통이 한두 개가 아니라 무려 수천 개였다.

이 장면을 멀리서 보면 마치 아름다운 장미꽃이 군락을 이루고 피어난 것 같았다. 화려한 장미꽃 아래쪽에선 추심 기사들의 몸뚱어리가 가시넝쿨에 칭칭 휘감긴 채 피와 살점, 그리고 생기를 쪽쪽 빨리고 있었다.

보는 것만으로도 소름이 쫙 끼치는 사태가 발생했다.

"으윽, 저게 뭐야?"

백 진영의 사기가 말도 못하게 떨어졌다. 공포가 전염되듯 퍼졌다.

그보다 더 큰 문제는 장미 군락이 퍼지는 속도였다. 뱀처럼 스르륵 뻗은 가시넝쿨이 주변의 기사들과 힐러들의 발목을 닥치는 대로 휘감았다. 새로 먹잇감이 된 자들이 가시넝쿨에 휘감겨 비명을 질러댔다.

백 진영 사람들의 얼굴이 하얗게 질렸다.

"세상에 저런 사악한 마법이 있다니!"

"모두 피해라."

백 진영의 기사들이 황급히 뒤로 물러섰다.

설령 가시넝쿨을 피했다고 해도 문제는 해결되지 않았다. 장미 군락에 가까이 근접했던 모든 사람들은 이미 오염되었다.

Chapter 4

투둑, 투두둑.

사람들의 뱃속에서 사악한 씨앗이 싹을 틔웠다.

일단 한번 퍼지기 시작하면 주변의 모든 생명체를 싹 다 잡아먹을 때까지 계속해서 성장하는 것이 사브아의 장미 군락 마법이었다. 사브아는 이 독특한 마법에 〈우아하게 고통스러운〉이라는 만자비문의 권능까지 더했다.

그러니 삼대탑의 부탑주급 이상의 초강자가 나서기 전까지는 사브아의 발길을 막을 자는 아무도 없었다.

사브아의 대규모 흑마법 한 방에 오른쪽 윙의 판세가 뒤바뀌었다. 시간이 갈수록 장미 군락은 더욱 기승을 부리며 영토를 확장해 나갔다. 백 진영의 기사와 검수, 힐러들은 진저리를 치면서 거듭 후퇴하는 수밖에 없었다.

이 장면을 하늘 위에서 내려다보면, 마치 잔디밭에 장미들이 무서운 속도로 쫙 퍼져나가는 모양새였다.

이것으로 전세는 피사노교 쪽으로 급격히 기울었다.

솔직히 사브아의 마법 한 방에 모든 일이 해결된 것 같았다. 피사노교의 교도들은 딱히 한 일도 없고, 앞으로 할 일도 없었다. 사브아가 소환한 장미넝쿨이 교도들을 대신해서 적들을 쓸어버렸기 때문이다.

백 진영에서는 추심 기사단이 가장 큰 피해를 보았다. 그 밖에도 힐러들과 아울 검탑의 검수들, 도제생들이 다수 사망했다.

이탄과 사브아가 적을 쭉쭉 밀면서 전진하는 동안, 캄사와 그의 혈족들이 진군하는 속도는 상대적으로 느렸다.

캄사의 중앙군이 부진한 것은 캄사가 약해서가 아니었다. 시시퍼 마탑의 부탑주인 쿠샴이 캄사를 집중적으로 공략한 탓이었다.

쿠샴은 결계를 계속해서 만들어서 캄사를 가두려고 애썼다.

쿠샴뿐만이 아니었다. 수의 사원의 나바리아도 도메인을 연속적으로 만들어 캄사의 발목을 붙잡았다.

캄사가 전력을 다해 결계를 뚫으면, 또 다른 결계가 나타나 캄사를 전장에서 분리해 버렸다.

캄사가 그 결계마저 뚫어버리면, 그 때는 새로운 도메인이 나타나 캄사를 다른 영역으로 보냈다.

캄사는 미칠 것만 같았다.

"크악, 이런 미친년들. 왜 나만 가지고 지랄이야?"

캄사가 아무리 발악을 하고 회색 문자를 뿌려대도 쿠샴과 나바리아의 협공을 벗어나기는 쉽지 않았다.

다만 쿠샴과 나바리아도 캄사를 붙잡는 데 전력을 다하

느라 다른 곳에는 신경을 쓸 겨를이 없었다.

그러는 사이 이탄은 수만 언데드 군단을 일으켜 세우며 쓰나미처럼 전진했다.

사브아도 장미 군락을 앞세워 밀물처럼 밀려들었다.

이대로 시간이 조금 더 흐르면 백 진영은 좌우 윙이 완전히 무너지고, 이어서 중앙마저 피사노교에게 포위를 당할 분위기였다.

그 위기의 순간에 강력한 조력자가 등장했다. 지금까지 백 진영 후방에서 정체를 숨기고 있던 퇴역 노병이 망토를 벗어던지고 벌떡 일어선 것이다.

이 노인의 정체는 검에 미친 미치광이, 즉 검치 방케르였다. 아울3검이자, 현존하는 최강의 삼대검수 중 하나인 방케르가 본격적으로 그 모습을 드러내었다.

방케르는 검을 뽑아 허공으로 던졌다.

휘릭.

방케르의 검이 허공에 둥실 떴다.

방케르는 검 위에 풀쩍 뛰어오르더니, 보드를 타듯이 검을 타고 아군의 머리 위를 스쳐지나갔다.

방케르가 검지와 중지를 모아서 앞으로 쭉 내밀었다. 그러자 방케르의 등 뒤에선 1,000개에 달하는 검의 형상이 나타났다.

은빛으로 빛나는 1,000개의 검은 공작새 꼬리 모양으로 쫙 펼쳐지는가 싶더니, 전방으로 무섭게 폭사되었다.

　천검폭사(千劍爆射) 출현!

　지난 세기 말 흑과 백의 대전쟁에서 무수히 많은 피사노 교도들의 목을 잘랐던 전설적인 검술이 방케르의 손끝에서 펼쳐졌다. 1,000개의 은빛 검은 장미 군락의 꽃봉오리 밑동만 골라서 썽둥썽둥 잘랐다.

　조금 전 아울 검탑의 검수들이 오러를 일으켜 장미 넝쿨을 베어내면, 넝쿨들은 그 즉시 다시 달라붙었다.

　장미넝쿨의 이 놀라운 재생력 때문에 아울 검탑의 검수들은 장미 군락의 진군(?)을 막지 못하고 연신 후퇴해야만 했다.

　희한하게도 방케르의 검은 달랐다. 방케르의 은빛 검이 베고 지나간 자리엔 은색 서리 같은 것이 내려앉았다.

　이 은색 서리 때문인지 둘로 잘렸던 넝쿨은 다시 이어 붙지 못했다.

　"헉? 방케르잖아? 저 노망난 늙은이가 아직도 살아 있었단 말인가?"

　사브아가 펄쩍 뛰었다.

　지난 세기 말, 사브아는 방케르에게 된통 당한 경험을 지녔다. 당시 방케르의 검이 어찌나 살벌했던지 사브아는 애병도 빼앗긴 채 꽁지 빠져라 도망쳐야만 했다.

만약에 사브아가 재빨리 도망치지 않았더라면 그녀는 이미 수십 년 전에 방케르에게 목이 잘렸을 것이다.

과거의 섬뜩했던 기억이 사브아의 뇌리에서 되살아났다. 사브아는 방케르의 은빛 검을 보는 것만으로도 심장이 멎을 뻔했다.

"이이익, 막아라."

사브아가 손을 빠르게 휘저었다.

장미 군락이 우르르 모여서 방케르의 전진을 방해했다.

그러는 동안 사브아는 신속하게 후방으로 물러섰다.

'저 괴물 늙은이에게 잘못 걸리면 끝장이다. 빨리 이곳을 벗어나야 해.'

사브아가 마치 이런 표정으로 제 살 길을 찾는 동안, 방케르는 어느새 장미 군락을 절반이나 파헤치고는 사브아를 향해서 날아들었다.

촤라락, 촤라락, 촤락.

1,000개의 은빛 검들이 방케르의 주변으로 감싸듯 모였다가 다시 폭발적으로 퍼지면서 장미 군락을 뒤집어 놓는 모습은 실로 장관이었다. 은빛 검이 보여주는 살벌한 위력에 사브아는 머리 꼭대기까지 소름이 끼친 듯 악을 썼다.

"미친 늙은이, 수십 년 전보다 더 강해졌구나."

과거 방케르가 한 번에 뽑아낼 수 있는 은빛 검은 600개가 한계였다. 비록 검술의 명칭은 '천검폭사'였으나, 천검이라는 의미는 그만큼 검이 많다는 뜻일 뿐 실제로 은빛 검이 1,000개인 것은 아니었다.

　한데 지금은 검의 개수가 1,000을 꽉 채웠다. 지난 수십 년 동안 방케르가 기울인 노력이 드디어 세상에 결실을 드러냈다.

라임 협곡 공방전 IV

Chapter 1

방케르가 갑자기 모습을 드러낸 이후로 전쟁터에 부는 바람이 방향이 확 바뀌었다. 도끼로 장작을 패듯이 장미 군락을 쪼개며 전진하는 방케르의 위용에 세상이 깜짝 놀랐다. 사브아의 혈족들도 기겁했다.

방케르는 그렇게 검 한 자루에 몸을 싣고서 사브아의 코 앞까지 날아온 뒤, 검지로 사브아를 가리켰다.

쭝!

방케르의 손가락 끝에서 은빛 광채가 폭발적으로 쏟아졌다.

사람의 시력으로는 감히 마주 볼 수 없을 정도로 강렬한 은빛 광채 안에는 1,000개의 검이 잔뜩 집약되어 있었다.

이 검술의 명칭은 천검일섬(千劍一閃).

지금으로부터 2년 전, 방케르는 자신이 발휘할 수 있는 최대한의 검, 즉 1,000개의 검을 꽉꽉 눌러 담고 또 담아서 마침내 하나의 섬광에 담는 데 성공했다. 그리곤 이 집요한 검술에 천검일섬이라는 이름을 붙였다.

방케르가 붙인 이름답게 천검일섬은 방출과 동시에 어느새 사브아의 심장 바로 앞에 도착했다.

사브아가 반사적으로 몸에 두른 블러드 쉴드는 천검일섬에 닿자마자 달걀 껍데기처럼 파사삭 깨져버렸다. 사브아의 주변을 떠돌던 희미한 회색 문자도 여지없이 박살났다.

치고받는 육탄전에 최적화되어 있다는 마왕 싸마니야도 방케르의 천검일섬에 노출되면 그대로 심장에 구멍이 뚫릴 터.

사브아는 말할 것도 없었다.

"아, 안 돼."

사브아가 눈을 질끈 감았다. 방케르가 날린 일격을 도저히 피할 수 없다는 절망감이 사브아를 사로잡았다.

사브아가 죽음을 예감한 순간, 가장 먼저 그녀의 뇌리에 떠오른 것은 린에 대한 원망이었다.

'내 혈족들 중에 신탁사도가 탄생하고, 또 초마의식까지

통과하여 크게 기대를 했더니만 이게 뭐야? 신탁사도라면 마땅히 나에게 경고를 해줬어야지. 내가 오늘 강적을 만나 죽을지도 모르니 조심하라고 경고를 해줬어야 하잖아.'

엉뚱하게도 사브아는 죽음을 코앞에 둔 상태에서 린을 욕했다.

바로 그 순간에 사브아의 앞에 검푸른 연기가 나타났다. 먹물처럼 허공에 번진 연기는 이내 사람의 형상으로 뭉쳤다.

이탄이 무려 수십 킬로미터를 뛰어넘어 사브아의 앞에 나타난 것이다.

이탄은 등장과 동시에 손을 앞으로 내밀었다. 이탄의 손바닥 주변에서 붉은 노을이 희미하게 퍼져나갔다.

방케르의 천검일섬이 붉은 노을 속으로 파고들었다.

콰직!

놀랍게도 천검일섬은 붉은 노을, 그러니까 적양갑주를 뚫고 무려 0.5 밀리미터나 파고들었다.

이건 정말 대단한 일이었다.

지금까지 이탄이 상대했던 자들 가운데 적양갑주에 눈곱만큼이라도 타격을 입힌 자가 있던가?

몇몇 신격 존재들을 제외하면 방케르가 처음이었다.

'호오? 이것 봐라? 이 정도 위력이면 백팔수라 제6식 수

라천세에 거의 맞먹잖아? 아닌가? 순간적인 파괴력 집중은 수라천세보다 더 뛰어난가?'

가면 속에서 이탄의 눈동자가 이채를 머금었다. 방케르의 천검일섬은 이탄을 주춤하게 만들 정도로 대단했다.

하지만 이탄이 놀란 정도는 방케르가 놀란 정도에 비하면 아무것도 아니었다.

"어엉? 천검일섬이 막힌다고?"

70년 전의 혈투 이후로 방케르는 각고의 노력 끝에 천검일섬을 창안해 내었다.

방케르의 목표는 오직 하나.

오로지 피사노교의 최악 마녀인 이쓰낸을 잡기 위해서였다.

그 결과 천검일섬이 완성되었다.

'이거라면 마녀 이쓰낸에게도 통하겠지. 그 마녀보다 한참 아래인 쌀라싸나 싸마니야 따위는 천검일섬을 막을 수도 없을 게야. 그보다 무력이 뒤처지는 나머지 떨거지 신인들은 말할 것도 없고.'

천검일섬을 완성한 뒤, 방케르는 피사노교의 신인들을 압도할 수 있다고 자신했다.

실제로도 피사노교의 여러 신인들 중에 와힛이나 이쓰낸을 제외하면 방케르의 검을 막아낼 만한 자는 없었다.

한데 방케르의 입장에서 핏덩어리나 다름없는 쿠미(이탄)가 아무렇지도 않게 천검일섬을 막아낸 것이 아닌가.

방케르는 이해할 수 없다는 표정으로 이탄에게 물었다.

"대체 어떻게 한 거지? 그 노을 같은 기운은 또 뭐냐?"

방케르는 이곳이 전쟁터라는 사실도 잊었다. 그는 그저 조금 전 이탄이 어떤 수법으로 천검일섬을 막아냈는지 궁금할 뿐이었다.

머릿속에 오로지 검만 들어 있어 다른 일상생활에서는 백치나 다름없는 존재, 그게 바로 검치 방케르였다. 지금 이탄에게 꼬치꼬치 캐묻는 행동에는 평소 방케르의 성격이 고스란히 묻어났다.

"홋."

이탄이 입꼬리를 살짝 끌어올렸다.

솔직히 이탄은 방케르가 싫지 않았다.

'백치라 불릴 정도로 집중력이 높은 사람만이 인간의 한계를 뛰어넘어 높은 경지에 도달할 수 있지. 그런 면에서 방케르 님은 존경할 만한 사람이야.'

당장 이탄만 하더라도 새로운 술법만 보면 눈이 뒤집혀서 다른 것들은 죄다 외면해버리지 않던가.

따지고 보면 이탄이야말로 세상에서 방케르를 가장 잘 이해해줄 수 있는 사람, 아니 언데드였다.

방케르의 눈이 호기심으로 반짝거렸다.

"어디 한번 더 막아봐라."

방케르의 손가락이 이탄을 지목했다.

쭈웅—.

천검일섬 재현!

은빛 섬광이 벼락처럼 뻗어와 이탄의 심장을 노렸다. 이탄은 사령마에 올라탄 채로 검푸른 연기로 변했다.

Chapter 2

한 줄기 연기로 흩어져서 방케르의 공격을 피한 다음, 상대의 코앞으로 이동해서 반격하겠다는 것이 이탄의 계획이었다.

한데 반쯤 연기로 흩어지려던 이탄의 몸이 다시 원래 상태로 돌아왔다.

"허어."

이탄은 기가 막힌 듯 탄성을 흘렸다.

이탄이 놀란 이유는, 방케르의 은빛 검광 안에 인과율의 힘이 담긴 것을 알아보았기 때문이다.

이 인과율은 주변의 모든 법칙들을 깨뜨리고 파훼하는

효력을 가지고 있었다. 여기에 굳이 이름을 붙이자면, 법칙을 멸한다는 의미로 '멸법'이라고나 할까?

물론 그렇다고 해서 방케르가 '멸법'이라는 언령을 명확하게 깨우친 것은 아니었다. 방케르는 인과율이라는 개념도 몰랐다. 당연히 그는 언령을 자유롭게 다루는 신격 존재와는 거리가 멀었다. 지금 방케르는 그저 인간과 신, 그 중간 어디쯤에서 계속 발전하고 있을 따름이었다.

'오로지 검 하나에 매달려 세상의 근간에 도달하다니, 방케르 님은 정말 대단한 인물이로구나!'

이탄은 상대에게 진심으로 감탄했다.

이탄이 짧은 상념에 빠진 동안, 방케르가 쏘아 보낸 천검일섬은 어느새 이탄의 가슴으로 파고들었다.

이번에는 이탄이 손을 들어 상대의 공격을 막을 새도 없었다.

파창!

은빛 섬광이 이탄의 심장 부위를 후려쳤다.

그 순간 이탄의 가슴팍에서 붉은 노을이 고색창연하게 일어나 방케르의 은빛 섬광을 튕겨내었다.

강한 충돌로 인해 이탄의 상체가 뒤로 살짝 밀렸다.

그러니까 한 0.5 밀리미터쯤.

이 정도면 밀린 것이라고 볼 수도 없었다. 하지만 이탄은 분명히 밀리는 느낌을 받았고, 거기에 더해서 리콜 데쓰 호스(Recall Death Horse), 즉 사령마를 소환하는 흑마법도 흩어지려는 기미가 보였다.

'흑마법이나 흑주술로는 저 은빛 섬광을 상대하는 데 한계가 있겠군.'

이탄이 방법을 바꿨다. 이탄은 사령마에 의존하지 않고 우격다짐으로 밀고나가기로 마음먹었다.

콰앙!

한순간, 이탄의 몸뚱어리가 음속을 돌파했다. 이탄의 뒤쪽에는 원뿔 모양으로 소닉 붐 현상이 발생했다.

이탄이 눈 깜짝할 사이에 방케르를 덮쳤다.

"어림도 없다."

방케르가 손을 휘저어 천검폭사의 검술을 발휘했다. 방케르의 머리 위에 선명하게 떠오른 1,000개의 검의 형상은 부채꼴 모양으로 좌라락 펼쳐지더니, 꼬리에 꼬리를 물고 이탄에게 달려들었다.

그 모습이 마치 은빛 장어들이 떼로 달려드는 느낌이었다.

이탄은 검푸른 연기로 흩어졌다가 방케르의 후방에서 다시 나타나려고 했다.

이탄의 의도가 또 막혔다. 이탄 주변을 에워싸고 있는 은빛 광채가 이탄의 흑마법을 다시금 방해한 탓이었다.

"참 나, 또 이러네."

거듭되는 인과율의 방해에 이탄이 살짝 짜증을 내었다.

이탄이 멈칫한 사이, 방케르는 1,000개의 은빛 검을 하나로 모아 이탄의 안면에 때려 박았다.

천검일섬 재작렬!

더군다나 이번 천검일섬은 아주 가까운 근거리에서 펼쳐진 것이라 이탄이 미처 피할 새도 없었다.

푸확!

이탄의 얼굴 전체에서 붉은 노을이 폭발했다.

방케르가 날린 은빛 섬광이 붉은 노을과 정면으로 충돌했다. 온 사방으로 충돌의 여파가 퍼져나갔다.

은빛 섬광이 부서지면서 빛의 파편이 지상으로 쏟아졌다.

떨어지는 파편에 살짝 스치지만 했는데도 백 진영이 바닥에 깔아놓은 마법진들이 수수깡처럼 무너졌다.

백 진영을 향해서 우르르 달려들던 피사노교 교도들도 흑마법이 파훼되면서 큰 타격을 입었다.

흑과 백을 가리지 않는 광범위한 피해에 이 일대 전투가 잠시 소강상태에 빠졌다.

그 와중에도 이탄과 방케르의 접전은 계속되었다. 붉은 노을, 즉 적양갑주는 이번에도 방케르의 천검일섬을 거뜬히 막아내었다. 대신 이탄이 발휘 중이던 모든 흑마법과 흑주술은 와장창 깨져나갔다.

흑마법과 흑주술이 그냥 취소가 된 게 아니었다. 마법의 근간부터 으스러져서 완전히 파편화 되었다.

Chapter 3

[키햐하항.]

해골로 이루어진 사령마가 구슬픈 비명과 함께 산산이 흩어졌다.

사령마뿐만이 아니었다. 이탄의 피부 위에 얇게 덮여 있던 절망과 비탄과 통곡의 악마종 화이트니스도 기괴한 비명을 지르며 정신을 잃었다.

이들이 타격을 입은 것은 은빛 섬광 때문이었다. 방케르의 은빛 섬광 안에는 세상의 모든 법칙을 파훼하는 인과율이 어렴풋이나마 섞여 있었다.

흑마법이나 흑주술도 일종의 법칙에 해당하는지라 인과율의 힘을 버텨낼 수는 없었을 터.

이탄이 타고 다니는 사령마도 따지고 보면국 리콜 데쓰호스라는 흑마법에 의해 소환된 소환물에 불과했다. 그렇기에 사령마는 방케르의 은빛 섬광에 노출되자마자 입자

단위로 흩어질 수밖에 없었다.

화이트니스의 경우는 조금 달랐다. 화이트니스는 마법이나 주술에 의해 소환된 게 아니므로 법칙과는 아무런 관련이 없었다. 그러므로 화이트니스가 타격을 받을 이유도 전혀 없어 보였다.

그런데 언령 자체가 화이트니스를 무너뜨렸다. 화이트니스와 같은 부정한 존재들은 정상 세계의 언령에 노출되면 배척을 받게 마련이었다.

사령마와 화이트니스가 치명적인 피해를 입는 동안, 이탄은 온통 다른 곳에 정신이 팔려 있었다.

콰콰쾅!

상대의 은빛 섬광을 온몸으로 접한 순간, 이탄의 머릿속에선 한 줄기 뇌전이 강렬하게 내리쳤다. 이탄의 눈앞에서 오색불꽃이 폭죽처럼 터지며 명멸했다.

이탄을 전율케 만든 주체는 다름 아닌 천검일섬에 담긴 인과율이었다.

'뭐야? 세상의 모든 법칙을 무너뜨리고 멸하는 인과율이 존재한다고?'

이탄은 큰 충격을 받았다.

이탄이 인과율의 여신으로부터 빼앗은 '집행'의 언령은 세상 모든 생물의 생명을 앗아가는 무자비하고 무서운 인과율이었다.

지금 이탄이 살짝 맛을 본 인과율도 어쩌보면 '집행'의 언령과 맥락이 비슷했다.

다만 둘 사이에 차이가 있다면, '집행'이 생명체에 적용되는 인과율인 반면, 이번 언령은 생명 대신 법칙에 적용된다는 차이가 있을 뿐이었다.

'세상의 모든 법칙과 규칙을 멸하는 언령이라면, 멸법이라는 표현이 어울리겠구나.'

이탄의 뇌리에 불현 듯 '멸법'이라는 단어가 날아와서 꽂혔다. 불벼락처럼 떨어진 이 단어는 이내 다른 단어와 연결되었다.

지금으로부터 몇 년 전, 이탄이 처음 모레툼 교단의 신관이 되었을 때였다. 이탄은 신으로부터 세상 모든 물체를 은으로 바꿀 수 있는 〈연은의 가호〉를 하사받았다.

이탄이 뒤늦게 알게 된 사실이지만, 〈연은의 가호〉는 가호편람 3,991번에 해당하는 최상위 가호였다.

이후 이탄은 싹 틔우기 퀘스트 수행 중에 이 〈연은의 가호〉를 3,997번 가호인 〈발아의 가호〉로 업그레이드하는 데 성공했다.

그때 이탄은 '어쩌면 모레툼 교단의 최상위 가호들은 언령과 깊은 연관이 있을지 몰라.'라는 추측을 하게 되었다.

이탄이 퀘스트 중에 깨우친 상격 언령 '발아'가 곧 모레툼 교단의 〈발아의 가호〉였기 때문에 이런 추측이 나왔다.

그러던 중 이탄은 최근에 한 번 더 가호의 업그레이드에 성공했다.

인과율의 여신의 기습을 받아 이탄이 하마터면 소멸을 당할 뻔했을 무렵이었다. 이탄은 그 위급한 순간에 벼락처럼 하나의 깨달음을 얻게 되었다.

이 깨달은 덕분에 이탄은 목숨을 건졌을 뿐 아니라, 오히려 인과율의 여신으로부터 '구현'이라는 최상격 언령을 강탈하는 데 성공했다. 더불어서 이탄은 신살의 병기인 아가리도 함께 손에 넣었다.

또한 이탄은 자신의 추측이 옳았다는 사실도 확인했다. 이탄이 깨우친 '구현'의 언령이 곧 모레툼 교단의 가호편람 3,998번에 이름을 올린 〈구현의 가호〉와 동일한 것이었다.

그렇다면 〈구현의 가호〉 다음은 과연 무엇일까?

이탄은 바로 이 점에 주목했다.

모레툼 교단의 가호편람에는 상기 질문에 대한 답을 담고 있었다. 편람 3,999번에 명시된 가호는 다름 아닌 〈멸법의 가호〉였다.

멸법의 가호.

멸법.

이상 두 가지 단어가 마치 커다랗게 투명한 종이 위에 쓰인 것처럼 이탄의 눈앞에 나타났다.

두 단어는 뱅글뱅글 회전하면서 이탄의 뇌리로 파고들었다.

"아아!"

이탄은 무의식중에 짧은 탄성을 흘렸다. 이것은 이탄이 '멸법'의 언령을 장악하는 과정에서 저절로 흘러나온 탄성이었다.

'멸법'은 방케르가 평생을 참오하여 실마리를 잡은 깨달음이 아니던가.

그런데 이탄은 방케르의 공격을 몸으로 받아내면서 상대의 깨달음을 살짝 접하게 되었고, 그 즉시 이 인과율의 뿌리까지 파악하는 데 성공했다.

원래 깨우침이란 타인이 가로채는 것이 불가능한 영역이었다. 한데 이탄이 말도 안 되는 가로채기를 해낸 이유는 하나였다. 이탄이 이미 '발아'나 '구현'과 같은 밑바탕을 탄탄하게 다져놓았기에 가능했던 것.

Chapter 4

어쨌거나 이탄이 벽을 돌파하는 데 방케르가 방아쇠 역할을 한 것은 사실이었다. 방케르 덕분에 이탄은 새로운 최상격 언령을 손에 넣었고, 동시에 〈구현의 가호〉를 한 단계 업그레이드하여 3,999번 〈멸법의 가호〉의 주인이 되었다.

지금 이탄이 어떠한 성취를 이루었는지 알게 된다면, 방케르는 아마도 기가 막히고 억울해서 뒷목을 잡을 것이다.

아쉽게도 방케르에게는 이탄의 업그레이드를 알아볼 안목이 없었다.

'뭐야? 저놈이 왜 갑자기 저런 멍한 표정을 짓지?'

방케르는 고개를 갸웃했다.

어쨌거나 이탄이 멍하게 있는 것은 방케르에게 좋은 기회였다.

'치열한 전투 중에 저렇게 집중력을 잃다니, 아직 애송이로구나.'

방케르는 상대가 애송이라고 해서 봐줄 만큼 무르지 않았다.

쭝!

방케르의 손끝에서 기습적으로 쏘아진 또 한 차례의 천검일섬이 이탄의 얼굴을 향해서 날아들었다.

그런데 이번 천검일섬에는 세상의 법칙을 무너뜨리는 힘이 실려 있지 않았다. 방케르가 깨우친 어설픈 깨달음이 감히 '멸법'의 오롯한 주인이 된 이탄에게 이빨을 드러낼 리가 없는 까닭이었다.

인과율의 힘이 실려 있지 않은 천검일섬은 고작해야 오러검 1,000개를 하나로 응집해놓은 것에 지나지 않으리라.

물론 이것만 해도 대단한 일이긴 했다. 당장 아울 검탑의 여러 검수들 가운데 오러검 1,000개를 하나로 축약할 있는 사람은 극소수에 불과했다.

그러니 일반인의 눈으로 보았을 때 방케르의 천검일섬은 그야말로 세상을 무너뜨릴 만한 대단한 검술로 느껴질 것이다.

반면 이탄의 눈에는 시시해 보였다.

'조금 전까지만 하더라도 저것은 신격에 한 발을 살짝 걸친 위대한 검술이었지. 그런데 지금은 볼품이 없어졌어.'

실망한 이탄이 파리를 쫓듯이 아무렇게나 손을 휘둘렀다.

콰창!

방케르의 천검일섬이 이탄의 가벼운 손짓 한 방에 멀리 튕겨나갔다.

이탄은 굳이 적양갑주를 동원할 필요성을 못 느꼈다. 그래서 그냥 맨손으로 상대의 일격을 무력화시켰다.

"말도 안 돼."

방케르의 눈이 휘둥그레졌다.

"으드득. 이놈, 어디 한번 더 받아봐라."

방케르는 신중한 얼굴로 전력을 다해서 천검일섬을 떨쳐 냈다.

그래봤자 이탄의 눈높이에선 미흡해 보일 수밖에 없었다.

"흥."

이탄은 심드렁한 표정으로 상대의 공격을 튕겨내었다. 당연히 이번에도 이탄은 손에 적양갑주의 권능을 두르지 않았다. 이탄은 방케르가 전력을 다해 봤자 자신의 털 끝 하나 해치지 못한다는 사실을 잘 알았다.

"믿을 수가 없구나. 어떻게 그런 일이 가능하지?"

방케르가 아연실색한 얼굴로 입을 벌렸다. 그러다 무슨 생각을 했는지 방케르는 기습적으로 이탄에게 천검폭사를 날렸다.

쿠콰콰콰콰—.

헤아릴 수 없이 많은 은빛 검들이 이탄의 머리 위로 쏟아졌다.

'1,000개의 검을 집중한 천검일섬이 통하지 않으면, 광역 검술인 첨검폭사로 저놈의 반응을 테스트해보자.'

이게 방케르의 의도였다.

안타깝게도 이번 일격마저도 유효타가 되지 못했다.

이건 너무나도 당연한 결과였다. 솔직히 이탄에게는 천검일섬도 통하지 않는 판국이었다. 그러니 파괴력이 1,000분의 1 수준으로 분산된 천검폭사 따위가 이탄에게 효과를 발휘할 리 없었다.

결국 방케르는 천검폭사를 포기하고 다시 천검일섬으로 되돌아갔다.

하지만 이 공격도 무효.

다음 공격도 또 무효.

이탄은 하루살이 벌레를 쫓듯이 상대의 공격을 튕겨내면서 방케르에게 다가섰다.

"크윽."

점점 거리를 좁혀오는 이탄과 달리 방케르는 빠르게 지쳐갔다. 제아무리 방케르가 초인의 경지를 뛰어넘어 반쯤은 신격에 발을 걸쳤다 하더라도 천검일섬과 같은 극한 난이도의 검술을 무한히 반복하는 것은 불가능했다.

"허억, 허억, 허억."

방케르는 그 후 한두 차례 더 천검일섬으로 이탄을 공격한 뒤, 힘이 달려서 거칠게 숨을 몰아쉬었다.

이탄은 그런 방케르를 빤히 뜯어보았다.

이탄의 천공안에는 상대의 미래 모습이 맺혔다.

'역시 방케르 님은 오늘 죽을 운명이 아니로구나.'

굳이 미래를 살피지 않더라도, 이탄이 원하는 구도가 나오려면 지금 이 자리에서 방케르가 죽으면 곤란했다.

〈다음 권에 계속〉